ANTOLOGÍA DE CUENTOS CORTOS

ALMA CLÁSICOS ILUSTRADOS

ANTOLOGÍA DE CUENTOS CORTOS

Ilustrado por Carolina T. Godina

ÍNDICE

PRÓLOGO

Me devolvió el papel; hui sin una palabra de agradecimiento, de explicación o de disculpa. Mi distracción era perdonable. A mí, entre todos los hombres, me había sido otorgada la oportunidad de escribir la historia más admirable del mundo.

RUDYARD KIPLING, *El cuento más hermoso del mundo*

Querido lector:

Si tienes este libro entre tus manos es porque eres un apasionado de la literatura en todas sus manifestaciones. Como el protagonista de Kipling, vives en la búsqueda del cuento más hermoso del mundo, lees con voracidad y esperas hallar en el noble arte de la literatura historias que te conmuevan, que te hagan gozar y en ocasiones sufrir.

Disfrutas leyendo, pero cada vez dispones de menos tiempo. Las obligaciones diarias y las tentaciones infinitas que nos rodean han ido comiéndose el poco tiempo que reservabas para la lectura. Hemos preparado esta selección para ti, para que no tengas que renunciar a la buena literatura, pero adaptada a tus necesidades.

Relatos ideales para empezar y acabar de una sentada; para leer en el trayecto de camino al trabajo; para leer en la cama y poder terminar la historia antes de caer dormido; para hacer un merecido descanso mientras estudias pesados temas; para leer ese ratito suelto una tarde de domingo; para descansar un poco de ese gran libro de mil páginas que estás leyendo... Una oportunidad para volver a disfrutar de la alta literatura, un refugio de las pantallas, las noticias y las redes sociales. Con cada cuento te ofrecemos un oasis donde nadar entre las palabras más maravillosas jamás escritas.

En esta antología encontrarás algunos de los mejores relatos de autores clásicos que han pasado a la historia de la literatura; obras que pertenecen a todos los tiempos y que nunca mueren.

Con esta antología, además de descubrirte obras de algunos de tus autores favoritos, también hemos querido acercarte a otros que aún no has tenido ocasión de leer. Es por ello que hemos intentado que cada relato sea muy representativo de su autor, de su espíritu y de su obra.

Los escritores clásicos que reunimos en este volumen fueron capaces de crear historias bellísimas y de una profundidad psicológica y filosófica deslumbrante en pocas páginas; y eso es de una complejidad infinita. Los relatos breves son capaces de transmitir un mensaje tan intenso y los mismos sentimientos que los que puede narrar una novela, pero con la dificultad añadida de hacerlo en muchas menos páginas.

Son muchos los escritores que, en sus reflexiones sobre la creación literaria, han recalcado que es mucho más complejo escribir relatos breves que novelas. En un buen relato corto, cada palabra debe tener su sitio y apuntar a una dirección inequívoca para lograr el perfecto equilibrio del texto. Stefan Zweig, por ejemplo, pope de la literatura austrohúngara, desarrolla un largo capítulo en sus memorias contando que para él lo más complejo a la hora de escribir era recortar aquellas páginas que no eran realmente esenciales para el relato, páginas que había disfrutado escribiendo y que eran hermosas, pero de las que tenía que deshacerse hasta llegar a la esencia de la idea que quería contar al lector. Por otro lado, el maestro ruso del relato corto, Antón Chéjov, lo supo plasmar en una frase brillante por su concreción: «La brevedad es la hermana del talento».

En esta antología encontrarás una selección variada de talentos, autores y autoras de diferentes orígenes sociales y distintos países: ingleses (Oscar Wilde, sir Arthur Conan Doyle), franceses (Alexandre Dumas, Émile Zola), españoles (Emilia Pardo Bazán, Armando Palacio Valdés), norteamericanos (Jack London, Henry James), checos (Rainer Maria Rilke, Franz Kafka) e italianos (Luigi Pirandello), entre otros, que fueron maestros del relato breve.

Las temáticas y formas de los cuentos son muy diversas. Podrás observar cómo cada vez la forma es más libre a medida que avanzan los años; de la narración más clásica de Dumas, que es un relato paradigmático, a la más experimental de Lorca, que juega con las palabras para crear una delicia fuera de lo común.

Encontrarás cuentos de amor y desamor, de engaño, de egoísmo, de justicia, de primaveras felices y de primaveras melancólicas, de la alegría de vivir de unos y de las pocas ganas de afrontar la vida de otros; fábulas morales e inmorales; notas de humor, de ironía y de misterio. Esta antología contiene, en definitiva, la esencia de la literatura.

BLANCA PUJALS

LA BOFETADA A CHARLOTTE CORDAY

ALEXANDRE DUMAS, PADRE
(1802-1870)

C omo todo lo que había en casa del señor Ledru, aquella mesa hablaba de su carácter.

Se trataba de una gran herradura arrinconada en las ventanas que daban al jardín, dejando tres cuartas partes de la inmensa sala libres para el servicio. Tal mesa podía acoger a veinte personas sin incomodar a ninguna; siempre comía allí el señor Ledru, tanto si tenía uno, dos, cuatro, diez o veinte invitados, como si comía solo; aquel día éramos solo seis, y apenas ocupábamos un tercio de toda la mesa.

Cada jueves el menú era el mismo. El señor Ledru pensaba que, durante los ocho días transcurridos, los invitados habrían podido comer cualquier otra cosa, ya fuera en su propia casa, ya fuera en casa de otros anfitriones que les hubieran invitado. Uno podía estar seguro de encontrar en casa del señor Ledru todos los jueves sopa, buey y pollo al estragón, un asado de cordero, judías y una ensalada.

Los pollos se doblaban o incluso se triplicaban en función de las necesidades de los invitados.

Hubiera poca, nadie o mucha gente, el señor Ledru siempre se sentaba a la cabecera de la mesa, en una gran butaca que hacía diez años que estaba incrustada en el mismo sitio. Allí era donde recibía de manos de su jardinero, convertido en lacayo bajo el nombre de *maître* Jacques, aparte del vino de mesa, algunas botellas de borgoña añejo que le eran presentadas con respeto religioso y que descorchaba y servía él mismo a los invitados con el mismo respeto y la misma religión.

Hace dieciocho años, todavía se creía en algo. En diez años, ya no se creerá en nada, ni en el vino añejo.

Después de la cena, tocaba trasladarse al salón para el café.

Esa cena transcurrió como cualquier otra, alabando a la cocinera y elogiando el vino. La joven fue la única que solo comió algunas migas de pan y no bebió más que un vaso de agua. Tampoco pronunció ninguna palabra.

Me recordaba a esa *algola* de *Las mil y una noches,* que se sentaba a la mesa como los demás, pero que solo comía algunos granos de arroz con un palillo.

Tras la cena, como de costumbre, fuimos al salón.

Naturalmente, me tocó a mí ofrecer el brazo a nuestra silenciosa invitada. Hizo hacia mí la mitad del camino para tomarlo, siempre con la misma indolencia en los movimientos, la misma gracia en la conducta y diría incluso que la misma intangibilidad en los miembros.

La acompañé hasta un diván y allí se acomodó.

Dos personas, mientras cenábamos, estaban ya en el salón.

Se trataba del doctor y el comisario de policía.

El comisario de policía había acudido para hacernos firmar el atestado que Jacquemin había ya firmado en prisión.

Una leve mancha de sangre se destacaba sobre el papel.

Yo firmé, y al firmar, pregunté:

—¿Qué es esta mancha? ¿La sangre procede de la mujer o del marido?

—Procede —me respondió el comisario— de la herida que el asesino tenía en la mano y que continúa sangrando sin que se pueda hacer nada para cortar la hemorragia.

—¿Puede creer, señor Ledru —dijo el doctor—, que ese idiota persiste en afirmar que la cabeza de su mujer le ha hablado?

—Y usted lo considera imposible, ¿verdad, doctor?

—¿Y cómo no?

—Cree además imposible que los ojos se hayan vuelto a abrir.

—Imposible.

—¿No cree que la sangre, interrumpida en su huida por la capa de yeso que ha taponado inmediatamente todas las arterias y vasos sanguíneos, haya podido proporcionar a esa cabeza un momento de vida y sentimiento?

—No lo creo.

—Pues bien —dijo el señor Ledru—, yo lo creo.

—Yo también —dijo Alliette.

—Yo también —dijo el abad Moulle.

—Yo también —dijo el caballero Lenoir.

—Yo también —dije yo.

El comisario de policía y la dama pálida fueron los únicos que callaron: el uno, sin duda, porque no le interesaba nada el tema y la otra, quizá, porque le interesaba demasiado.

—¡Ah! Si están todos contra mí, tendrán razón. Si alguno de ustedes fuera al menos médico...

—Pero, doctor —dijo el señor Ledru—, usted sabe que yo, en cierta medida, lo soy.

—En este caso —dijo el doctor—, sabrá que no hay dolor donde no hay sentimiento y que el sentimiento se destruye al seccionar la columna vertebral.

—¿Y quién le ha dicho tal cosa? —preguntó el señor Ledru.

—¡La razón!

—¡Oh! La respuesta correcta. ¿Acaso no fue la razón la que dictó a los jueces que condenaron a Galileo que era el sol el que giraba y la tierra la que permanecía inmóvil? La razón es estúpida, mi querido doctor. ¿Ha experimentado usted mismo con cabezas cortadas?

—No, jamás.

—¿Ha leído las disertaciones de Sommering? ¿Ha leído las objeciones de Oelcher?

—No.

—Así pues, usted cree en la declaración del señor Guillotin, según la cual su máquina es el método más seguro, más rápido e indoloro para terminar con la vida.

—Lo creo.

—Pues bien, se equivoca, mi querido amigo; debe saberlo.

—¡Ah! Pruébelo.

—Escuche, doctor, ya que recurre a la ciencia, le hablaré de ciencia; y ninguno de nosotros, créanme, es tan ajeno a este tipo de conversación como para no tomar parte en ella.

El doctor hizo un gesto de duda.

—No importa; lo acabará comprendiendo por sí mismo.

Nos habíamos acercado al señor Ledru y, por mi parte, escuchaba con atención: esta cuestión de la pena de muerte aplicada por la cuerda, el hierro o el veneno me había preocupado siempre por una cuestión de humanidad.

Por mi cuenta había realizado algunas investigaciones acerca de los diferentes dolores que preceden, acompañan y siguen a estos diferentes géneros de muerte.

—Veamos, hable —dijo el doctor en un tono incrédulo.

—Es fácil demostrar a cualquiera que posea la más ligera noción del organismo y de las fuerzas vitales de nuestro cuerpo —continuó el señor Ledru— que el sentimiento no resulta enteramente destruido por el suplicio y esto que avanzo, doctor, no se fundamenta en hipótesis, sino en hechos.

—Veamos los hechos.

—Helos aquí: en primer lugar, el sentimiento está localizado en el cerebro, ¿verdad?

—Es probable.

—Las operaciones de esta conciencia del sentimiento pueden realizarse, aunque la circulación de la sangre por el cerebro se vea interrumpida, debilitada o parcialmente destruida.

—Es posible.

—Entonces, si la facultad de sentir se localiza en el cerebro, mientras el cerebro conserve su fuerza vital, el supliciado posee el sentimiento de su existencia.

—¿Tiene pruebas?

—Helas aquí. Haller, en sus *Estudios de física,* tomo IV, página 55, dice: «Una cabeza cortada vuelve a abrir los ojos y me observa de lado porque con la punta del dedo he tocado su médula espinal».

—Haller, de acuerdo; pero Haller se podría haber equivocado.

—¿Equivocarse? Desde luego. Pasemos a otro. Weycard, *Artes fisiológicas,* página 224, dice: «He visto mover los labios a un hombre cuya cabeza había sido cortada».

—Bueno, pero de moverse a hablar...

—Espere, ya llegamos. He aquí Sommering: sus obras están allí y puede consultarlas. Sommering dice: «Muchos doctores, mis colegas, me han asegurado haber visto una cabeza separada del cuerpo rechinar los dientes de dolor, y yo estoy convencido de que, si el aire circulara todavía por los órganos de la voz, *las cabezas hablarían*».

»Pues bien, doctor —continuó el señor Ledru, palideciendo—, yo voy por delante de Sommering. Una cabeza me ha hablado, a mí.

Todos sentimos un escalofrío. La dama pálida se reclinó en su diván.

—¿A usted?

—Sí, a mí, ¿usted también dirá que estoy loco?

—¡Rayos! —dijo el doctor—, si usted mismo me dice que...

—Sí, le digo que me ha ocurrido. Pero usted es demasiado cortés, doctor, para decirme alto y claro que estoy loco, aunque lo dirá en voz baja y vendrá a ser lo mismo.

—Pues bien, veamos, cuéntenos eso —dijo el doctor.

—Eso es fácil decirlo. Debe saber que lo que me pide que les cuente no se lo he contado a nadie desde hace treinta y siete años, cuando ocurrió. Y debe saber también que no respondo de mí mismo si me desmayo contándolo, como me desmayé cuando esa cabeza habló y sus ojos moribundos se fijaron en los míos.

El diálogo cada vez era más interesante y la situación cada vez más dramática.

—Vamos, Ledru, ánimos —dijo Alliette—, cuéntelo.

—Cuéntelo, amigo —dijo el abad Moulle.

—Cuéntelo —dijo el caballero Lenoir.

—Señor... —susurró la mujer pálida.

Yo no dije nada, pero mi deseo se reflejaba en mi mirada.

—Es extraño —dijo el señor Ledru, sin respondernos y como si se hablara a sí mismo—, es extraño cómo los hechos influyen los unos en los otros. Usted sabe quién soy yo —dijo el señor Ledru, girándose hacia mí lado.

—Sé, señor, que es un hombre muy instruido y espiritual que ofrece excelentes cenas y que es alcalde de Fontenay-aux-Roses.

El señor Ledru sonrió, dándome las gracias con un gesto de la cabeza.

—Le hablo de mi origen, de mi familia.

—Ignoro su origen, señor, y no conozco a su familia.

—Bien, escuchen, se lo voy a decir y luego, quizá, siga la historia que desean conocer y que no oso contar. Si surge, bien estará, ya la conocerán; si no surge, no me lo vuelvan a pedir. Querrá decir que no habré tenido fuerzas para seguir.

Todo el mundo se sentó y se acomodó a su gusto para escuchar.

Por lo demás, el salón era ideal para relatos y leyendas, grande y sombrío, gracias a los espesos cortinajes y al día que iba muriendo, dejando los rincones totalmente a oscuras, mientras que solo las líneas que correspondían a las puertas y ventanas conservaban algo de luz.

En uno de esos rincones, estaba la dama pálida. Su vestido negro se había perdido en la noche. Solo su cabeza, blanca, inmóvil y apoyada sobre el cojín del sofá era visible.

El señor Ledru empezó:

—Soy, dijo, el hijo del famoso Comus, médico del rey y de la reina; mi padre, cuyo mote burlón ha hecho que lo clasifiquen entre los embaucadores y charlatanes, era un sabio distinguido de la escuela de Volta, Galvani y Mesmer. Fue el primero en investigar en Francia todo lo relacionado con la fantasmagoría y la electricidad y dio conferencias de matemáticas y física en la corte.

»La malograda María Antonieta, a quien vi muchas veces y que en más de una ocasión me tomó de las manos y me besó a su llegada a Francia, es decir, cuando yo era un niño, se volvía loca con él. José II, en su visita de 1777, declaró que no había conocido a nadie más extraordinario que Comus.

»En medio de todo esto, mi padre se ocupaba de la educación de mi hermano y la mía, iniciándonos en todo lo que sabía de las ciencias ocultas y una multitud de conocimientos galvánicos, físicos, magnéticos, que hoy en día son del dominio público, pero que en aquella época eran secretos, privilegio de unos pocos. El título de médico del rey hizo que encarcelaran a mi padre en 1793; pero gracias a algunas amistades que yo tenía en la Montaña, conseguí que lo pusieran en libertad. Entonces, mi padre se retiró en esta misma casa en la que yo vivo, y aquí murió en el 1807, a la edad de sesenta y seis años.

»Volvamos a mí. He hablado de mis amistades con la Montaña. En efecto, tenía yo relación con Danton y Camille Desmoulins. A Marat lo conocí más como médico que como amigo. Estos contactos que mantuve con él, por cortos que fueran, tuvieron como resultado que el día que condujeron a la señorita de Corday al cadalso me decidiera yo a asistir a su suplicio.

—Justamente yo iba —dije interrumpiéndole— a correr en vuestra ayuda en esta discusión con el doctor Robert sobre la persistencia de la vida, contando este hecho que la historia ha registrado, concerniente a Charlotte de Corday.

—Ya llegaremos a eso —prosiguió el señor Ledru—, deje que le cuente. Fui testigo, por tanto, y lo que les diré lo pueden tener por cierto.

»Desde las dos de la tarde, ocupé mi lugar cerca de la estatua de la Libertad. Era una cálida mañana de julio, el tiempo era bochornoso y anunciaba tormenta. A las cuatro de la tarde la tormenta se desencadenó y fue en ese momento, según me contaron, cuando Charlotte subió a la carreta. Fueron a sacarla de prisión cuando un joven pintor estaba retratándola. La celosa muerte parecía no querer que sobreviviera la muchacha, ni siquiera su imagen. La cabeza estaba esbozada sobre la tela y, cosa extraña, en el momento en que el verdugo entró, el pintor estaba ocupado en aquella parte del cuello que el hierro de la guillotina cortaría.

»Los rayos brillaban, la lluvia caía, los truenos retumbaban; pero nada pudo dispersar al curioso populacho; los diques, los puentes, las plazas, estaban a rebosar; el rumor de la tierra casi cubría el rumor de los cielos. Esas mujeres conocidas con el gráfico nombre de «golosas de guillotinas» la cubrían de maldiciones. Oía esos rugidos aproximarse a mí como se oyen los de una catarata. Mucho antes de que se pudiera ver nada, la multitud estaba enardecida como el oleaje de un mar y, finalmente, como un barco fatal, la carreta apareció, labrando las aguas, y pude distinguir a la condenada, a quien no conocía y a quien nunca había visto.

»Era una joven muchacha de veintisiete años, con unos ojos magníficos, una nariz de perfecto dibujo y unos labios de una simetría suprema. Se mantenía erguida, con la cabeza alta, no tanto para dar a entender que estaba por encima de aquella multitud, sino a causa de las manos, que llevaba atadas a la espalda y que la forzaban a mantener la cabeza de aquella manera. Había parado de llover, pero como había soportado la lluvia durante los tres cuartos de hora de camino, el agua que había caído sobre ella dibujaba en la lana húmeda la silueta de su encantador cuerpo; parecía que acababa de salir. La camisa roja que le había puesto el verdugo le daba un aspecto extraño, un esplendor siniestro a esa cabeza orgullosa y enérgica. Al llegar a la plaza ya no llovía, y un rayo de sol, deslizándose entre las nubes, jugueteó con sus cabellos y los iluminó como una aureola. En verdad, se lo juro, aunque esa muchacha hubiese cometido un asesinato, una acción terrible; a pesar de vengar con ese acto a la humanidad; aunque yo detestara ese crimen, no sabría decir si lo que estaba viendo era una apoteosis o un suplicio. Al columbrar el cadalso, palideció; y esa palidez fue visible sobre todo gracias a esa camisa roja que le cubría el cuello; pero pronto recobró el ánimo y acabó de girarse ante al cadalso, mirándolo con una sonrisa.

»La carreta se detuvo; Charlotte saltó al suelo, sin permitir que la ayudaran a bajar, y luego ascendió los peldaños del cadalso, resbaladizos a causa de la lluvia que acababa de caer, tan rápido como se lo permitieron la largura de la camisa que arrastraba y la molestia de las manos atadas. Al sentir la mano del ejecutor, que se posaba sobre su espalda para arrancar el pañuelo que le cubría el cuello, palideció una segunda vez, pero, en el mismo instante, una última sonrisa vino a contrastar con la blancura de la cara. Por ella misma, y sin que tuvieran que atarla a la infame guillotina, en un arrebato sublime y casi gozoso, pasó la cabeza por la espantosa abertura. La cuchilla se deslizó y la cabeza, separada del tronco, cayó sobre la plataforma y rebotó. Fue entonces, escuche bien esto, doctor, escuche, poeta, fue entonces cuando uno de los ayudantes del verdugo, llamado Legros, agarró esa cabeza por los cabellos y, por vil adulación al populacho, le dio una bofetada. Pues bien, le digo que, como resultado de la bofetada, la cabeza enrojeció; lo vi, la cabeza, no la mejilla, ¿lo oye bien?, no solo la mejilla abofeteada, sino las dos mejillas, y con una rojez semejante, porque el sentimiento vivía en esa cabeza y se indignaba por haber sufrido semejante vergüenza que no estaba escrita en la sentencia. El pueblo vio también aquel sonrojo y tomó el partido de la muerta contra el vivo, de la ejecutada contra el verdugo. El público exigió de inmediato venganza por esa indignidad y el miserable fue entregado a los gendarmes y conducido a prisión.

»Espere —dijo el señor Ledru al ver que el doctor quería hablar—, espere, eso no es todo. Yo quería saber qué sentimiento había impulsado a ese hombre a cometer aquel acto infame. Me informé del lugar donde estaba preso y pedí permiso para visitarlo en Abbaye, que era donde lo habían encerrado. Lo obtuve y allí me dirigí.

»Un fallo del tribunal revolucionario lo acababa de condenar a tres meses de cárcel. No comprendía que lo hubieran condenado por una cosa *tan natural* como la que había hecho. Le pregunté qué le había llevado a cometer tal acción.

»—¡Pues vaya pregunta! —dijo—, soy partidario de Marat y acababa de castigarla por orden de la ley; quería castigarla también por mi cuenta.

»—Pero —le dije—, ¿no comprende que es casi un crimen esta violación del respeto debido a la muerte?

»—¡Eso! —exclamó Legros mirándome fijamente—; ¿cree usted que porque los guillotinamos están ya muertos?

»—Sin duda.

»—Ya se nota que usted no mira dentro de la cesta cuando están allí todos juntos, que no los ve girar los ojos y rechinar los dientes incluso cinco minutos después de la ejecución. Nos vemos obligados a cambiar de cesta cada tres meses por los destrozos que causan en el fondo con los dientes. Un montón de cabezas aristocráticas, ya ve, que no se deciden a morir; y no me extrañaría que el día menos pensado una se ponga a gritar: «¡Viva el rey!».

»Ya sabía lo que deseaba y salí, perseguido por una idea: que esas cabezas todavía estaban vivas, y decidí asegurarme.

LIGEIA

EDGAR ALLAN POE
(1809-1949)

> Y allí dentro reside la voluntad, que no muere.
> ¿Quién conoce los misterios de la voluntad, en toda su fuerza?
> Porque Dios no es sino una gran voluntad
> que penetra todas las cosas con el carácter de sus designios.
> El hombre no se rinde a los ángeles, ni totalmente a la muerte,
> sino únicamente por la flaqueza de su débil voluntad.
>
> JOSEPH GLANVILL

No puedo, por mi vida, recordar cómo, cuándo, ni siquiera con precisión dónde, por primera vez, trabé conocimiento con *lady* Ligeia. Largos años han transcurrido desde entonces, y mi memoria se ha debilitado por mi mucho padecer. O, tal vez, no puedo ahora traer a mi espíritu aquellas circunstancias, porque, a decir verdad, el carácter de mi amada, su raro saber, su singular y, con todo, plácido matiz de belleza, y la conmovedora y avasalladora elocuencia de su profunda palabra musical, se abrieron camino poco a poco en mi corazón, con pasos tan seguros y recatados que jamás fueron advertidos ni conocidos. Sin embargo, pienso que la encontré por primera vez, y con la mayor frecuencia, en cierta vasta, antigua, ruinosa ciudad de las orillas del Rin. De su familia —sin duda— yo había oído hablar. Que era de alcurnia muy remotamente antigua no puede ponerse en duda.

¡Ligeia! ¡Ligeia! Abstraído en estudios cuya naturaleza los hace, más que otros cualquiera, aptos para amortecer las impresiones del mundo exterior, solo con esta palabra tan dulce —«Ligeia»— puedo traer ante mis ojos, fantaseando, la imagen de la que ya no existe. Y ahora, mientras escribo, destella en mí como un recuerdo de que no he *sabido nunca* el nombre paterno de la que fue mi amiga y mi prometida, y compañera en mis estudios, y finalmente la esposa de mi corazón. ¿Fue por placentero mandato de mi Ligeia o fue para dar prueba de la firmeza de mi afecto por lo que yo no inicié averiguaciones acerca de este punto? ¿O fue más bien un capricho de los míos, o tal vez una desvariada, romántica ofrenda ante el relicario del más apasionado afecto? No puedo recordar sino indistintamente el hecho mismo. ¡Qué maravilla, pues, si he olvidado por completo las circunstancias que lo originaron o lo acompañaron! Y, en efecto, si jamás ese espíritu llamado *Romancesco,* si jamás aquella pálida, con alas de calígine, *Ashtophet* del idólatra Egipto presidieron, como dicen, los matrimonios de mal augurio, con toda seguridad, pues, presidieron el mío.

Sin embargo, hay un amado tema acerca del cual no me falla la memoria. Y es la *persona* de Ligeia. Alta de estatura, un poco delgada y en sus días postreros hasta enflaquecida. En vano intentaría yo pintar la majestad, la serena holgura de su porte, o la incomprensible levedad y agilidad de sus pisadas. Iba y venía como una sombra. Yo no advertía nunca su entrada en mi apartado gabinete como no fuese por la amada música de su profunda voz suave, cuando posaba su mano de mármol sobre mi espalda. En belleza de rostro jamás doncella la igualó. Era el resplandor de un ensueño de opio: aérea y arrobadora visión más singularmente celestial que las fantasías que revoloteaban por las almas durmientes de las hijas de Delos. Y, con todo, sus facciones no tenían el modelado regular que engañosamente se nos ha enseñado a venerar en las clásicas obras de los paganos. «No hay belleza exquisita —dice Bacon, lord Verulam, hablando con justeza de todas las formas y *géneros* de belleza— sin alguna extrañeza en la proporción.» Y a pesar de comprender que las facciones de Ligeia no tenían una regularidad clásica, aunque yo advertía que su hechizo era verdaderamente «exquisito» y notaba que se difundía en él mucho de «extrañeza», con todo había probado en balde a descubrir aquella irregularidad y profundizar en mi propia percepción de «lo extraño». Examinaba yo el contorno de su alta y pálida frente —era impecable, pero ¡qué fría es, en efecto, esa palabra, aplicada a una majestad tan divina!—, y su epidermis, que rivalizaba con el más puro marfil, su imponente anchura y serenidad, sus graciosas prominencias debajo de las sienes; y luego aquella cabellera negra como ala de cuervo, reluciente, abundante, naturalmente ensortijada, que ponía de manifiesto toda la fuerza del epíteto homérico «jacintina». Yo miraba los delicados perfiles de su nariz, y en parte alguna, si no es en los graciosos medallones de los hebreos, había contemplado semejante perfección. Allí había, en efecto, la misma rica morbidez de superficie, la misma tendencia apenas perceptible a lo aquilino, las mismas ventanillas armoniosamente curvadas y revelando un espíritu libre. Yo contemplaba la boca suave. Allí se veía con certeza el triunfo de todas las cosas celestiales: el contorno magnífico del breve labio superior, la suave caída voluptuosa del inferior, los hoyuelos que retozaban y el color parlero, los dientes que despedían, con brillo que casi sobrecogía, todos los destellos de aquella inmaculada luz que se derramaba en ellos de su sonrisa serena y plácida y, con todo, la más alborozadamente radiante de todas las sonrisas. Yo escudriñaba la conformación de su barbilla. Y allí también hallaba la generosa delicadeza, la dulzura y la majestad, la lozanía y la espiritualidad de lo griego, aquel contorno que el dios Apolo no revelaba sino en un sueño a Cleómenes, el hijo de Atenas. Y luego me asomaba a los grandes ojos de Ligeia.

Para los ojos no tenía yo modelos en la remota antigüedad. Bien podría ser que en aquellos ojos de mi amada residiera el secreto a que alude lord Verulam. Eran, debo creerlo, más grandes que los ojos normales de nuestra raza. Eran hasta más grandes que los más grandes ojos de gacela de las tribus que viven en el valle de Wurjahad. Sin embargo, solo a intervalos —en momentos de animación intensa— aquella singularidad se hacía más que ligeramente perceptible en Ligeia. Y en tales momentos era su belleza —acaso por un efecto de mi acalorada fantasía— la belleza de los seres que están por encima o aparte de la tierra, la belleza de la fabulosa hurí de los turcos. El matiz de sus pupilas era de la más brillante negrura, y, más allá, por encima de ellos, se endoselaban azabachadas pestañas de gran largor. Las cejas, ligeramente irregulares en su perfil, tenían el mismo matiz. La «extrañeza», por tanto, que yo hallaba en aquellos ojos era, en naturaleza, distinta de la conformación o el color o la brillantez de las facciones, y podía, bien mirado, ser referida a la *expresión*. ¡Ah, palabra sin sentido! Tras una vasta amplitud de sonido parapetamos nuestra ignorancia de tantas cosas del espíritu. ¡La expresión de los ojos de Ligeia! ¡Cuántas y cuántas horas he pasado meditando sobre ella! ¡Cómo he luchado durante toda una noche de estío para sondearla! ¿Qué era aquello, aquel no sé qué más profundo que el pozo de Demócrito que residía muy adentro de las pupilas de mi amada? ¿Qué *era*? Estaba yo poseído de la pasión de descubrirlo. ¡Aquellos ojos! Aquellas grandes, aquellas lucientes, aquellas santas pupilas. Se convertían para mí en los luceros gemelos de Leda, y yo para ellos, en el más pío de los astrólogos.

No hay punto, entre las muchas incomprensibles anomalías de la ciencia del espíritu, más conmovedoramente estimulante que el hecho —nunca, según pienso, notado en las escuelas— de que, en nuestros esfuerzos para traer a la memoria una cosa olvidada largo tiempo, nos hallemos a menudo *en el borde mismo* del recuerdo, sin que podamos, al fin, recordar. Y de este modo, con cuánta frecuencia, en mi intenso escudriñar en los ojos de Ligeia, he sentido aproximarse el pleno conocimiento de su expresión. Lo he sentido aproximarse, pero no ser mío del todo, y así, finalmente, alejarse por completo, y (¡extraño, oh el más extraño de todos los misterios!) he hallado en los objetos más comunes del universo todo un círculo de analogías para aquella expresión. Quiero decir que posteriormente al período en que la belleza de Ligeia entró en mi espíritu, para morar allí como en un relicario, yo obtuve de varias cosas existentes en el mundo material un sentimiento como el que yo sentí siempre que despertaban dentro de mí sus vastas y luminosas pupilas.

Y, sin embargo, no por ello puedo definir este sentimiento ni siquiera considerarlo con toda constancia. Lo he reconocido, lo repito, algunas veces al posar mi vista en una vid que ha crecido rápidamente, en la contemplación de una alevilla, de una mariposa, de una crisálida, del movimiento de un agua corriente. Lo he sentido en el océano, en la caída de un meteoro. Lo he sentido en las miradas de personas insólitamente ancianas. Hay en el cielo una o dos estrellas (en particular, una estrella de sexta magnitud, doble y cambiante, que se puede encontrar junto a la gran estrella de la Lira) que, vistas con telescopio, me han producido un sentimiento análogo. He sentido que me invadía con ciertos sonidos de instrumentos de cuerda, y a veces con pasajes de libros. Entre otros ejemplos innumerables, bien recuerdo algo de un volumen de Joseph Glanvill, el cual (tal vez meramente por su arcaico primor —¿quién sabe?—) jamás ha dejado de inspirarme aquel sentimiento: «Y allí dentro reside la voluntad, que no muere. ¿Quién conoce los misterios de la voluntad en toda su fuerza? Porque Dios no es sino una gran voluntad que penetra todas las cosas con el carácter de sus designios. El hombre no se rinde a los ángeles, ni *totalmente* a la muerte, sino únicamente por la flaqueza de su voluntad».

El paso de los años, y las subsiguientes reflexiones, me ha capacitado para descubrir, en efecto, cierta remota conexión entre este pasaje del moralista inglés y ciertos aspectos del carácter de Ligeia. Aquella *intensidad* en el pensamiento, en la acción, o en la palabra, era tal vez, en ella, resultado, o al menos una muestra, de aquella gigantesca volición que, durante nuestro largo trato, no dejó de ofrecer otra y más inmediata evidencia de su existencia. De todas las mujeres que jamás he conocido, ella, la exteriormente serena, la siempre apacible Ligeia, ha sido la más violentamente presa de los tumultuosos buitres de la dura pasión. Y de semejante pasión yo no pude jamás formarme cabal juicio, sino por la milagrosa expansión de aquellos ojos que a un mismo tiempo me deleitaban y me aterraban, por la casi mágica melodía, modulación, claridad y placidez de su voz tan profunda, y por la impetuosa energía (tornada doblemente eficaz por la oposición con su manera de expresarse) de las palabras singulares que solía pronunciar.

He hablado del saber de Ligeia: era inmenso, como nunca lo he conocido en una mujer. En lenguas clásicas era profundamente docta, y, por lo que alcanza mi propia familiaridad con los modernos dialectos de Europa, jamás descubrí en ella la menor falta. En efecto, sobre cualquier tema de los que suelen ser más admirados, únicamente por ser de los más abstrusos, de la jactanciosa erudición académica, ¿he sorprendido *jamás* a Ligeia en falta? ¡Por qué modo singular, emocionante, este solo punto de la naturaleza de mi esposa fue el único que se impuso en aquel último período a mi atención! He dicho que su ciencia era tanta como nunca la he conocido en mujer alguna, porque ¿dónde existe el hombre que haya recorrido, y con buen éxito, todos los vastos dominios de las ciencias morales, físicas y matemáticas? Yo no comprendía entonces lo que ahora veo claramente: que las adquisiciones de Ligeia eran gigantescas, eran asombrosas; y, con todo, yo tenía harta conciencia de su infinita superioridad para someterme, con pueril confianza, a su dirección por aquel mundo caótico de la investigación metafísica, en la cual me ocupaba con la mayor diligencia durante los primeros años de nuestro matrimonio. ¡Con qué inmenso triunfo, con qué vívida delicia, en qué medida de cuanto hay de etéreo en la esperanza sentía yo, cuando ella se inclinaba sobre mí, en estudios tan raramente explorados —y mucho menos profundizados—, que aquella deliciosa perspectiva por lentos grados se iba dilatando ante mí, y por cuya larga, magnífica y jamás pisada vereda yo podría con el tiempo alcanzar la meta de una sabiduría demasiado divinamente preciosa para no ser vedada!

¡Qué acerbo, pues, no había de ser el dolor con que pasados algunos años hube de ver que mis tan bien fundadas esperanzas alzaron el vuelo por sí mismas, y huyeron de mí! Sin Ligeia yo no era más que un niño andando a tientas en la oscuridad. Solo su presencia, sus enseñanzas, tornaban vívidamente luminosos los varios misterios del trascendentalismo en que estábamos inmersos. Faltándole el radiante resplandor de sus ojos, tanta letra gentil y aurífera se tornaba más muerta que el saturnino plomo. Y ahora aquellos ojos brillaban cada vez con menor frecuencia sobre las páginas en las cuales yo escudriñaba. Ligeia se puso enferma. Sus vehementes ojos brillaron con refulgencia demasiado, demasiado gloriosa; sus pálidos dedos adquirieron el céreo y transparente matiz de la muerte; y sus azules venas sobre su alta frente se dilataban y deprimían impetuosamente con las oleadas de la más dulce emoción. Comprendí que se iba a morir, y yo luchaba desesperadamente en espíritu con el inflexible Azrael. Y yo veía con asombro que las luchas de la apasionada esposa eran aún más enconadas que las mías. Había habido mucho en su firme naturaleza que me daba la impresión de que, para ella, la muerte vendría sin sus terrores; pero no fue así. Las palabras son impotentes para transmitir una idea justa del coraje en la resistencia con que ella luchaba a brazo partido con la Sombra. Yo gemía de angustia ante aquel lastimoso espectáculo. Yo hubiera querido mitigar, yo hubiera querido aconsejar; pero, en la intensidad de su furioso deseo de vivir —de vivir, *solo* de vivir—, consuelo y consejo hubieran parecido el sumo grado del desatino. Y con todo ni en el último instante, entre las más convulsivas contorsiones de su impetuoso espíritu, llegó a conmoverse la externa placidez de su continente. Su voz se tornó más suave —se hizo más profunda— y con todo yo no tenía ánimos para aplicarme a desentrañar el extraño sentido de aquellas palabras pronunciadas tan serenamente. Mi cerebro daba vueltas cuando yo escuchaba, lleno de arrobo, aquella melodía más allá de lo mortal, aquellas afirmaciones y aspiraciones que el ser mortal no había conocido jamás hasta entonces.

Que ella me amaba, yo no hubiera podido dudarlo; y fácilmente llegaba a comprender que en un corazón como el suyo el amor no podía reinar con pasión ordinaria. Pero solo cuando estuvo muerta recibí la plena impresión de la fuerza de su afecto. Durante largas horas, reteniendo mi mano, trataba ella de verter ante mí la sobreabundancia de un corazón cuyo afecto más que apasionado rayaba en idolatría. ¿Cómo había yo podido merecer la bendición de aquellas confesiones? ¿Cómo había podido merecer la maldición de verme privado de mi amada en la misma hora en que las pronunciaba? Pero acerca de esto no puedo insistir. Permítaseme decir tan solo que en aquel abandono más que femenino de Ligeia a un amor, ¡ay de mí!, completamente inmerecido, concedido a quien tan indigno era de él, reconocí al fin el principio de aquel su anhelar, con tan vehemente y fervoroso deseo, la vida que en aquellos momentos huía de ella tan rápido. ¡Aquel furioso anhelo, aquella ansiosa vehemencia del deseo de la vida —*solo* de la vida— que yo no tengo capacidad para describir, ni palabra capaz de expresar!

Y a las altas horas de la noche en que ella se fue, me hizo seña, perentoriamente, de ir a su lado, y me pidió que le repitiese unos versos compuestos por ella no muchos días antes. Yo la obedecí. Y eran estos:

¡Mirad! ¡Es una noche de fiesta
dentro de estos últimos años desolados!
Una muchedumbre de ángeles alados, ataviados
con velos, y anegados en lágrimas,
está sentada en un teatro, para ver
una comedia de esperanzas y temores,
mientras la orquesta a intervalos suspira
la música de las esferas.

Los mimos, hechos a imagen del Dios de las alturas,
musitan y rezongan por lo bajo,
y corren de acá para allá.
Puros muñecos, que van y vienen
al mando de vastos, informes seres
que cambian las decoraciones de un lado a otro.
¡Sacudiendo de sus alas de cóndor
el invisible Infortunio!

¡Oh, qué abigarrado drama! ¡Ah, estad ciertos
de que no será olvidado!
con su fantasma perseguido, sin cesar, más cada vez
por una muchedumbre que no puede pillarlo,
cruzando un círculo que gira siempre
en un mismo sitio.
Y mucho de locura y más de pecado
y horror son alma del argumento.

Pero mirad: entre la mímica barahúnda
una forma rastrera se introduce.
Un ser rojo de sangre que viene retorciéndose
de la soledad escénica.
¡Se retuerce! ¡Se retuerce! Con mortales angustias,
los mimos se tornan su pasto,
y los serafines sollozan ante los colmillos de aquella sabandija
empapados en sangraza humana.

> ¡Desaparecen —desaparecen las luces—, desaparecen todas!
> Y sobre todas aquellas formas tremulantes
> el telón, paño mortuorio,
> baja con el ímpetu de una tempestad.
> Y los ángeles, todos pálidos, macilentos,
> se levantan, se quitan los velos, y afirman
> que aquella obra es la tragedia «Hombre»
> y su protagonista, el Gusano conquistador.

«¡Ah, Dios santo! —casi gritó Ligeia, saltando en pie y tendiendo sus brazos con movimiento espasmódico, cuando yo di fin a aquellos versos—. ¡Oh, Dios! ¡Oh, Padre celestial! ¿Quedarán siempre así estas cosas? ¿No será por fin conquistado ese Conquistador? ¿No somos parte y porción en Ti? ¿Quién, quién conoce los misterios de la voluntad con toda su fuerza? El hombre no se rinde a los ángeles ni totalmente a la muerte sino únicamente por la flaqueza de su débil voluntad.»

Y entonces, como agotada por la emoción, dejó que cayeran sus blancos brazos, y se volvió solemnemente a su lecho de muerte. Y mientras exhalaba sus últimos suspiros, vino a mezclarse con ellos un leve murmullo de sus labios. Yo incliné mi oído hacia ellos y pude distinguir, otra vez, las palabras concluyentes del pasaje de Glanvill: «El hombre no se rinde a los ángeles, ni totalmente a la muerte, sino únicamente por la flaqueza de su débil voluntad».

Murió y yo, quebrantado, pulverizado realmente por el dolor, no pude sufrir por más tiempo la solitaria desolación de mi morada en aquella sombría y destartalada ciudad de las orillas del Rin. No me faltaba lo que el mundo llama riqueza. Ligeia me había traído mucha más, muchísima más de la que de ordinario toca en suerte a los mortales. Así pues, pasados unos meses de agobiante, de inútil vagabundeo, adquirí, y restauré un poco, una abadía, que no nombraré, en una de las más silvestres y menos frecuentadas comarcas de la hermosa Inglaterra. La lóbrega y desolada grandeza del edificio, el casi salvaje aspecto de aquella heredad, los muchos y melancólicos recuerdos consagrados por el tiempo que se relacionaban con nosotros, estaban muy al unísono con los sentimientos de completo abandono que me habían arrojado a tan remota, inhóspita región de aquel país. Y, con todo, a pesar de que el exterior de la abadía, con el verdeante deterioro que lo entapizaba, no admitía sino muy poca reparación, me di, con pueril perversidad, y tal vez con una leve esperanza de alivio para mis penas, al despliegue, en su interior, de una magnificencia más que regia. Para tales locuras, ya en mi infancia, me había empapado de afición, y ahora volvían a mí como un desvarío de mi pena. Mas, ay, bien comprendí cuánto de locura incipiente podría ser descubierta en las suntuosas y fantásticas colgaduras, en las solemnes tallas de Egipto, en las extrañas cornisas y mobiliario, en los diseños manicomiales de las alfombras encordonadas de oro. Me había convertido en decidido esclavo de las cadenas del opio, y mis trabajos y mis planes habían tomado el color de mis ensueños. Pero no puedo entretenerme ahora en los pormenores de aquellas absurdidades. Hablaré únicamente de aquella habitación, para siempre maldita, donde en un momento de alienación mental conduje al altar como esposa —como sucesora de la inolvidable Ligeia— a la de rubios cabellos y azules ojos, lady Rowena Trevanion, de Tremaine.

No hay porción particular de la arquitectura y la decoración de aquella cámara nupcial que no esté ahora visible ante mis ojos. ¿Dónde tenían sus almas los altivos familiares de la novia, cuando, por la sed de oro, permitieron que pasara el umbral de una habitación adornada de *aquel* modo una doncella, una hija tan amada? Ya he dicho que recuerdo con detalle los pormenores de la habitación —y eso que soy desdichadamente olvidadizo aun en asunto de profunda importancia—, a pesar de que allí no había sistema ni concordancia en la fantástica ostentación que pudieran apoderarse de la memoria. La habitación, que estaba en una elevada torre de la encastillada abadía, era pentagonal de figura y de vasta capacidad. Ocupando todo el lado meridional del pentágono, se hallaba la única ventana —hecha con una entera inmensa luna de cristal de Venecia—, de una sola hoja, y teñida de un matiz plomizo, de manera que los rayos del sol o de la luna, pasando a través de ella, caían con siniestro fulgor sobre los objetos que allí dentro había. Sobre la parte superior de aquella inmensa ventana se extendía el enrejado de una añosa parra, que trepaba por las macizas paredes de la torre.

El techo, de madera de roble, de lúgubre aspecto, era demasiado elevado, abovedado y primorosamente calado con las más extravagantes y grotescas muestras de invención semigótica semidruídica. Del seno más central de aquel abovedado melancólico pendía, con una sola cadena de oro de largos eslabones, un enorme incensario del mismo metal, de modelo sarracénico, y de tal modo dispuesto, por medio de numerosas perforaciones, que se retorcía por dentro y por fuera de él, como si estuviese dotado de la vitalidad de una serpiente, una continua sucesión de fuegos multicolores.

Unas cuantas otomanas y candelabros de oro, de forma oriental, estaban en diferentes sitios en derredor, y allí estaba el lecho, también —el lecho nupcial—, de índico modelo, y bajo, y esculpido en macizo ébano, con un pabellón parecido a un paño mortuorio por encima de él. En cada uno de los ángulos de la habitación, se levantaba un gigantesco sarcófago de negro granito, traído de las tumbas de los reyes situadas frente a Luxor, con sus vetustas cubiertas llenas de inmemoriales esculturas. Pero en la tapicería de aquella habitación se mostraba, ¡ay de mí!, la mayor fantasía de todas. En las elevadas paredes, gigantescas de altura —hasta romper con toda proporción—, se hallaba colgada desde la cima a los pies, en vastos pliegues, una pesante, y maciza de aspecto, tapicería —tapicería de un material que pudo hallarse parecido al de la alfombra del pavimento, y al que cubría las otomanas y el lecho de ébano, y al del pabellón del lecho, y al que formaba los suntuosos repliegues de las cortinas que parcialmente sombreaban la ventana—. Aquel material era del más rico tejido de oro. Estaba todo salpicado, en irregulares intervalos, de figuras en arabescos, de un metro de diámetro aproximadamente y bordadas en modelos del negro más azabachado. Pero aquellas figuras no participaban del verdadero carácter del arabesco sino cuando eran miradas desde un solo punto de vista. Por un artificio común ahora, y en realidad rastreable hasta un remotísimo período de antigüedad, estaban hechas de modo que cambiasen de aspecto. Para una persona que entrara en la habitación, tenían la apariencia de meras monstruosidades; pero a medida que se avanzaba aquella apariencia desaparecía gradualmente; y, paso a paso, a medida que el visitante cambiaba de lugar se hallaba rodeado de una sucesión infinita de tétricas formas pertenecientes a las supersticiones de los normandos, o que se aparecen en ciertos sueños pecaminosos de los monjes. Aquel fantasmagórico efecto era vastamente realzado por la introducción artificial de una poderosa corriente continua de aire detrás de las colgaduras que comunicaba una horrible y desasosegada animación a todo el conjunto. En salas como aquellas —en una cámara nupcial como aquella— yo pasaba, con lady de Tremaine, las impías horas del mes primero de nuestro matrimonio, y las pasaba sin mucha inquietud. Que mi mujer temía la feroz extravagancia de mi carácter, que me esquivaba y me amaba muy poco, yo no podía dejar de notarlo, pero esto me causaba más placer que otra cosa. Yo la detestaba con un odio más propio de un demonio que de un hombre. Mi memoria retrocedía (¡ah, con qué intensidad de añoranza!) hacia Ligeia, la amada, la augusta, la hermosa, la sepultada. Yo me recreaba en la remembranza de su pureza, de su sabiduría, de su elevada, su etérea naturaleza, de su apasionado, de su idolátrico amor. Y por eso, entonces, mi espíritu se abrasaba plena y libremente con más ardor que todas las llamas del suyo. En medio de la exaltación de mis ensueños de opio (porque yo habitualmente me hallaba sujeto a las cadenas de aquella droga) yo solía llamarla a gritos por su nombre, durante el silencio de la noche o entre los ocultos y apartados lugares de los vallecitos durante el día, como si, con el violento anhelo, la solemne pasión, el consumidor ardor de mi ansia por la que había partido, pudiera yo restituirla a la senda que ella había abandonado —¡ah!, ¿*podía* ser para siempre?— sobre la tierra.

Hacia comienzos del segundo mes de matrimonio, lady Rowena fue atacada de una súbita dolencia, cuya convalecencia fue larga. La fiebre que la consumía tornaba inquietas sus noches; y en el estado de perturbación, de semisoñolencia, hablaba de sonidos, y de movimientos, dentro y fuera de la habitación de la torre, que yo deduje no tener otro origen sino un desorden de su fantasía, o tal vez las fantasmagóricas influencias de aquella habitación. A la larga, fue convaleciendo, y finalmente se puso bien.

Sin embargo, no pasó mucho tiempo hasta que un segundo y más violento trastorno la volvió a sumir en el lecho del dolor; desde aquel arrebato, su constitución, que siempre había sido débil, ya no se recobró jamás totalmente. Su enfermedad adquirió, desde aquella época, un carácter alarmante y recaídas más alarmantes aún, que desafiaban toda la ciencia y los grandes esfuerzos de sus médicos. Con el acrecimiento de aquella dolencia crónica, que, según parecía, de tal modo se había apoderado de su constitución que ya no podría ser desarraigada por manos humanas, yo no podía menos de observar un incremento similar en la irritación nerviosa de su temperamento y temor. Volvía a su tema, y ahora con mayor frecuencia y pertinacia de los sonidos —de los leves sonidos— y de los insólitos movimientos entre las tapicerías que antes había ya mentado.

Una noche, hacia fines de septiembre, llamó mi atención acerca de aquel angustioso asunto, con mayor insistencia que de costumbre. Justamente acababa de despertarse de un inquieto sopor, y yo había estado observando, con sentimiento, medio de ansiedad, medio de terror, los movimientos de su demacrado semblante. Yo estaba sentado junto a su cama de ébano, en una de las otomanas de la India. Se incorporó a medias, y habló, con vehemente y quedo susurro, de los sonidos que estaba oyendo, pero que yo no podía oír, de movimientos que estaba viendo, pero que yo no podía percibir. El viento soplaba con apresurada violencia detrás de las colgaduras, y quise demostrarle (lo cual, debo confesarlo, tampoco acababa yo de creer) que aquellos suspiros casi inarticulados, y aquellas ligerísimas variaciones de las figuras en las paredes, no eran sino los efectos naturales de aquella habitual corriente de aire.

Pero la mortal palidez que se difundió por su rostro me acababa de demostrar que mis esfuerzos para tranquilizarla habían sido infructuosos. Parecía irse a desmayar, y no había criados a quienes llamar. Recordé dónde había sido depositado un frasco de vino flojo que había sido recetado por sus médicos, y me apresuré a cruzar la habitación para ir a buscarlo. Pero al pasar bajo la luz del incensario dos circunstancias de alarmante naturaleza atrajeron mi atención. Había notado que algún objeto palpable aunque invisible había pasado rozando ligeramente mi cuerpo; y vi extenderse sobre la dorada alfombra, en el centro mismo del vivo resplandor que derramaba el incensario, una sombra —una leve, indefinida sombra de angélico aspecto— y tal como pudiera imaginarse la sombra de una sombra. Pero yo estaba trastornado por la excitación de una dosis inmoderada de opio, atendí muy poco a aquellas circunstancias, y no hablé de ellas a lady Rowena. Luego de encontrar el vino, volví a cruzar la habitación y llené mi vasito, que llevé a los labios de la señora que estaba desmayándose. Sin embargo, ya se había recobrado un poco, y pudo tomar ella misma el vaso mientras yo me hundía en una otomana próxima, con los ojos fijos en su persona. Entonces fue cuando pude distinguir claramente su suave paso en la alfombra, y cerca de la cama; y un segundo después, mientras Rowena llevaba el vino a sus labios, vi, aunque también pude haber soñado que lo vi, caer dentro del vaso como de alguna invisible fuente en la atmósfera de la habitación tres o cuatro gruesas gotas de un brillante fluido color rubí. Aunque yo vi esto, no lo vio Rowena. Se bebió el vino sin vacilación, y me contuve de hablarle de semejante circunstancia, que bien podía al fin y al cabo, pensaba yo, no haber sido sino sugestión de una imaginación vívida, puesta en morbosa actividad por el terror de la señora, por el opio y por lo avanzado de la hora nocturna.

Y, a pesar de ello, yo no puedo ocultar lo que noté, porque, inmediatamente después de haber caído las gotas de rubí, en el trastorno de mi esposa se produjo un rápido cambio a peor, de tal modo que a la tercera de las noches siguientes las manos de sus sirvientes la preparaban para la tumba, y en la cuarta, yo me hallaba sentado, solo, junto a su cuerpo amortajado, en aquella alcoba fantástica que la había recibido como esposa mía. Delirantes visiones, engendradas por el opio, revoloteaban, como sombras, delante de mí.

Yo pasaba mis ojos inquietos por los sarcófagos situados en los ángulos de la habitación, por las cambiantes figuras de las tapicerías y por el serpenteo de los fuegos multicolores del incensario que colgaba del techo.

Luego mis ojos cayeron, mientras yo iba recordando las circunstancias de una noche precedente, en el sitio, bajo el resplandor del incensario, donde yo había visto los rastros ligeros de la sombra. Pero ya no estaba allí, y, respirando con mucho desahogo, volví la mirada a la pálida y rígida figura que estaba sobre la cama. Y entonces me acometieron mil recuerdos de Ligeia, y entonces volvieron a mi corazón, con la turbulenta violencia de una inundación, todas las inexpresables angustias con que yo la había mirado así amortajada. La noche se desvanecía; y aun con el corazón lleno de amarguísimos pensamientos de la sola, única y supremamente amada, yo permanecía con los ojos fijos en el cuerpo de Rowena.

Sería ya la medianoche, o tal vez más temprano o más tarde, porque yo no había tomado nota del tiempo, cuando un sollozo, quedo, suave, pero muy distinto, me despertó de mi ensimismamiento. Yo *sentí* que venía de la cama de ébano, del lecho mortuorio. Apliqué el oído con angustia de supersticioso terror, pero no hubo repetición de aquel sonido. Forcé mi vista para descubrir algún movimiento del cadáver, pero no hubo en él ni el más ligero y perceptible. Y, con todo, yo no podía haberme engañado. Yo había oído aquel rumor, aunque muy tenue, y mi alma estaba muy despierta en mí. Resuelta y obstinadamente mantuve mi atención encadenada en el cadáver. Pasaron algunos minutos antes de que ocurrieran algunas circunstancias que pudieran darme luz acerca de aquel misterio. Al fin se me hizo evidente que un ligero, muy débil y difícilmente perceptible matiz de coloración había sonrosado las mejillas, y corrido por las hundidas venillas de los párpados. Tomado de una especie de inexpresable horror y espanto, para el cual el lenguaje de los mortales no tiene expresión suficientemente enérgica, sentí que mi corazón cesaba de latir, y que mis miembros se quedaban rígidos donde yo estaba sentado. Y, con todo, un sentimiento del deber contribuyó a devolverme la serenidad. Ya no podía dudar de que nos habíamos precipitado en nuestros preparativos fúnebres y de que Rowena aún vivía. Era menester tomar de inmediato alguna determinación; el caso era que aquella torre estaba completamente separada de la parte de la abadía ocupada por los criados —no había ninguno a quien llamar—, no tenía manera de pedirles ayuda sin dejar la habitación por unos minutos, y yo no podía arriesgarme a ello. Por lo tanto, luché solo en mis esfuerzos para revocar el espíritu que todavía revoloteaba, pero al poco rato tuve la certeza de que se había producido una recaída; el color desapareció de las pestañas y de las mejillas, dejando una palidez más intensa que la del mármol; los labios se fruncieron doblemente y se contrajeron con la horrible expresión de la muerte; una repulsiva viscosidad y frialdad se esparció con rapidez por la superficie del cuerpo; inmediatamente sobrevino la completa rigidez cadavérica. Yo retrocedí, me dejé caer de nuevo con un estremecimiento sobre la otomana de donde había sido despertado con tal sobresalto, y de nuevo me abandoné a mis apasionadas y soñadas visiones de Ligeia.

Así transcurrió una hora cuando (¿podía ser posible?) por segunda vez pude notar cierto vago rumor que venía de donde estaba el lecho. Escuché con horror extremado. El rumor se oyó de nuevo; era un suspiro. Me precipité hacia el cadáver, y vi —distintamente vi— un temblor en los labios. Y al cabo de un minuto se aflojaron descubriendo una brilladora línea de perlinos dientes. El asombro luchó de nuevo en mi corazón con el terror profundo que solo hasta entonces había reinado en él. Sentí que la vista se me turbaba, que mi razón se extraviaba; y solo con un violento esfuerzo por fin pude lograr animarme para la tarea que el deber volvía a señalarme de aquel modo. Ahora había cierto rubor en la frente, en las mejillas y en la garganta; un perceptible calor invadía todo el cuerpo; y hasta se producía un ligero latir del corazón. La señora vivía, y con redoblado ardor me apliqué a la tarea de reanimarla. Froté y bañé las sienes y las manos, y usé de todos los medios que mi experiencia, y no pocas lecturas médicas, pudieron sugerirme, pero fue en vano. De pronto el color se desvaneció, cesó la pulsación, los labios adquirieron otra vez la expresión de la muerte y un instante después todo el cuerpo volvió a tomar su frialdad de hielo, su lívido matiz, su intensa rigidez, sus facciones hundidas, y todas las repugnantes peculiaridades de los que han sido durante muchos días habitantes de la tumba.

Y otra vez me sumergí en visiones de Ligeia, y otra vez (¡qué maravilla si me estremezco al escribirlo!), otra vez llegó a mis oídos un quedo sollozo que venía de donde estaba la cama de ébano. Pero ¿para qué particularizar minuciosamente los inexpresables horrores de aquella noche? ¿Para qué detenerme en referir cómo una vez y otra vez hasta muy cerca de apuntar el día aquel horrendo drama de revivificación hubo de repetirse; cómo cada terrorífica recaída lo iba siendo en una muerte cada vez más severa y más evidentemente irremisible; cómo cada una de aquellas agonías ofrecía el aspecto de una lucha con algún invisible enemigo; y cómo a cada una de aquellas luchas sucedía yo no sé qué extraño cambio en la apariencia personal del cuerpo? Voy a darme prisa en terminar.

La mayor parte de la pavorosa noche había pasado, y aquella mujer que había estado muerta de nuevo se agitó, y ahora más vigorosamente que hasta entonces, a pesar de que despertaba de una muerte más aterradora y más desesperante. Ya hacía mucho rato que había dejado de luchar o de moverme, y permanecía en la otomana presa impotente de un torbellino de emociones violentas de las cuales el extremado terror era tal vez la menos terrible, la menos devoradora. El cadáver, lo repito, se agitaba, y ahora más vigorosamente que antes. Los colores de la vida se derramaban con inusitada energía por su rostro, sus miembros se aflojaron, y, a no ser porque los párpados continuaban todavía fuertemente apretados y los vendajes y ropajes de la tumba todavía comunicaban su carácter sepulcral a su figura, yo hubiera podido soñar que Rowena había en efecto sacudido totalmente las cadenas de la Muerte. Pero si aquella idea no fue por mí aceptada desde aquel momento, no pude seguir ya dudando, cuando ella se levantó de la cama, tambaleándose, con débiles pasos, cerrados los ojos, y con el aspecto de quien se halla sumido en un ensueño, aquel ser que estaba amortajado avanzó decidida y corpóreamente hacia el centro de la habitación.

Yo no temblé, yo no me moví, porque una muchedumbre de inexpresables imaginaciones relacionadas con el aspecto, la estatura, el gesto de la figura, precipitándose violentamente a través de mi cerebro, me habían paralizado, me habían helado, petrificado. Yo no me moví, pero tenía los ojos clavados en aquella aparición. Había un loco desorden en mis pensamientos, un tumulto inaplacable. ¿Podía en efecto ser la *viviente* Rowena quien se me ponía delante? ¿Podía en efecto ser *realmente* Rowena, la de rubios cabellos, la de ojos azules, lady Rowena Trevanion de Tremaine? Pero *¿por qué?*, ¿por qué había yo de dudarlo? La venda se ceñía fuertemente alrededor de su boca. ¿Por qué, pues, no había de ser la boca de la respirante lady de Tremaine? ¿Y las mejillas? Había en ellas las rosas del mediodía de su vida. Sí, bien podían ser en efecto las hermosas mejillas de la viviente lady de Tremaine. Y la barbilla, con sus hoyuelos, como en plena salud, ¿no habían de ser los suyos? Pero ¿es que *había crecido durante su enfermedad?* ¿Qué inexpresable locura se apoderaba de mí al pensar aquello? ¡Di un salto, y me hallé a sus pies! Retrocediendo a mi contacto, dejó caer de su cabeza, no desatadas, las horrendas mortajas que la habían aprisionado, y entonces se desbordaron, agitando la atmósfera de la habitación, inmensas masas de largos y desgreñados cabellos. ¡Eran más negros que las alas de cuervo de la medianoche! Y entonces lentamente abrió *los ojos* aquella figura que se alzaba delante de mí. «¡Aquí están por fin! —grité con todas mis fuerzas—. ¿Podía yo jamás..., podía yo jamás engañarme? Esos son los magníficos, los negros, los vehementes ojos de mi amor perdido, de lady..., ¡de lady Ligeia!»

EL NIDO DE RUISEÑORES

Théophile Gautier
(1811-1872)

Alrededor del castillo había un bello parque.

En el parque había pájaros de todo tipo: ruiseñores, mirlos, currucas; todos los pájaros de la tierra se daban cita allí.

En primavera, el gorjeo era indefinible; cada hoja escondía un nido; cada árbol era una orquesta. Todos los pequeños músicos emplumados rivalizaban por ver quién cantaba mejor. Unos piaban, los otros zureaban; aquellos trinaban cadencias diáfanas, otros enhebraban florituras o bordaban calderones. Unos verdaderos músicos no lo hubieran hecho mejor.

Pero en el castillo había dos hermosas primas que cantaban mejor que todos los pájaros del parque. Una se llamaba Fleurette y la otra Isabeau. Las dos eran hermosas y cautivadoras y los domingos, cuando se ponían sus bellos vestidos, si sus blancos hombros no hubieran mostrado que eran verdaderas doncellas, se las podría haber tomado por ángeles; solo les faltaban las plumas. Cuando cantaban, el anciano señor de Maulevrier, su tío, las tomaba a veces de la mano, por miedo a que les dominara la fantasía de echar a volar.

Dejo a vuestra imaginación los bellos lances que se dieron en torneos y carruseles en honor de Fleurette e Isabeau. El renombre de su belleza y de su talento había recorrido toda Europa y, sin embargo, ellas no se mostraban arrogantes. Vivían retiradas sin ver a más personas que al pequeño paje Valentin, hermoso niño de cabellos rubios, y al señor de Maulevrier, anciano completamente cano, de piel oscura y maltrecho por haber llevado durante sesenta años su arnés en las batallas.

Las doncellas pasaban el tiempo lanzando semillas a los pajaritos, rezando sus oraciones y, mayormente, estudiando las obras de los maestros y repitiendo juntas algún motete, madrigal, villanella o cualquier otra música. También tenían flores que cuidaban y regaban ellas mismas. Sus vidas transcurrían en dulces y poéticas ocupaciones de doncella. Se mantenían a la sombra y lejos de la mirada del mundo, aunque el mundo se interesara por ellas. Pero ni el ruiseñor ni la rosa se pueden esconder; su canto y su aroma siempre los traicionan. Nuestras dos primas eran, a la vez, ruiseñores y rosas.

Acudieron duques y príncipes a pedir su mano. El emperador de Trapisonda y el sultán de Egipto enviaron embajadores para proponer su alianza al señor de Maulevrier. Las dos primas no se cansaban de ser doncellas y no querían ni oír hablar de esas cosas. Quizá habían sentido por instinto que su misión aquí abajo era la de ser doncellas y cantar y que se apartarían de ella si hacían otra cosa.

Habían entrado en la casa solariega de muy pequeñas. La ventana de su habitación daba al parque y habían sido mecidas por el canto de los pájaros. Apenas se tenían en pie, que el anciano Blondiau, ministril del señor, había posado sus manitas sobre las teclas de marfil del virginal. Ese fue su sonajero y supieron cantar antes que hablar. Cantaban como los demás respiran. Les era natural.

Esta educación había influido singularmente en su carácter. Su infancia armoniosa les había ahorrado una niñez revoltosa y parlanchina. Nunca habían dado un grito estridente ni ninguno de sus quejidos había sido discordante: lloraban siguiendo el compás y gemían según los acordes. El sentido musical, desarrollado en ellas a expensas de otros, las hacía poco sensibles a lo que no fuera la música. Flotaban en una ola melodiosa y el mundo real lo percibían casi únicamente por el sonido. Comprendían admirablemente el susurro del follaje, el rumor de las aguas, el tintineo del reloj, el suspiro del viento en la chimenea, el zumbido de la rueca, la gota de lluvia que cae en el vidrio tembloroso, todas las armonías exteriores e interiores; pero no experimentaban, debo decirlo, un gran entusiasmo al ver un sol poniente, y tampoco les decía gran cosa la pintura, como si sus bellos ojos azules y negros hubieran sido cubiertos por una densa nube. Tenían la enfermedad de la música; soñaban con ella; se olvidaban de beber y comer; no amaban nada más en el mundo. Aun así, amaban a Valentin y a sus flores: a Valentin porque se parecía a las rosas; a las rosas porque se parecían a Valentin. Pero este amor estaba en un segundo plano. Cierto es que Valentin solo contaba trece años. El mayor placer de las dos primas era cantar al atardecer en la ventana la música que habían compuesto durante la jornada.

Los más célebres maestros acudían desde muy lejos a escucharlas y rivalizar con ellas. Pero apenas escuchaban un compás, rompían sus instrumentos y rasgaban sus partituras confesándose vencidos. En efecto, la suya era una música tan agradable y melodiosa que los querubines del cielo se posaban en el ventanal con los otros músicos para aprendérsela de memoria y cantársela al buen Dios.

Una tarde de mayo, las primas cantaban un motete a dos voces; jamás un tema más feliz había sido tan felizmente trabajado y ejecutado. Un ruiseñor del parque, agazapado en un rosal, las había escuchado atentamente. Cuando terminaron, se acercó a la ventana y les dijo en su lenguaje de ruiseñor: «Quisiera entablar una batalla de canto con vosotras».

Las dos primas respondieron que estarían encantadas y que fuera él quien empezara.

El ruiseñor empezó. Era un ruiseñor maestro. Su garganta se hinchaba, sus alas batían, todo su cuerpo se estremecía; eran gorgoritos de nunca acabar, veloces arpegios, gamas cromáticas; ascendía y descendía; hilaba los sonidos; ejecutaba las cadencias con una pureza desesperante: se hubiera dicho que su voz tenía alas como su cuerpo. Cuando se detuvo estaba seguro de su victoria.

Acto seguido, cantaron las doncellas, y se superaron. El canto del ruiseñor pareció a su lado el piar de un gorrión.

El virtuoso alado hizo un último esfuerzo; cantó una romanza de amor e interpretó una brillante fanfarria que coronó con un penacho de notas altas, vibrantes, agudas, fuera del alcance de toda voz humana.

Las doncellas, sin dejarse impresionar por la hazaña, giraron la hoja de su libro de música y replicaron al ruiseñor de tal manera que santa Cecilia, que las escuchaba desde el cielo, palideció de envidia y dejó caer al suelo su contrabajo.

El ruiseñor trató de volver a cantar, pero la contienda lo había dejado exhausto: le faltaba el aliento, tenía las plumas erizadas, los ojos se le cerraban a su pesar; iba a morir.

—Cantáis mejor que yo —dijo a las doncellas— y el orgullo de quereros superar me cuesta la vida. Os pido una cosa: tengo un nido y en el nido hay tres pequeños. Está en el tercer escaramujo de la gran avenida, al lado de la fuente; mandad que los vayan a buscar, educadlos y enseñadles a cantar como vosotras, puesto que voy a morir.

Tras pronunciar estas palabras, el ruiseñor murió. Las doncellas lo lloraron mucho ya que había cantado excelentemente. Llamaron a Valentin, el pequeño paje de cabellos rubios, y le contaron dónde estaba el nido. Valentin, que era muy espabilado, lo encontró con facilidad; se puso el nido en el pecho y lo trasladó sin problemas. Fleurette e Isabeau, acodadas en el balcón, lo esperaban con impaciencia. Pronto llegó Valentin con el nido entre sus manos. Los tres pequeños sacaban la cabeza y abrían el pico cuanto podían. Las doncellas se compadecieron de los pequeños huérfanos y dieron de comer a todos ellos. Cuando crecieron un poco, empezó su educación musical, como se lo habían prometido al ruiseñor vencido.

Era una maravilla ver cómo se esforzaban y lo bien que cantaban. Volaban por la habitación y se posaban ya sobre la cabeza de Isabeau, ya en el hombro de Fleurette. Se situaban ante el libro de música y se hubiera dicho que sabían descifrar las notas, de tanto como miraban las blancas y negras con aire de inteligencia. Habían aprendido todas las composiciones de Fleurette e Isabeau y empezaron a componer canciones propias, realmente hermosas.

Las doncellas vivían cada vez en mayor soledad. Por las noches se oía, en el interior de su habitación, el sonido de una melodía sobrenatural. Los ruiseñores, perfectamente instruidos, participaban en el concierto y cantaban casi igual que sus maestras, que también habían hecho grandes progresos.

Sus voces adquirían cada día un más extraordinario brillo y vibraban de una forma metálica y cristalina por encima de los registros de la voz natural. Las doncellas enflaquecían a ojos vistas, su bello color se marchitaba, habían pasado a estar pálidas como dos ágatas, casi transparentes. El señor de Maulevrier quería impedirles cantar, pero no lo supo lograr.

Tan pronto ejecutaban unos cuantos compases, una pequeña mancha roja se dibujaba en sus mejillas y se iba agrandando hasta que concluían el canto; luego la mancha desaparecía, pero un sudor frío recorría su piel y sus labios temblaban como si tuvieran fiebre.

Por otro lado, su canto era más hermoso que nunca; tenía algo que no era de este mundo. Escuchando esas voces sonoras y poderosas que surgían de las dos frágiles doncellas, no era difícil prever lo que ocurriría: la música rompería el instrumento.

Ellas mismas lo comprendieron y se pusieron a tocar el virginal, que habían abandonado por el canto. Pero una noche la ventana estaba abierta, los pájaros trinaban en el parque, la brisa suspiraba armoniosamente; había tanta música en el aire que no pudieron resistir la tentación de ejecutar a dúo lo que habían compuesto el día anterior.

Era el canto del cisne, un canto maravilloso, empapado de lágrimas, ascendiendo hasta las cimas más inaccesibles de la gama y descendiendo las escalas hasta las notas más bajas; algo deslumbrante e inaudito, un diluvio de trinos, una lluvia con todos los cromatismos, unos fuegos artificiales musicales imposibles de describir; y, al mismo tiempo, la manchita roja se iba agrandando, hasta cubrirles casi por entero las mejillas. Los tres ruiseñores las miraban y escuchaban con singular ansiedad, batían las alas, iban y venían sin poder posarse. Al final, las doncellas llegaron a la última frase de un fragmento; su voz adquirió un carácter de una sonoridad extraña. Era fácil comprender que ya no se trataba de criaturas vivientes que cantaban. Los ruiseñores emprendieron el vuelo. Las dos primas estaban muertas. Sus almas habían partido con la última nota. Los ruiseñores subieron al cielo para llevar ese canto supremo al buen Dios, quien los acogió en su paraíso para que ejecutaran la música de las doncellas.

El buen Dios, más adelante, hizo con aquellos tres ruiseñores las almas de Palestrina, Cimarosa y el caballero Gluck.

EL SECRETO
DE LA BELLA ARDIANE

AUGUSTE VILLIERS DE L'ISLE-ADAM
(1838-1889)

Al señor Paul Ginisty
«Felicidad en el crimen.»
JULES BARBEY D'AUREVILLY

L a nueva casita del joven guarda forestal, Pier Albrun, dominaba, sobre una ladera, el pueblo de Ypinx-les-Trembles, a dos leguas de Perpiñán. No quedaba lejos de un valle de los Pirineos Orientales abierto sobre la llanura de Ruyssors, bordeada de grandes abetos, allá en el horizonte, en los límites con España.

Tras descender un torrente, cuya espuma borboteaba entre las rocas, se hallaba el jardín de la casa, desde donde se elevaban, sombreando mil flores medio salvajes, macizos de adelfas y de algarrobos que incensaban, con un vapor de pebetero, la encantadora casa de campo. Tras ellas se escalonaban altos pinos que diseminaban con el roce de las brisas pirenaicas esos aromáticos olores de bálsamo sobre el pueblo. Era un paraíso esta humilde y bonita morada, donde vivía con su mujer el joven Albrun, de veintiocho años, de piel blanca y ojos de valiente.

Su querida Ardiane, conocida como la bella vasca por el origen de los suyos, había nacido en Ypinx-les-Trembles. Espigadora de niña —flor de los surcos—, fue luego forrajera, y luego cordelera y tejedora, como los huérfanos del lugar. Había crecido en casa de una anciana madrina que, en otro tiempo, la había acogido en su casucha. A cambio, la joven la había alimentado con su trabajo y la había atendido a la hora de la muerte. La buena Ardiane Inféral se había distinguido siempre, a pesar de su exaltadora belleza, por una conducta irreprochable. De manera que Pier Albrun —veterano furriel de los cazadores de África; a su regreso, sargento instructor del cuerpo de bomberos de la ciudad; más adelante eximido del servicio por heridas sufridas en los incendios; nombrado, al fin, por actos de mérito, jefe de los guardas— se había casado con Ardiane tras seis meses, más o menos, de besos y noviazgo.

Aquella noche, cerca de la gran ventana abierta a un cielo estrellado, la bella Ardiane estaba sentada en la silla de paja trenzada. Llevaba un collar de cuentas de coral al cuello y tenía los mechones negros de su cabello sueltos a lo largo de sus mejillas. Estaba pálida, era esbelta, e iba vestida con una bata blanca. Su hermoso hijo de ocho meses apuraba su seno mientras ella miraba, con los ojos negros fijos, el pueblo dormido, la campiña lejana y allá lejos, el bullicioso ramaje de los abetos. Con el viento de la noche, saturado de efluvios de las flores, su nariz, arqueada, temblaba voluptuosamente y la boca mostraba sus irisados dientes, muy blancos, entre el trazo puro de sus labios del color de la sangre. Su mano derecha, con una alianza de oro en el dedo anular, jugaba distraída entre los cabellos rizados de su «hombre», el cual, a sus pies, apoyaba en las rodillas de la joven mujer su testa franca y alegre mientras sonreía a su pequeño.

A su alrededor, iluminada por una lámpara sobre una mesa, se abría su cámara nupcial, con las paredes empapeladas de azul pálido donde se destacaba el brillo de una carabina, allí colgada; cerca del amplio lecho blanco, deshecho, había una cuna bajo un crucifijo; sobre la chimenea, un espejo, y, al lado, un despertador. Entre luces de cristal, había un ramo de enebro rosado en un jarrón de barro pintado, justo delante de dos retratos enmarcados con cordelería.

Era, ciertamente, una morada paradisíaca. Sobre todo, esa noche, puesto que la mañana de aquella hermosa jornada ya transcurrida, los alegres ladridos de los perros del joven guarda forestal habían anunciado un visitante. Era un ordenanza, enviado por el prefecto de la ciudad, que había de entregar a Pier Albrun un ancho tubo de latón que contenía

—¡qué gran alegría!— la cruz de honor, al igual que el diploma y la carta ministerial donde se especificaban los títulos y motivos que habían decidido tal distinción. ¡Ah! La había leído en voz alta, al sol, en el jardín, con las manos temblorosas a causa del orgulloso placer que le producía, a su querida Ardiane: «Por actos de bravura, en diversos combates durante sus servicios en los tiradores argelinos, en África; por su conducta intrépida, como sargento instructor de los bomberos de la capital durante los sucesivos incendios que en 1883 asolaron la comuna de Ypinx-les-Trembles y los numerosos salvamentos que acometió, así como por las dos heridas que, tras su exención del servicio, le valieron su plaza de guarda forestal, etc.». Era por esa causa por lo que, esa noche, Pier Albrun y su mujer se demoraban cerca de la ventana recordando esa jornada de celebración sin poder evitar mirar, de vez en cuando, la cruz con la cinta roja tornasolada.

Un velo de felicidad y amor parecía envolverlos bajo las silenciosas luces del firmamento.

Entretanto, la bella Ardiane observaba, siempre soñadora, a lo lejos, algunas construcciones ennegrecidas y ruinosas entre las casas y las cabañas blancas del pueblo. Las habían abandonado sin reconstruirlas. El año anterior, en menos de un semestre, Ypinx-les-Trembles se había visto entre llamas, de golpe, en siete ocasiones, en noches silenciosas, a causa de repentinos siniestros, en medio de los cuales habían perecido víctimas de todas las edades. Era, según el rumor, obra de unos rencorosos contrabandistas que, mal acogidos en el pueblo, habían regresado para avivar esos incendios. Luego, desaparecidos entre los abetos, escondidos en las espesuras de mirtos y álamos, escapando a la gendarmería, que no pudo darles alcance, habían llegado a la frontera y a las sierras. Los criminales debieron de ser prendidos al fin en el extranjero por otros crímenes y los incendios cesaron.

—¿En qué piensas, Ardiane mía? —murmuró Pier, besando los dedos de la pálida mano distraída que le acariciaba los cabellos y la frente.

—En esos muros negros que nos han dado tanta felicidad —respondió lentamente la vasca, sin girar la cabeza—. ¡Mira! —dijo señalando con el dedo unas ruinas—, en el incendio de esa granja te volví a ver.

—Creí que era la primera vez que nos veíamos —respondió él.

—No, ¡la segunda! —dijo Ardiane—. Yo ya te había visto diez días antes en la fiesta de Prades, pero tú, malvado, no te fijaste en mí. Mi corazón latió por primera vez: sentí locamente que tú eras mi único hombre. En ese instante decidí ser tu mujer, y ya sabes que lo que quiero, lo consigo.

Habiendo levantado la cabeza, Pier Albrun observaba también las ruinas entre las casas blancas a la luz de la luna.

—¡Ah! Sí que te lo tenías escondido, ¡no me lo habías dicho! —dijo él sonriendo—. Pero fue en el incendio de aquella gran cabaña de allí, detrás de la iglesia, donde, queriendo yo en vano salvar a la anciana pareja cuyos huesos luego no se pudieron ni encontrar entre los escombros, una viga en llamas me hirió y tú me hiciste ir a casa de tu anciana madrina, la señora Inféral, para curarme y reconfortarme con un vino caliente... ¡que ya tenías preparado! ¡Qué cosas...! Da igual, esos pobres viejos... Da pena pensarlo.

—¿Sabes? —susurró la vasca—, yo no los echo de menos. Los conocí de niña, me pagaban muy mal el cuero y los cordeles, tres sous, cinco sous, y a regañadientes. La vieja se burlaba de mi hermosura... Y, además, con su mala boca, trató de calumniarme. ¡Nunca daban nada a los pobres! Y, bueno, todos somos mortales, así que... ¿Para qué servían esos avariciosos? Si nos hubiéramos quemado nosotros habrían dicho: «Bien hecho está». Y así, tantos otros. No pienses en ello. Mira, el chamizo Desjoncherêts. Cómo ardía, ¿verdad? Fue luego, en casa, cuando me besaste por primera vez. Salvaste al pequeño; te arriesgaste mucho. ¡Ah! ¡Cómo te admiraba! Y estabas tan guapo, ya te digo, con tu casco bajo los reflejos rojos. ¡Ah! Ese beso, ¡si tú supieras!

Luego extendió su plácida mano hacia fuera: la alianza brilló bajo los rayos del astro, y continuó:

—En esa casa, ves, nos prometimos. Y en la de allí, me entregué a ti, en el granero. Y fue en esa otra donde recibiste tu tremenda y querida herida.

¡Pier mío...! Me gusta contemplar esos agujeros oscuros: les debemos nuestra alegría, tu estupenda plaza de guarda forestal, nuestro matrimonio, esta casita... ¡donde ha nacido nuestro niño!

—Sí —murmuró Pier Albrun, que se puso pensativo—. Eso prueba que Dios saca el bien del mal... Pero si tuviera, de todos modos, a tiro de carabina al trío de criminales...

Ella se giró, con la mirada grave; sus cejas fruncidas se tocaron, formando una línea negra:

—Cállate, Pier —dijo—. ¡No vamos nosotros a maldecir las manos que prendieron los fuegos! Les debemos, te digo, hasta esta cruz que aprietas en tu puño. Reflexiona un poco, querido Pier: sabes bien que la ciudad solo tiene una caserna para sus incendios, los de los alrededores y los de los pueblos. Prades y Céret quedan demasiado lejos. Tú, pobre sargento de bomberos, siempre alerta, recluso, sin descanso posible, en tu caserna, debiendo mantener siempre a tus hombres dispuestos ante cualquier emergencia, no podías salir de esa prisión más que para *realizar un servicio.* Una sola ausencia y te hubieran quitado el rango y la paga. ¡Una hora tardabais en llegar hasta aquí cuando había un incendio! Y yo, trenzando el cáñamo por una miseria al día, en Ypinx, con la temblorosa anciana entre brazos... ¡En invierno era muy duro! ¿Cómo ir a vivir a la ciudad sin venderme, como las otras? Ya comprenderás tú, mi único hombre, que eso era imposible. Pues sin todos esos magníficos incendios, todavía trenzaría mis cuerdas en los callejones, en el pueblo, y tú estarías jugándote la vida con cada siniestro. No nos habríamos vuelto a ver, ni nos habríamos hablado ni comprometido. Me parece que estamos mucho mejor así, juntos. Créeme, valió la pena todo lo que le pasó a esa gente... insignificante.

—Cruel. ¡Tienes sangre de volcán en las venas! —respondió Albrun.

—Además, los contrabandistas —siguió ella, con una sonrisa tan extraña que él se estremeció— tienen otras cosas mejores que hacer que venir aquí a arriesgarse por nada. ¡Déjalo correr! Para los tontos, ya está bien... que crean que fueron ellos.

El guarda, sin saber muy bien lo que sentía, la miró, preocupado, en silencio. Luego dijo:

—¿Entonces quién fue? Aquí todo el mundo se quiere y se conoce. No hay ladrones, nunca ha habido malhechores. Nadie más que esos asesinos de aduaneros tendrían interés en... ¿Qué mano se habría atrevido... por venganza... a...?

—¡Quizá fueron actos de amor! —dijo la vasca—. Mírame a mí, ya lo sabes, que una vez enamorada poco me importa el cielo y la tierra. ¿Qué mano?, te preguntas. A ver, mi Pier... ¿y si fuera la que tienes ahora en tus labios?

Albrun, que conocía a su mujer, dejó caer, sobrecogido, la mano que besaba. Sintió su corazón helarse.

—¿Estarás de broma, Ardiane?

Pero la salvaje criatura perfumada, la bella fiera, con un embriagante gesto de amor, lo atrajo por el cuello y, con una voz entrecortada cuyo aliento quemó la oreja del joven, le susurró muy bajo, entre los cabellos:

—Pier, ¡yo te adoraba! Pier, estábamos condenados a la indigencia y *prenderles fuego a esos cuchitriles era el ÚNICO modo de vernos y de ser el uno para el otro y tener a nuestro hijo.*

Ante esas terribles palabras, el exsoldado ejemplar se puso en pie, totalmente desconcertado, con el vértigo en la mirada. Aturdido, se tambaleaba. De repente, sin decir nada, el guarda lanzó por la ventana, entre las sombras, hacia el torrente, la cruz de honor, con una fuerza tan violenta que una de las aristas de plata de esa joya, rozando una piedra en la caída, hizo saltar una chispa antes de hundirse en la espuma. Luego, dio un paso hacia el arma colgada en la pared, pero su mirada, habiéndose cruzado con los ojos dormidos de su hijo, lo detuvo, lívido, y cerró los párpados.

—¡Ojalá el niño se haga cura para que pueda absolverte! —dijo tras un largo silencio.

La vasca era tan ardientemente hermosa que, hacia las cinco de la madrugada, unos demasiado persuasivos deseos fueron cegando poco a poco la conciencia del joven y su terrible compañera le acabó pareciendo dotada de un corazón *heroico.* En resumen, Pier Albrun, ante las delicias de Ardiane Inféral, cedió... y perdonó.

Y si hay que ser sinceros, a fin de cuentas, *¿por qué no iba él a perdonar?*

¿Quién, con un adiós ronco, hubiera huido? Tres meses después, las gacetillas habrían relatado su muerte «gloriosa», en China o en Madagascar; el niño, abandonado en la miseria, habría entrado en el limbo, y la vasca, buscándose la vida en alguna ciudad, habría, sin duda, encogido los hombros ante la lejana noticia de que era viuda y, en voz baja, habría tachado de imbécil al difunto.

Tales habrían sido los resultados de una austeridad demasiado rígida.

Hoy, Pier y su Ardiane se adoran y —sin contar la sombra del secreto que guardan y que les une para siempre—, ciertamente, ¡parecen felices! Él supo recuperar su cruz, que, por otro lado, bien merecida la tenía, y la sigue luciendo.

Y, en fin, si pensamos en lo que la Humanidad admira, aprecia o aprueba, ese desenlace, para todo espíritu sincero y serio, ¿no es acaso el más... *plausible*?

ACEITE DE PERRO

AMBROSE BIERCE
(1842-1914)

Me llamo Boffer Bings. Nací en el seno de una familia honrada y muy humilde, pues mi padre era fabricante de aceite de perro y mi madre tenía un pequeño local, detrás de la iglesia del pueblo, donde se deshacía de los hijos no deseados. Ya de pequeño me enseñaron hábitos de trabajo. No solo colaboraba con mi padre ayudándole a conseguir perros para sus calderos, sino que mi madre me pedía con frecuencia que me encargara de deshacerme de los restos de su trabajo en el estudio. Para llevar a cabo dicha tarea solía precisar de todo mi talento natural, pues todos los agentes de la ley de las inmediaciones se oponían al negocio de mi madre. No era una cuestión política, pues los guardias no eran elegidos por la oposición, simplemente era así. Como es lógico, la actividad de mi padre —la fabricación de aceite de perro— era menos impopular, aunque a veces los dueños de los perros desaparecidos le miraban con una desconfianza que, en cierto modo, se hacía extensible a mí. Mi padre contaba con el apoyo tácito de todos los médicos de la ciudad, que rara vez recetaban algo que no contuviese lo que a ellos les gustaba llamar «lata de aceite». Y lo cierto es que es la medicina más valiosa que se ha descubierto. Pero la mayoría de la gente no estaba dispuesta a hacer sacrificios por los que sufren, y era evidente que a muchos de los perros más gordos del pueblo les habían prohibido jugar conmigo, hecho que hería mi joven sensibilidad, y una vez estuve a punto de dedicarme a la piratería.

A veces, cuando recuerdo aquella época, no puedo sino lamentar que al haber provocado de forma indirecta la muerte de mis padres fui el responsable de algunas desgracias que afectaron a mi futuro de forma irreversible.

Una noche, cuando pasaba por delante de la fabrica de aceite de mi padre con el cuerpo de un huérfano que llevaba del estudio de mi madre, me percaté de que un policía parecía vigilar atentamente mis movimientos. A pesar de mi corta edad, ya había aprendido que los actos de un policía siempre son fruto de los motivos más execrables, y lo despisté colándome en la fábrica de aceite por una puerta lateral que por casualidad encontré entreabierta. Una vez dentro cerré enseguida y me quedé a solas con el cadáver. Mi padre ya se había marchado. La única luz del lugar procedía del horno, que ardía con intensidad bajo uno de los calderos, proyectando reflejos rojizos en las paredes. El aceite hervía con fuerza y de vez en cuando aparecía en la superficie algún trozo de perro. Me senté a esperar que el policía se marchara y me puse a acariciar el pelo corto y sedoso del niño, cuyo cuerpo tenía sobre el regazo. ¡Qué bonito era! Ya a esa tierna edad me encantaban los niños, y mientras contemplaba a aquel querubín deseé con todas mis fuerzas que la pequeña herida roja que tenía en el pecho —obra de mi madre— no hubiera sido mortal.

Yo solía tirar al río a los bebés que la naturaleza tan sabiamente había dispuesto para tal propósito, pero aquella noche no me atreví a salir de la fabrica de aceite por miedo al policía. «No creo que pase nada si lo meto en el caldero», me dije. «Mi padre nunca distinguirá sus huesos de los de un cachorro, y las escasas muertes que puedan resultar de administrar una clase de aceite distinto al de la incomparable "lata de aceite" tampoco tendrán tanta importancia en una población que crece tan rápidamente». En resumen, di el primer paso en el crimen y tiré al niño dentro del caldero sintiendo una tristeza indescriptible.

Al día siguiente, y para mi sorpresa, mi padre nos informó a mi madre y a mí, frotándose las manos con satisfacción, de que había conseguido un aceite de una calidad nunca vista, pues así lo aseguraban los médicos a quienes les había enviado las muestras. Añadió que no tenía idea de cómo lo había conseguido, ya que él había actuado como siempre y todos los perros eran de las razas habituales. Consideré mi obligación explicarme, y así lo hice, aunque de haber imaginado las consecuencias no habría dicho nada. Mis padres, lamentando haber ignorado durante tanto tiempo las ventajas de combinar sus respectivos negocios, se pusieron manos a la obra para reparar su error. Mi madre trasladó su estudio a una de las alas del edificio de la fábrica y yo dejé de realizar las tareas que hasta la fecha le dispensaba. Ya no necesitaba que me deshiciera de los cadáveres de los pequeños, y como mi padre había decidido prescindir por completo de los perros, ya no tenía que conducirlos a su destino, aunque seguían ocupando un lugar de honor en el nombre del aceite. Al encontrarme tan ocioso de repente, podría haberme convertido en un chico despiadado y libertino, pero no fue así. La santa influencia de mi querida madre siempre estaba presente para protegerme de las tentaciones de la juventud, y además mi padre era diácono de la iglesia. ¡Qué desgracia que tan estimables personas tuvieran tan triste final por mi culpa!

Al doblar las ganancias de su negocio, mi madre se empezó a dedicar a él en cuerpo y alma. No solo se llevaba a niños no deseados, sino que se paseaba por los caminos y las calles en busca de niños mayores, e incluso de adultos, a los que conseguía engañar y llevar a la fábrica de aceite. También mi padre, encantado con la calidad superior del aceite que producía, se ocupaba de llenar sus calderos con celo y diligencia. La transformación de sus vecinos en aceite de perro pronto se convirtió en la pasión de sus vidas; una codicia absorbente y arrolladora se apoderó de sus almas y reemplazó en parte el lugar destinado a la esperanza de alcanzar el cielo; algo que, dicho sea de paso, también les inspiraba.

Su negocio llegó a ser tan próspero que se celebró una asamblea pública en la que se aprobaron resoluciones que los censuraban severamente. El presidente dejó bien claro que cualquier nuevo ataque contra la población se reprendería con contundencia. Mis pobres padres abandonaron la asamblea con el corazón roto, desesperados e incluso diría que un tanto desequilibrados. En cualquier caso, consideré que lo más prudente era no entrar en la fábrica de aceite con ellos aquella noche y me fui a dormir al establo.

Hacia medianoche, un impulso misterioso me llevó a levantarme a mirar por la ventana de la sala donde estaba el horno y donde sabía que dormía mi padre. El fuego ardía con tanta fuerza como si esperara que la cosecha del día siguiente fuera abundante. Uno de los calderos más grandes hervía lentamente, con una misteriosa apariencia de contención, en espera del mejor momento para dar rienda suelta a toda su energía. Mi padre no estaba en la cama; se había levantado en pijama y estaba preparando un nudo en una soga. Por las miradas que lanzaba hacia la puerta de la habitación de mi madre supe muy bien el propósito que tenía en mente. Estupefacto y paralizado por el horror, no pude hacer nada para evitarlo o para prevenirla. De pronto la puerta de la habitación de mi madre se abrió sin hacer ruido y los dos quedaron uno frente al otro mirándose sorprendidos. Ella también iba en pijama y en la mano sostenía su herramienta de trabajo: una larga daga de hoja estrecha.

Ella también había sido incapaz de renunciar a la última oportunidad de lucrarse que la actitud hostil de los vecinos y mi ausencia le permitían. Se miraron un momento con furia y después se abalanzaron el uno sobre el otro con una rabia indescriptible. Forcejearon por toda la habitación, el hombre maldiciendo, la mujer gritando, ambos luchaban como demonios, ella intentaba clavarle la daga, él trataba de estrangularla con sus enormes manos. No sé cuánto tiempo tuve la desgracia de observar aquella desagradable escena de infelicidad doméstica, pero por fin, tras un forcejeo especialmente vigoroso, los contrincantes se separaron de golpe.

El pecho de mi padre y la daga de mi madre mostraban indicios de contacto. Mis padres siguieron observándose un rato de un modo muy desagradable. Entonces, mi pobre y herido padre, sintiendo la proximidad de la muerte, dio un salto hacia delante y, sin pensar en la resistencia que ofrecía, agarró a mi pobre madre en brazos, la arrastró hasta el caldero hirviendo y, haciendo acopio de todas sus fuerzas, se metió dentro con ella. Ambos desaparecieron en cuestión de segundos y su aceite se sumó al del comité de ciudadanos que habían llevado la invitación para la asamblea del día anterior.

Convencido de que aquellos infelices acontecimientos me cerraban cualquier posibilidad de labrarme una carrera honorable en aquel pueblo, me trasladé a la conocida ciudad de Otumwee, donde estoy escribiendo estas memorias con el corazón lleno de remordimiento por aquel acto insensato que provocó un desastre comercial tan espantoso.

UN ERROR TRÁGICO

HENRY JAMES
(1843-1916)

I

Un bajo faetón inglés estaba aparcado delante de la puerta de la oficina de correos de una ciudad portuaria francesa. Sentada dentro estaba una dama con velo echado y una sombrilla pegada al rostro. Mi historia empieza justo cuando un caballero sale de la oficina y le entrega una carta.

El hombre se quedó un momento junto al coche antes de entrar. Ella le dio la sombrilla para que se la sostuviera y después se levantó el velo, revelando su hermoso rostro. La pareja parecía despertar mucho interés en los transeúntes, la mayoría de los cuales les observaban fijamente e intercambiaban miradas cómplices. Las personas que estaban mirando en ese momento vieron cómo la dama palidecía al leer la carta. Su compañero también lo advirtió y enseguida ocupó el asiento contiguo, tomó las riendas y condujo a toda prisa por la calle principal de la ciudad, cruzó el puerto y salió a una carretera que bordeaba el mar. Una vez allí aflojó la marcha. La dama se había recostado, había vuelto a ponerse el velo y tenía la carta desplegada sobre el regazo. Estaba como inconsciente y él advirtió que tenía los ojos cerrados. Tras asegurarse de que así era, agarró la carta rápidamente y leyó lo siguiente:

Southampton, 16 de julio de 18...

Querida Hortense:

Verás por el matasellos que estoy mucho más cerca de casa que la última vez que escribí, pero apenas tengo tiempo para explicar este cambio. M. P. me ha concedido un *congé* del todo inesperado. Después de tantos meses de separación, por fin podremos pasar unas semanas juntos. ¡Gracias a Dios! Hemos llegado esta mañana de Nueva York y he tenido la suerte de encontrar un barco, el Armorique, que zarpa directo a H. El correo sale directamente, pero es probable que nosotros nos retrasemos algunas horas debido a la marea, así que tal vez recibas esta carta un día antes de mi llegada: el capitán calcula que llegaremos el jueves por la mañana. Ay, Hortense, ¡qué despacio pasa el tiempo! Tres días enteros. Si no te escribí desde Nueva York fue porque no quería atormentarte con una espera que, de ser así, me atrevo a imaginar, habrías encontrado demasiado larga. Me despido de ti en espera de nuestro cálido reencuentro.

Tuyo, C. B.

Cuando el caballero volvió a dejar el papel sobre el regazo de su compañera, su rostro estaba casi tan pálido como el de ella. Se quedó un momento con la mirada perdida y se le escapó una maldición. Entonces volvió los ojos hacia su acompañante. Después de vacilar unos instantes, durante los cuales aflojó tanto las riendas que el caballo redujo el paso, le tocó el hombro con delicadeza.

—Y bien, Hortense —dijo con un tono muy amable—, ¿qué ocurre? ¿Te has quedado dormida?

Hortense abrió los ojos lentamente y, al darse cuenta de que habían dejado atrás la ciudad, se levantó el velo. El miedo se reflejaba en su rostro.

—Lee esto —dijo tendiéndole la carta.

El caballero la tomó y fingió volver a leerla.

—¡Ah!, monsieur Bernier regresa a casa. ¡Maravilloso! —exclamó.

—¿Cómo que maravilloso? —repuso Hortense—. No deberíamos bromear sobre cosas tan serias, querido.

—Cierto —convino—, será un reencuentro solemne. Dos años de ausencia es mucho tiempo.

—¡Oh, cielos! Nunca tendré el valor de mirarle a la cara —se lamentó Hortense, que rompió a llorar.

Se tapó el rostro con una mano y tendió la otra hacia la de su amigo, pero él estaba tan ensimismado que no advirtió el gesto. De pronto volvió en sí, alertado por los sollozos.

—Ven aquí —dijo con el tono de alguien que pretende convencer a otra persona de que desconfíe de un peligro del que él mismo no se siente tan seguro, pero frente al que la indiferencia de un tercero le aliviaría—. ¿Qué importa que venga? No tiene por qué descubrir nada. Se quedará muy poco tiempo y se marchará tan confiado como llegó.

—¿Que no descubrirá nada? Me sorprendes. Cualquier persona que le salude, aunque solo sea para decirle *bonjour,* le insinuará la existencia de una conducta tan reprochable.

—¡Tonterías! La gente no piensa en nosotros tanto como imaginas. Tú y yo, *n'est-ce-pas?* No tenemos tiempo de preocuparnos por los defectos de nuestros vecinos. No somos los únicos, para bien o para mal. Si un barco se hiciera añicos contra esas rocas que hay mar adentro, los pobres diablos que intentaran llegar a tierra firme subidos a algún mástil flotante no se fijarían demasiado en los que siguieran peleando con las olas a sus espaldas. No despegarían los ojos de la orilla y lo único que les preocuparía sería su propia salvación. En la vida todos nos movemos sobre un mar revuelto; todos peleamos por llegar a la *terra firma* de la riqueza, el amor o el placer. El rugido de las olas que pateamos a nuestro alrededor y la espuma que nos salpica los ojos nos ensordece y nos ciega a lo que dicen y hacen nuestros semejantes. Mientras consigamos ponernos a salvo, ¿qué nos importa lo que les pase ellos?

—¿Y si no lo conseguimos? Cuando hemos perdido la esperanza tratamos de hundir a los demás. Les colgamos pesos en el cuello y nos sumergimos en los pozos más sucios en busca de piedras que lanzarles. Amigo mío, tú no sientes el impacto de los disparos que no van dirigidos a ti. No es de ti de quien habla todo el mundo, sino de mí: una pobre mujer salta desde el muelle y se ahoga antes de que nadie tenga tiempo de impedírselo y su cadáver flota en el agua a la vista de todo el mundo. Cuando su marido se acerca a ver lo que está contemplando la multitud, ¿encontrará allí algún amigo fiel que le dé la buena noticia de la muerte de su esposa?

—Mientras la mujer sea lo bastante ligera como para flotar, Hortense, no se la puede dar por muerta. Solo cuando desaparece bajo el agua se pierden las esperanzas.

Hortense guardó silencio un momento mientras contemplaba el mar con los ojos hinchados.

—Louis —dijo por fin—, estábamos hablando metafóricamente: estoy a punto de tirarme al mar, literalmente.

—¡Tonterías! —contestó Louis—. Un acusado se declara inocente y después se ahorca en la cárcel. ¿Qué dirán los periódicos? La gente habla, ¿no? ¿Acaso no puedes hablar tú igual que ellos? Una mujer se equivoca en cuanto decide morderse la lengua y negarse a pelear. Y eso es algo que tú haces a menudo. Ese pañuelo es casi una bandera blanca.

—La verdad es que no lo sé —contestó Hortense con indiferencia—, es posible.

Hay momentos de dolor en los que ciertos aspectos del motivo de nuestro sufrimiento parecen tan irrelevantes como aquellos que son por completo ajenos a ellos. Ella seguía mirando fijamente el mar. Se hizo otro silencio.

—¡Ay, mi pobre Charles! —murmuró al fin—. ¡A qué hogar regresas!

—Hortense —dijo el caballero como si no la hubiera escuchado, aunque a una tercera persona le habría parecido precisamente que lo había hecho, pues continuó—: No necesito decirte que nunca se me ocurriría revelar nuestro secreto, pero te aseguro que mientras monsieur Bernier esté en casa ningún mortal dirá absolutamente nada.

—Y qué más da —se lamentó Hortense—. No pasarán ni diez minutos antes de que lo descubra.

—Eso —dijo su compañero con aspereza— es cosa tuya.

—¡Monsieur de Meyrau! —protestó la dama.

—Me parece —continuó el otro— que con esa garantía ya he cumplido con mi parte.

—¡Tu parte! —sollozó Hortense.

Monsieur de Meyrau no contestó, pero chasqueó el látigo con fuerza y el caballo empezó a galopar por la carretera. No dijeron nada más. Hortense se recostó en el carruaje y siguió llorando con la cara enterrada en el pañuelo. Su compañero iba muy erguido, con el ceño fruncido y los dientes apretados, mirando fijamente hacia delante y propinándole algún latigazo al caballo para que mantuviera un ritmo frenético. Cualquiera que pasara por allí podría haberlo tomado por un violador escapando con su víctima, reducida por la fuerza. Los viajeros que les conocían podrían haber hallado un significado más profundo en esa analogía accidental, y así regresaron a la ciudad después de un *détour*.

Cuando Hortense llegó a casa, subió directamente a su pequeño cuarto del segundo piso y se encerró en él. La habitación se encontraba en la parte trasera de la casa y su doncella, que en ese momento estaba paseando por el largo jardín que se extendía hasta el mar, donde había un embarcadero para botes pequeños, la vio correr las cortinas de la habitación y apagar las luces sin quitarse el sombrero ni la capa. Estuvo dos horas a solas. A las cinco en punto, poco antes de la hora a la que solían llamarla para vestir a su señora para la cena, la doncella llamó a la puerta de Hortense y le ofreció sus servicios. La señora respondió desde el interior que tenía *migraine* y que no pensaba vestirse.

—¿Puedo traerle alguna cosa? —preguntó Josephine—. ¿Una *tisane*, una bebida caliente o cualquier otra cosa?

—Nada, nada.

—¿Cenará la señora?

—No.

—No es conveniente que la señora se acueste sin comer nada.

—Tráigame una botella de vino... de brandy.

Josephine obedeció. Cuando regresó, Hortense la aguardaba en el umbral de la puerta y, como una de las contraventanas se había abierto, la mujer pudo ver que, aunque el sombrero de su señora había sido arrojado sobre el sofá, todavía no se había quitado la capa y estaba muy pálida. Josephine dedujo que no debía mostrar simpatía ni hacerle preguntas.

—¿No desea nada más? —se aventuró a preguntar mientras le entregaba la bandeja.

La señora negó con la cabeza y cerró la puerta con llave.

Josephine permaneció allí un momento, desconcertada, indecisa, escuchando. No oyó nada. Al final se agachó y pegó el ojo a la cerradura.

Y he aquí lo que vio:

Su señora se había acercado a la ventana abierta y estaba de pie, de espaldas a la puerta, mirando el mar. Con una mano, que colgaba lánguidamente a su lado, sostenía la botella por el cuello; la otra descansaba sobre una copa medio llena de agua al lado de una carta abierta, en una mesa situada a su lado. Estuvo en esa misma posición hasta que Josephine empezó a cansarse de esperar, pero justo cuando estaba a punto de perder la esperanza de saciar su curiosidad, la señora alzó la botella y la copa y la llenó hasta arriba. Josephine la observó con mayor interés. Hortense la sostuvo un momento contra la luz y a continuación la apuró de un trago.

Josephine no pudo evitar que se le escapase un silbido, pero su sorpresa se convirtió en asombro cuando vio que su señora se disponía a tomarse una segunda copa. Sin embargo, Hortense la dejó antes de haberse tomado la mitad, como si se le hubiera ocurrido algo, y cruzó la habitación a toda prisa. Se agachó delante de un armario y sacó unos binoculares. Regresó a la ventana con ellos, se los llevó a los ojos y volvió a pasar un rato mirando hacia el mar. Josephine no se explicaba el propósito de este proceder. El único resultado visible de su maniobra fue que de pronto su señora dejó los impertinentes en la mesa y se dejó caer en un sillón, cubriéndose el rostro con las manos.

Josephine fue incapaz de seguir conteniendo su asombro y bajó corriendo a la cocina.

—Valentine, ¿qué diablos puede ocurrirle a la señora? —le preguntó a la cocinera—. No quiere cenar, no deja de tomar brandy, hace un momento estaba contemplando el mar con unos impertinentes y ahora está llorando amargamente con una carta desplegada sobre el regazo.

La cocinera levantó la vista de las patatas que estaba pelando y le hizo un guiño cómplice.

—¿Y qué otra cosa puede ser sino el regreso del señor? —dijo.

II

A las seis de la tarde, Josephine y Valentine seguían sentadas hablando sobre los posibles motivos y consecuencias de lo que había insinuado la cocinera.

De pronto sonó el timbre de madame Bernier. Josephine estuvo encantada de contestar. Se encontró a su señora bajando la escalera, con el pelo cepillado, la capa puesta y el velo echado, sin rastro de agitación, pero muy pálida.

—Voy a salir —anunció madame Bernier—. Si viniera el señor vizconde dígale que estoy en casa de mi suegra y pídale que me espere hasta que regrese.

Josephine le abrió la puerta a su señora y se la quedó mirando hasta que cruzó el patio.

—En casa de su suegra —murmuró la doncella—, ¡qué sinvergüenza!

Cuando Hortense llegó a la calle, no cruzó la ciudad en dirección al casco viejo, donde vivía la anciana señora —la madre de su marido—, sino que se dirigió a un lugar bien distinto. Siguió el camino del muelle, junto al puerto, hasta que llegó a una zona muy concurrida, sobre todo por pescadores y marineros. Una vez allí se levantó el velo. Estaba empezando a anochecer. Avanzó intentando atraer la menor atención posible, pero examinando con atención a las personas entre las que se hallaba. Llevaba un vestido tan sencillo que su apariencia no llamaba la atención; sin embargo, si por algún motivo un transeúnte hubiera reparado en ella, con toda seguridad le habría extrañado la contenida intensidad con la que ella examinaba a cada persona que se le cruzaba. Su actitud era la de una persona que estuviera intentando reconocer entre la multitud a algún viejo amigo, o quizá, más bien, a algún antiguo enemigo. Al final se detuvo ante un tramo de escalera al pie del cual había un embarcadero para media docena de botes empleados para transportar pasajeros de un lado a otro del puerto cuando el puente levadizo se cerraba para permitir el paso de embarcaciones grandes. Mientras aguardaba presenció la siguiente escena.

Un hombre, que llevaba un gorro de pescador de lana roja, estaba sentado en lo alto de la escalera fumando una pipa de caño corto mientras contemplaba el mar. Cuando se dio la vuelta vio a un niño pequeño que corría por el muelle en dirección a una lúgubre vivienda que había allí al lado, con una jarra entre los brazos.

—¡Eh, chaval! —gritó el hombre—. ¿Qué llevas ahí? Ven aquí.

El pequeño volvió la cabeza, pero en lugar de obedecer aceleró el paso.

—¡Maldito seas! Ven aquí —repitió el hombre enfadado— o te retorceré ese pescuezo de ladronzuelo. ¿No piensas obedecer a tu tío?

El niño se detuvo y se encaminó arrepentido hacia su pariente, aunque no dejaba de mirar a su alrededor como si buscara alguna otra opinión.

—¡Date prisa! —lo apremió el hombre—. O iré a buscarte. ¡Muévete!

El niño se acercó hasta que estuvo a una media docena de pasos de los escalones, y una vez allí se quedó inmóvil mirando al hombre con cautela y agarrando la jarra con fuerza.

—Acércate, ladronzuelo, acércate un poco más.

Pero el pequeño continuó callado, sin moverse. De pronto su supuesto tío se inclinó hacia delante, alargó el brazo, agarró la diminuta muñeca morena del crío y tiró de él.

—¿Por qué no has venido cuando te he llamado? —preguntó pasando la otra mano por la sucia cabellera del niño y sacudiéndole la cabeza hasta hacerle tambalear—. ¿Por qué no has venido, pequeño maleducado? ¿Eh? ¿Eh? ¿Eh?—. Y acompañaba cada pregunta de una nueva sacudida.

El niño no contestó. Solo intentó girar el cuello bajo la presión del hombre y trasladar una especie de grito de socorro hasta la casa.

—A ver, pon la cabeza recta. Mírame y contéstame. ¿Qué llevas en esa jarra? No me mientas.

—Leche.

—¿Para quién?

—Para la abuela.

—Me importa un pimiento la abuela.

El hombre le soltó, le arrebató la jarra de sus débiles manos, la inclinó hacia la luz, examinó su contenido, se la llevó a los labios y la apuró. A pesar de verse libre, el niño no se marchó. Se quedó allí viendo cómo su tío se tomaba la leche hasta que bajó la jarra. Entonces le miró a los ojos y le dijo:

—Era para el bebé.

El tipo estuvo un momento sin saber qué hacer, pero el niño pareció anticipar su resentimiento paterno, pues apenas había terminado de hablar cuando reculó y salió corriendo justo a tiempo de esquivar el golpe de la jarra que el hombre había lanzado y estrellado a sus talones. Cuando el niño ya se había marchado, el tipo se volvió de nuevo hacia el mar, se colocó la pipa entre los dientes con una mirada de odio y murmuró algo que a madame Bernier le sonó muy parecido a «Así se ahogue el bebé».

Hortense fue una espectadora muda de aquel pequeño drama. Cuando concluyó la escena, se dio media vuelta y desanduvo sus pasos unos veinte metros con la mano en la cabeza. Después regresó y se dirigió al hombre.

—Buen hombre —le dijo con un tono muy agradable—, ¿es usted el patrón de alguno de estos botes?

Él levantó la vista hacia ella. Enseguida se quitó la pipa de la boca y la sustituyó por una gran sonrisa. Se puso de pie llevándose la mano al gorro.

—Sí, señora, a su servicio.

—¿Me llevaría hasta la otra orilla?

—No necesita ningún bote, ahora se puede cruzar el puente —dijo uno de sus camaradas al pie de la escalera, mirando en esa dirección.

—Lo sé —contestó madame Bernier—, pero quisiera ir al cementerio y un bote me ahorrará casi un kilómetro de camino.

—El cementerio está cerrado a esta hora.

—*Allons,* deja en paz a la señora —dijo el primer hombre al que ella se había dirigido—. Por aquí, señora.

Hortense se sentó en la popa de la embarcación. El hombre agarró los remos.

—¿En línea recta? —preguntó.

Hortense miró a su alrededor.

—Hace una tarde muy bonita —dijo—. Podría llevarme hasta el faro y dejarme en el punto más cercano al cementerio cuando volvamos.

—Muy bien —aceptó el barquero—, serán quince sous.

Y empezó a remar con fuerza.

—*Allez,* le pagaré bien.

—La tarifa son quince sous —insistió el hombre.

—Si consigue que tenga un trayecto agradable le daré cien —dijo Hortense.

Su compañero no dijo nada. Era evidente que quería fingir que no había oído su comentario. Probablemente el silencio fuera la forma más digna de recibir una promesa demasiado generosa que no podía ser sino una broma.

Mantuvieron el silencio durante un rato, roto únicamente por el batir de los remos y los sonidos procedentes de la orilla y los demás barcos. Madame Bernier estaba inmersa en el escrutinio discreto del rostro de su barquero. Tendría unos treinta y cinco años y un gesto terco, cruel y taciturno. Tal vez aquellos rasgos se vieran exagerados por la aburrida monotonía de su tarea. Sus ojos ya no mostraban el brillo de picardía que había visto cuando estaba tan *empressé* en el ofrecimiento de sus servicios. Su rostro se veía mejor en ese momento, si es que el vicio es mejor que la ignorancia. Se dice que un rostro se «ilumina» con una sonrisa y lo cierto es que ese destello momentáneo produce el mismo efecto que una vela en una habitación oscura. Proyecta un rayo de luz en la sombría tapicería de nuestras almas. Generalmente los rostros de los pobres conocen pocas variaciones. Existe una extensa clase de seres humanos que tienen la fortuna de poseer un único cambio de expresión o, quizá, mejor dicho, una única expresión. ¡Ay, la cantidad de rostros que solo visten desnudez o harapos, cuyo reposo es el estancamiento y su actividad, puro vicio, y que en los peores casos son ignorantes, e infames en los mejores!

—No reme con tanta fuerza —dijo Hortense al fin—. ¿No sería mejor que descansase un poco?

—La señora es muy amable —dijo el hombre apoyándose sobre los remos—. Pero si me ha contratado por horas —añadió recuperando esa sonrisa salvaje—, no debería verme perdiendo el tiempo.

—Supongo que trabaja usted mucho —comentó madame Bernier.

El hombre hizo un pequeño gesto con la cabeza como para dar a entender lo corta que se quedaba cualquier suposición para captar el alcance de sus labores.

—Me he levantado a las cuatro de la madrugada, he estado cargando fardos y cajas en el muelle desde entonces y navegando en mi pequeño bote, sudando, sin descansar ni cinco minutos. *C'est comme ça.* A veces le digo a mi compañero que me voy a dar un chapuzón en la ensenada para secarme. ¡Ja, ja, ja!

—Y evidentemente gana usted muy poco dinero —dijo madame Bernier.

—Menos que poco. Lo justo para mantenerme lo bastante gordo como para dar de comer al hambre.

—¿Cómo dice? ¿No tiene bastante para comer?

—Bastante es una palabra muy elástica, señora. Se puede reducir tanto que todo lo que la supere suponga un lujo. A veces la comida que necesito no es más que el aire que respiro. Si no me privo de él es porque no puedo.

—¿Es posible ser tan desafortunado?

—¿Quiere que le diga lo que he comido hoy?

—Claro —dijo madame Bernier.

—Lo único que me he llevado al gaznate en las últimas doce horas es un pedazo de pan negro y un arenque salado.

—¿Y por qué no busca un trabajo mejor?

—Si muriese esta misma noche —continuó diciendo el hombre haciendo caso omiso de la pregunta, como un hombre cuyas ansias de autocompasión lo empujan a saltarse todas las señales de auxilio—, ¿con qué habrían de enterrarme? Es posible que con la ropa que llevo pudiera pagarme una buena caja. Por el precio de este traje viejo, que no me ha durado ni un año, podría comprarme un ataúd que me durase más de cien años. *La bonne idée!*

—¿Por qué no se busca un trabajo mejor pagado? —repitió Hortense.

El hombre volvió a hundir los remos en el agua.

—¿Un trabajo mejor pagado? Yo tengo que trabajar para conseguir trabajo. Eso también tengo que ganármelo. El trabajo significa salario. La mayor parte de las ganancias que llevo en el bolsillo un sábado por la noche son para mí la promesa del trabajo que pueda tener la semana que viene. Desembarcar cincuenta barriles supone dos cosas: treinta sous y poder desembarcar cincuenta barriles más al día siguiente, así que una mano rota o un hombro dislocado significan cincuenta francos para el boticario y tener que decir *bonjour* a mi negocio.

—¿Está usted casado? —preguntó Hortense.

—No, gracias. No he sido maldecido con esa bendición, pero tengo una madre mayor, una hermana y tres sobrinos que dependen de mí. La anciana es demasiado vieja para trabajar, la muchacha es demasiado perezosa y los chiquillos son demasiado pequeños. Pero ninguno de ellos es demasiado mayor o demasiado joven como para no tener hambre, *allez*. Soy lo más parecido a un padre para todos ellos.

Se hizo un silencio. El hombre había empezado a remar de nuevo. Madame Barnier seguía sentada, inmóvil, examinando la fisonomía de su vecino. El sol, que se ocultaba, le daba de lleno en la cara, cubriéndola con una luz brillante. Las facciones de la dama quedaban oscurecidas contra el cielo de poniente y su compañero apenas podía distinguirlas.

—¿Por qué no se marcha de aquí? —preguntó ella al fin.

—¡Marcharme! ¿Cómo? —contestó mirándola con la áspera avidez con la que las personas de su clase reciben las propuestas relacionadas con sus intereses, incluyendo las sugerencias filantrópicas, esa ansiedad desconfiada con la que la experiencia les ha enseñado a defender su posición en cualquier intercambio, la única clase de propuesta que ella les había enseñado.

—Ir a otra parte —dijo Hortense.

—¿Adónde, por ejemplo? —contestó

—A otro país, a América.

El hombre estalló en una carcajada. En el rostro de madame Bernier se advirtió más interés por sus rasgos que por el desconcierto que suele acompañar a la conciencia de haber hecho el ridículo.

—¡Una idea propia de una dama! Si encuentra un apartamento amueblado, *là-bas,* no desearía nada mejor. Pero yo no puedo saltar a ciegas. América y Argelia son dos palabras maravillosas para meter en un estómago vacío cuando uno está tumbado al sol, sin trabajar, como cuando cargas la pipa de tabaco y dejas que el humo caracolee alrededor de tu cabeza. Pero se marchitan ante una buena chuleta y una botella de vino. Cuando la tierra sea tan llana y el aire tan puro que pueda divisarse la costa americana desde el muelle, entonces prepararé el hatillo. No antes.

—Entonces, ¿tiene miedo de arriesgarlo todo?

—Yo no le temo a nada, *moi,* pero tampoco soy tonto. No quiero deshacerme de mis *sabots* hasta que tenga asegurados un buen par de zapatos. Aquí puedo ir descalzo, pero no quiero encontrarme agua donde pensaba encontrar tierra firme. Además, yo ya he estado en América.

—¡Ah! ¿Ha estado allí?

—He estado en Brasil, México, California y las Indias Occidentales.

—¡Ah!

—*Pardieu,* en China y en la India. ¡He visto todo el mundo! He pasado tres veces por el Cabo.

—Entonces, ¿ha sido marinero?

—Sí, señora, durante catorce años.

—¿En qué barco?

—Bendita inocencia... en cincuenta.

—¿Franceses?

—Franceses, ingleses y españoles. La mayoría eran españoles.

—¡Ah!

—Sí, y en buena hora.

—¿Y eso por qué?

—Pues porque era una vida de perros. Habría ahogado a cualquier perro que me hubiera hecho la mitad de las jugarretas que solía ver.

—¿Y a usted nunca participó en ninguna?

—*Pardon,* yo lo di todo. Fui tan buen español y tan malvado como cualquiera. Medí mi cuchillo con los mejores, lo desenvainé igual de rápido y asesté puñaladas igual de profundas. Si no fuera usted una mujer le enseñaría mis cicatrices. ¡Pero le aseguro que podría encontrar señales idénticas en los pellejos de docenas de españoles!

Pareció que los recuerdos le hacían remar con más energía. Se hizo un breve silencio.

—¿Cree usted...? —dijo madame Bernier al poco—, me refiero a si recuerda, quiero decir... ¿recuerda si alguna vez mató a un hombre?

El hombre aflojó los remos unos segundos. Lanzó una mirada intensa al rostro de su pasajera, aunque seguía tan oscurecido por su posición que apenas podía distinguirla. El tono de su interrogatorio había trascendido la simple curiosidad. El hombre vaciló un momento y después esbozó una de esas sonrisas conscientes, precavidas y vacilantes, que bien podía ocultar una asunción criminal de algo más que la verdad o la repulsa culpable de esta.

—*Mon Dieu!* —exclamó encogiéndose de hombros—, ¡menuda pregunta! Nunca he matado a nadie sin tener un buen motivo.

—Por supuesto que no —convino Hortense.

—Aunque un motivo en Sudamérica, *ma foi!* —añadió el barquero—, no sería un motivo aquí.

—Supongo que no. ¿Qué sería un motivo aquí?

—Bueno, si hubiera matado a un hombre en Valparaíso, y no estoy diciendo que lo haya hecho, sería porque le habría clavado el cuchillo con más profundidad de la que pretendía.

—Pero ¿por qué lo utilizó en primer lugar?

—No lo hice, pero si lo hubiese hecho sería porque él habría desenfundado primero.

—¿Y por qué habría hecho algo así?

—*Ventrebleu!* Por tantos motivos como barcos hay en el puerto.

—¿Como por ejemplo?

—Pues que me hubieran dado un puesto en el barco que él también hubiese querido.

—¿Por algo así? ¿Eso es posible?

—Y por motivos más insignificantes. Que una muchacha me hubiera dado una docena de naranjas que le había prometido a él.

—¡Qué raro! —exclamó madame Bernier dejando escapar una risita estridente—. Supongo que un hombre que tuviera algo así contra usted se acercaría para apuñalarlo sin ningún problema, ¿no?

—Exactamente. Te clava un cuchillo en la espalda mientras te maldice, y cinco minutos más tarde utiliza ese mismo cuchillo para partir un melón mientras entona una cancioncilla.

—Y cuando una persona tiene miedo, o siente vergüenza, o por algún motivo es incapaz de tomarse la venganza por su mano, ¿puede él... aunque quizá sea una mujer..., podría ella contratar a otra persona que lo haga en su lugar?

—*Parbleu!* Los pobres diablos que viven de esa clase de trabajos son tan comunes en toda la costa de Sudamérica como los *commissionaires* en las esquinas de este país.

Era evidente que el barquero estaba sorprendido por la fascinación que sentía una dama tan refinada por ese tema, pero como le gustaba hablar, es probable que el placer que le producía saberse capaz de complacer la curiosidad de la dama y escucharse a sí mismo fuera todavía mayor.

—Y además allí nunca olvidan una cuenta pendiente —continuó—. Si un tipo no las ajusta un día, lo hará otro. El odio de un español es como el sueño perdido, puedes posponerlo un tiempo pero tarde o temprano acabará pasándote factura. Los canallas siempre mantienen sus promesas. Un enemigo en un barco es muy divertido. Es como meter dos toros en la misma plaza: no puedes quedarte quieto ni medio minuto si no es contra la barrera. Incluso cuando se hace amigo tuyo, nunca te puedes fiar de sus favores. Meterte con él es como beber de una taza de peltre. Y así ocurre en todas partes. Si dejas que tu sombra se cruce en el camino de un español, él siempre la verá ahí. Si nunca ha vivido fuera de esas cuadriculadas ciudades europeas no puede imaginarse cómo son las cosas en una ciudad portuaria sudamericana: la mitad de la población se esconde detrás de una esquina esperando a la otra mitad. Pero no creo que aquí las cosas sean mucho mejores, donde todo el mundo se vigila. Allí te encuentras un asesino en cada esquina, aquí es un *sergent de ville...* En cualquier caso, la vida *là-bas* solía recordarme, más que cualquier otra cosa, a la experiencia de navegar por un canal poco profundo, donde no sabes si vas a encallar en alguna roca infernal. Todos los hombres tienen una cuenta pendiente con el vecino, igual que usted la tiene con su *fournisseur;* y, *ma foi,* esas son las únicas cuentas que se saldan. Es posible que el capitán del Santiago me pague algún día por los hermosos calificativos que le dispensé cuando nos despedimos, pero jamás me pagará el dinero que me debe.

Se hizo un breve silencio tras su exposición sobre las virtudes de los españoles.

—Entonces, ¿usted nunca ha mandado a nadie al otro mundo? —prosiguió Hortense.

—¡Claro que sí! ¿Se siente horrorizada?

—En absoluto. Sé muy bien que a veces hay una justificación.

El hombre guardó silencio un momento, quizá con sorpresa, pues a continuación dijo:

—¿La señora es española?

—En ese sentido, tal vez —contestó Hortense.

Su compañero volvió a guardar silencio. La pausa fue prolongada. Madame Bernier la rompió con una pregunta que demostró que ambos habían estado pensando lo mismo.

—¿Qué motivo bastaría en este país para matar a un hombre?

El barquero dejó escapar una gran carcajada. Hortense se envolvió bien en la capa.

—Me temo que no hay ninguno.

—¿No existe el derecho a la legítima defensa?

—Ya lo creo que sí, y es algo que yo debería saber bien. Pero eso algo que *ces messieurs du Palais* despachan rápidamente.

—En Sudamérica y en esos países, cuando un hombre te hace la vida imposible, ¿qué se hace?

—*Mon Dieu!* Supongo que matarle.

—¿Y en Francia?

—Supongo que suicidarse. ¡Ja, ja, ja!

Para entonces ya habían llegado al final del gran rompeolas, al final del cual había un faro, el límite, por un lado, del interior del puerto. El sol ya se había puesto.

—Ya hemos llegado al faro —anunció el hombre—; está oscureciendo. ¿Damos la vuelta?

Hortense se levantó unos segundos y se quedó mirando el mar.

—Sí —dijo al fin—, puede regresar, pero hágalo despacio.

Cuando el bote dio media vuelta, volvió a sentarse en la misma posición y dejó caer una mano por un lado del bote, pasándola por el agua mientras avanzaban y contemplando las largas ondas.

Al final levantó la vista para mirar a su compañero. Ahora que en su rostro se reflejaba la escasa luz que brillaba por poniente, el hombre se dio cuenta de que estaba mortalmente pálida.

—A usted le cuesta ganarse la vida —dijo ella—. Me encantaría ayudarle.

El hombre se quedó asombrado y mirándola fijamente unos instantes. ¿Sería porque aquella afirmación no encajaba con la expresión que discernía levemente en sus ojos? A continuación se llevó la mano al gorro.

—La señora es muy amable. ¿Y qué hará?

Madame Bernier le devolvió la mirada.

—Confiar en usted.

—¡Ah!

—Y compensarle por ello.

—¿Entonces la señora tiene algún trabajo para mí?

—Tengo un trabajo —asintió Hortense.

El hombre no dijo nada, parecía estar esperando una explicación. Tenía esa expresión de indignación que adoptan las personas de naturaleza simple cuando no entienden algo.

—¿Es usted un hombre valiente?

Aquella pregunta pareció iluminarlo. La rápida expansión de sus rasgos sirvió de respuesta. No se pueden tocar ciertos temas con un inferior sin traspasar la barrera que te separa de él. Hay pensamientos, sentimientos, miradas y presagios de pensamientos que nivelan todas las desigualdades de clase.

—Soy lo bastante valiente —dijo el barquero— como para hacer cualquier cosa que me pida.

—¿Es usted lo bastante valiente como para cometer un crimen?

—No lo haría a cambio de nada.

—Si le pido que ponga en riesgo su paz mental y su seguridad personal por mí le aseguro que no es como un favor. Le daré diez veces el peso en oro por cada gramo de más que le pese la conciencia por mi causa.

El hombre le dirigió una mirada larga y dura en la penumbra.

—Ya sé lo que quiere que haga —dijo al fin.

—Muy bien —contestó Hortense—, ¿lo hará?

Él siguió mirándola fijamente. Ella le devolvió la mirada como una mujer que no tiene nada más que ocultar.

—Exponga su caso.

—¿Conoce un buque llamado Armorique? Es un barco de vapor.

—Sí, viene de Southampton.

—Llegará mañana temprano. ¿Podrá cruzar el banco de arena?

—No, no hasta el mediodía.

—Ya lo imaginaba. Estoy esperando a una persona que viaja en ese barco, un hombre.

Madame Bernier parecía incapaz de seguir hablando, como si hubiera perdido la voz.

—¿Y bien? —la apremió su compañero.

—Es él.

Volvió a guardar silencio.

—¿Es él...?

—La persona de la que quiero deshacerme.

Estuvieron un rato sin decir nada. El barquero fue el primero en volver a hablar.

—¿Tiene un plan?

Hortense asintió.

—Cuéntemelo.

—La persona en cuestión —dijo madame Bernier— estará impaciente por desembarcar antes del mediodía. La casa a la que regresa se verá desde el barco si, como usted dice, lo dejan anclado. Si consigue un bote, seguro que querrá desembarcar. *Eh bien!*, usted ya me entiende.

—¡Claro! Se refiere a mi bote... *este* bote.

—¡Oh, Dios!

Madame Bernier se levantó de golpe de su asiento, estiró los brazos y se dejó caer de nuevo, enterrando el rostro entre las rodillas. Su acompañante metió los remos en el bote rápidamente y puso las manos en los hombros de la mujer.

—*Allors donc,* en el nombre del diablo, no se derrumbe —le dijo—, seguro que llegamos a un acuerdo.

Arrodillado en el suelo del bote y aguantándola para que no se cayese, consiguió que volviera a levantarse, aunque seguía con la cabeza gacha.

—¿Quiere que lo mate en el bote?

No hubo respuesta.

—¿Es un hombre mayor?

Hortense negó levemente con la cabeza.

—¿De mi edad?

Asintió.

—*Sapristi!* Eso no es tan fácil.

—No sabe nadar —dijo Hortense sin levantar la vista—. Es... es cojo.

—*Nom de Dieu!*

El barquero soltó las manos. Hortense levantó la vista rápidamente. ¿Ven la pantomima?

—No importa —añadió finalmente el barquero—. Eso me servirá de señal.

—*Mais oui.* Además, pedirá que le lleven a la mansión Bernier, la casa cuya parte trasera da al mar, en la prolongación del gran muelle. *Tenez,* casi se puede ver desde aquí.

—Ya la conozco —dijo el barquero, y guardó silencio como si se estuviera formulando y contestando alguna pregunta.

Hortense estaba a punto de interrumpir la secuencia de pensamientos que imaginó que estaría siguiendo, cuando él le se adelantó.

—¿Cómo puedo estar seguro de lo mío? —preguntó.

—¿De la recompensa? Ya lo he pensado. Este reloj es un adelanto de lo que puedo y estaré encantada de darle después. En el estuche hay perlas por valor de dos mil francos.

—*Il faut fixer la somme* —dijo el hombre sin tocar el reloj.

—Depende de usted.

—Bien. Sabe que tengo derecho a pedir un precio alto.

—Desde luego. Dígame cuánto quiere.

—Solo consideraré la posibilidad de aceptar su propuesta suponiendo que reciba una buena suma. *Songez donc,* me está pidiendo que cometa un asesinato.

—El precio, dígame el precio.

—*Tenez* —prosiguió el hombre—, la caza furtiva siempre es arriesgada. Las perlas de ese reloj son caras porque conseguirlas cuesta la vida de un hombre. Usted quiere que yo sea su cazador de perlas. Y así será. Pero debe garantizarme un descenso seguro, pues es un descenso, ¿sabe? ¡Ja! Debe proporcionarme una escafandra de seguridad, un pequeño agujero por el que respirar mientras esté trabajando. Ya me estoy imaginando mi gorro lleno de napoleones.

—Querido, no me haga perder el tiempo con sus rodeos. Solo quiero saber el precio. No estoy regateando por un par de gallinas. Proponga una cantidad.

Para entonces el barquero había retomado su asiento y los remos. Se estiró para dar un impulso largo y lento, y eso le acercó cara a cara con la mujer que le había tentado. Mantuvo aquella posición durante algunos segundos: el cuerpo echado hacia delante, los ojos clavados en el rostro de madame Bernier. Quizá ser una mujer hermosa fuese una ventaja para el propósito de Hortense, ya antes lo había sido. Un rostro vulgar podría haber enfatizado la naturaleza repulsiva de la negociación. De pronto, mediante un movimiento rápido y convulso, el hombre completó la maniobra con los remos.

—*Pas si bête!* Propóngala usted.

—Está bien —aceptó Hortense—, como usted desee. *Voyons.* Le daré lo que pueda. Tengo joyas por valor de quince mil francos. Se las daré todas o, si cree que podría suponerle algún problema, le daré el dinero. En casa, en una caja, tengo oro por valor de mil francos. Puede quedárselos. Le pagaré un billete y todo lo necesario para marcharse a América. Tengo amigos en Nueva York. Les escribiré para pedirles que le consigan un trabajo.

—Y llevará su colada a mi madre y a mi hermana, *hein?* ¡Ja, ja! Joyas, quince mil francos; más mil son dieciséis mil; un billete a América, en primera clase, quinientos francos; y todo lo necesario, ¿qué entiende la señora por eso?

—Todo lo que necesite para salir adelante, *là-bas.*

—¿Una exculpación de asesinato por escrito? *Ma foi,* será mejor no perder esa imagen, me ha sido de gran ayuda, al menos en esta parte del charco. Dejémoslo en veinticinco mil francos.

—Está bien, pero ni uno más.

—¿Puedo confiar en usted?

—¿Acaso no estoy confiando yo en usted? Tiene suerte de que no me permita pensar en la decisión que estoy tomando.

—Quizá en eso estemos igual. Ninguno de los dos se puede permitir pensar en ciertas posibilidades. Aun así, confiaré en usted... *Tiens!* —añadió el barquero—, ya estamos cerca del muelle.

Entonces se tocó el gorro con actitud burlona y preguntó:

—¿La señora todavía quiere ir a visitar el cementerio?

—Venga, dése prisa, ayúdeme a bajar —dijo madame Bernier con impaciencia.

—En cierto modo ya hemos estado entre los muertos —insistió el barquero mientras le daba la mano.

III

Eran más de las ocho de la tarde cuando madame Bernier llegó a su casa.

—¿Ha venido monsieur de Meyrau? —le preguntó a Josephine.

—Sí, señora, y cuando supo que la señora no se encontraba en casa dejó una nota, *chez monsieur.*

Hortense vio una carta sellada sobre la mesa del antiguo despacho de su marido. Decía lo siguiente:

Me he quedado desolado al descubrir que no estabas. Quería hablar contigo. He aceptado una invitación para cenar y pasar la noche en casa de C. pensando que daría buena impresión. Por el mismo motivo he tomado la decisión de agarrar el toro por los cuernos y subir al barco de vapor cuando vuelva, para poder dar la bienvenida a monsieur Bernier, el privilegio de un viejo amigo. Me han dicho que el Armorique anclará al otro lado del banco de arena al amanecer. ¿Qué te parece? Pero es demasiado tarde para que me lo digas. Aplaude mi *savoir faire;* en cualquier caso, al final seguro que lo haces. Ya verás como eso suavizará las cosas.

—¡Maldición, maldición! —siseó la señora después de leer la nota—. ¡Dios me libre de mis amigos!

Se paseó de un lado al otro de la habitación, y al final empezó a murmurar para sí, como hace la gente cuando se encuentra en situaciones de intensa emoción.

—Bueno, no se levantará al amanecer. Se dormirá, sobre todo después de la cena de esta noche. El otro llegará antes que él... ¡Oh, mi pobre cabecita, has sufrido demasiado como para fracasar justo al final!

Josephine regresó y se ofreció a ayudar a su señora a desvestirse. Esta última, en su deseo de tranquilizarse, le preguntó lo primero que se le pasó por la cabeza.

—¿Monsieur de Meyrand vino solo?

—No, señora, vino acompañado de otro caballero, monsieur de Saulges, me parece. Vinieron en un coche de caballos, con dos baúles.

Aunque hasta el momento me ha parecido mejor contar lo que esta pobre dama hacía y decía en lugar de lo que pensaba, probablemente debido a un miedo exagerado a atrincherarme en el terreno de la ficción, ahora debo revelar lo que le pasaba por la cabeza:

«¿Es un cobarde? ¿Me va a dejar? ¿O simplemente va a pasar estas últimas horas jugando y bebiendo? Tendría que haberse quedado conmigo. Oh, querido, qué poco haces por mí con todo lo que yo hago por ti, que cometo un asesinato y, que Dios me ayude, me suicido por ti. Pero supongo que él sabe lo que hace. En cualquier caso, disfrutará de la noche».

Cuando la cocinera volvió tarde aquella noche, Josephine, que la había esperado despierta, le dijo:

—No te haces una idea del aspecto que tiene la señora. Ha envejecido diez años desde esta mañana. ¡Santo cielo! ¡Qué día debe haber pasado!

—Espera a mañana —dijo la profética Valentine.

Más tarde, cuando las mujeres subieron al ático a acostarse, vieron una luz por debajo de la puerta de Hortense, y durante la noche Josephine, cuyo dormitorio estaba encima del de la señora, y que no podía dormir (digamos que por simpatía), oyó movimientos en el piso de abajo que le dejaron claro que su señora estaba más despierta que ella.

IV

En el Armorique había un bullicio considerable cuando atracó fuera del puerto de H. la mañana del día siguiente. Un caballero ataviado con un abrigo, un bastón y una pequeña maleta, se acercó al barco de vapor en un pequeño bote pesquero y pidió permiso para subir a bordo.

—¿Monsieur Bernier está aquí? —preguntó a uno de los oficiales, el primer hombre que encontró.

—Me parece que ha desembarcado, señor. Ha aparecido un barquero preguntando por él hace solo unos minutos y me parece que se lo ha llevado.

Monsieur de Meyrau reflexionó un momento. Después cruzó al otro lado de la embarcación mirando hacia tierra firme. Se inclinó sobre la borda y vio un bote vacío amarrado a la escalera que ascendía por el lateral del barco.

—Este bote va a la ciudad, ¿verdad? —preguntó a uno de los marineros que estaba cerca.

—Sí, señor.

—¿Dónde está el capitán?

—Supongo que volverá enseguida. Le acabo de ver hablando con uno de los oficiales.

De Meyrau bajó por la escalera y se sentó en la popa del bote. Mientras el marinero con el que había hablado le pasaba la maleta, se asomó por encima de la borda un rostro con un gorro rojo.

—¡Buen hombre! —gritó De Meyrau—. ¿Este bote es suyo?

—Sí, señor, a su servicio —contestó el del gorro rojo acercándose a la escalera y mirando fijamente el bastón y el baúl del caballero.

—¿Puede llevarme a casa de madame Bernier? Está en la ciudad, al final del muelle nuevo.

—Claro, señor —dijo el marinero bajando por la escalera—. Es usted justo el hombre al que estaba buscando.

~~~~~

Una hora después, Hortense Bernier salió de la casa y empezó a pasear lentamente por el jardín en dirección a la terraza con vistas al mar. Cuando los criados bajaron de sus alcobas de buena mañana, la encontraron en pie y vestida, o, mejor dicho, parecía no haberse desvestido, pues llevaba la misma ropa que la noche anterior.

—*Tiens!* —exclamó Josephine al verla—. Ayer la señora envejeció diez años y ha envejecido otros diez durante la noche.

Cuando madame Bernier llegó al centro del jardín se detuvo y se quedó inmóvil durante un momento, escuchando. Entonces dejó escapar un terrible grito, pues vio una silueta que emergía de la parte baja de la terraza y se acercaba a ella cojeando, con los brazos extendidos.

LOS HOMBROS DE LA MARQUESA

ÉMILE ZOLA
(1840-1902)

I

La marquesa duerme en su gran lecho, bajo los amplios cortinajes de satén amarillo. A mediodía, con el claro sonido del péndulo, se decide a abrir los ojos.

La habitación está templada. Los tapices, las telas de las puertas y ventanas, hacen de ella un nido mullido donde el frío no entra. Flotan calores y perfumes. Allí reina una eterna primavera.

Tan pronto se acaba de despertar, se adueña de ella una súbita ansiedad. Aparta la colcha, llama a Julie.

—¿Ha llamado la señora?

—Di, ¿ha llegado el deshielo?

¡Oh! La buena marquesa, con su voz emocionada, lo ha preguntado. Su primer pensamiento es el de ese frío horrible, ese viento del norte que ella no siente, pero que debe de soplar tan cruelmente en las chozas de los pobres. Y se pregunta si el cielo le ha concedido la gracia de poder tener calor sin remordimientos, sin preocuparse por todos aquellos que tiritan.

La doncella le da el albornoz, que acaba de calentar ante un buen fuego.

—¡Oh! No, señora, no deshiela. Al contrario, hiela más... Acaban de encontrar a un hombre muerto de frío en un ómnibus.

La marquesa se siente alegre como una niña; da palmas y grita:

—¡Bueno! ¡Da igual! ¡Esta tarde iré a patinar!

II

Julie abre las cortinas lentamente para que la brusca claridad no hiera la tierna vista de la deliciosa marquesa.

El reflejo azulado de la nieve inunda la habitación con una luz alegre. El cielo está gris, pero de un gris tan bonito que a la marquesa le recuerda un vestido de seda gris perla que había llevado, la noche anterior, en el baile del ministerio. El vestido estaba adornado con guipures blancos, semejante a las hileras de nieve que ve formarse en los tejados, bajo la palidez del cielo.

Anoche estaba encantadora con sus nuevos diamantes. Se acostó a las cinco. Por eso le pesa todavía un poco la cabeza.

Entretanto, se ha sentado ante un espejo y Julie peina hacia arriba las ondas rubias de su cabello. El peine resbala, los hombros quedan desnudos, hasta la mitad de la espalda.

Una generación entera ha envejecido con el espectáculo de los hombros de la marquesa. Desde que, gracias a un gran poder, las damas de natural alegre pueden escotarse y bailar en las Tullerías, ha paseado sus hombros entre el gentío de los salones oficiales, con tal asiduidad que se ha convertido en la enseña viviente de los encantos del segundo Imperio. Ha tenido que seguir la moda, escotar sus vestidos, tanto hasta la altura de los riñones, como hasta el filo de la garganta; tan bien que la querida mujer, ojal a ojal, ha liberado todos los tesoros de su corpiño. No hay parte de su espalda y de su pecho que no sea conocida desde la Magdalena hasta Santo Tomás de Aquino. Los hombros de la marquesa, generosamente exhibidos, son el blasón de la voluptuosidad del reino.

III

Cierto. Inútil es describir los hombros de la marquesa. Son tan populares como el Pont Neuf. Han formado parte durante dieciocho años de los espectáculos públicos. Basta ver una punta, en un salón, en el teatro o en cualquier otra parte, para exclamar: «¡Allí! ¡La marquesa! ¡Reconozco el lunar negro de su hombro izquierdo!».

Además, son unos hombros muy hermosos, blancos, carnosos, provocadores. Las miradas de todo un gobierno han pasado por ellos, puliéndolos, como las losas que los pies de la multitud abrillantan con cada paso.

Si yo fuera el marido o el amante de la marquesa, preferiría besar el pomo de cristal del gabinete de un ministro gastado por las manos de tantos solicitantes, antes que rozar con los labios esos hombros sobre los cuales ha caído el cálido aliento de todo el París galante. Cuando se piensa en los mil deseos que se han estremecido a su alrededor, uno se pregunta con qué arcilla habrán sido moldeados para que no se hayan resquebrajado y caído a trozos, como esas desnudas estatuas expuestas al aire libre en los jardines y cuyos contornos el viento ha erosionado.

La marquesa ha situado su pudor en otras partes para hacer de sus hombros una institución. ¡Y cómo ha combatido por el gobierno de su predilección! Siempre ha estado en la brecha, en todos los sitios a la vez, en las Tullerías, con los ministros, en las embajadas, con los simples millonarios, atrayendo a los indecisos a golpe de sonrisas, exhibiendo el trono de sus senos de alabastro, mostrando en las jornadas de peligro pequeños rincones ocultos y deliciosos, más persuasivos que los argumentos de los oradores, más decisivos que las espadas de los soldados, amenazando, por ganarse un voto, con recortar sus camisitas hasta que los más feroces miembros de la oposición se declaren convencidos.

Los hombros de la marquesa, aun así, han continuado de una pieza, victoriosos. Han acarreado todo un mundo sin que ninguna arruga haya agrietado su blanco mármol.

IV

Esta tarde, tras pasar por las manos de Julie, la marquesa, vestida a la polonesa, ha ido a patinar y lo hace adorablemente.

En el Bois hacía un frío terrible, con un cierzo que enrojecía la nariz y los labios de las damas, como si el aire les hubiera soplado arena fina en el rostro. La marquesa reía. El frío la divertía. Iba, de vez en cuando, a calentar los pies en los braseros encendidos en los ribazos del pequeño lago. Luego volvía al aire gélido, como una golondrina en vuelo raso.

¡Ah! ¡Qué buen rato! ¡Qué bien que el deshielo no haya llegado aún! La marquesa podrá patinar toda la semana.

Al regreso, la marquesa ha visto en un caminito de los Campos Elíseos a una pobrecilla tiritando al pie de un árbol, medio muerta de frío.

—¡Desdichada! —ha murmurado un tanto molesta.

Y como el coche avanzaba veloz, la marquesa no ha tenido tiempo de abrir el monedero y le ha lanzado su ramo a la pobrecilla, un ramo de lilas blancas que bien valía cinco luises.

HISTORIA DE UNA HORA

KATE CHOPIN
(1850-1904)

Como la señora Mallard sufría del corazón, se tomaron muchas precauciones para comunicarle con la mayor delicadeza la noticia de la muerte de su esposo.

Se lo dijo su hermana Josephine con frases entrecortadas e insinuaciones veladas que revelaban verdades a medias. Richards, el amigo de su marido, también estaba allí. Fue él quien estaba en la redacción del periódico cuando recibieron la noticia del accidente ferroviario con el nombre de Brently Mallard encabezando la lista de «muertos». Solo se había tomado el tiempo suficiente para corroborar la veracidad de la información mediante un segundo telegrama, y se había apresurado a evitar que cualquier conocido menos cuidadoso y considerado pudiera darle la triste noticia.

No reaccionó como suelen hacerlo la mayoría de mujeres que pasan por lo mismo, con esa paralizante incapacidad para aceptar su significado. Ella se echó a llorar enseguida, con un repentino y salvaje abandono, entre los brazos de su hermana. Cuando la tormenta de dolor amainó un poco, se marchó sola a su dormitorio. No permitió que nadie la acompañara.

Frente a la ventana abierta había un amplio y cómodo sillón. Se dejó caer en él abrumada por un agotamiento físico tan intenso que parecía llegarle al alma.

En la plaza que había delante de su casa podía ver las copas de los árboles que temblaban con la llegada de la primavera. El delicioso aliento de la lluvia flotaba en el aire. En la calle, un vendedor ambulante anunciaba su género a gritos. Le llegaban las notas de una canción que alguien estaba entonando a lo lejos, y multitud de gorriones trinaban en los aleros.

Algunos claros de cielo azul asomaban por entre las nubes que se habían amontonado por poniente.

Estaba sentada con la cabeza apoyada en el cojín del sillón, prácticamente inmóvil, salvo cuando algún sollozo le trepaba a la garganta y la sacudía, como una niña que llora hasta quedarse dormida y sigue sollozando en sueños.

Era joven, de rostro hermoso y sereno, y sus facciones indicaban contención y cierto carácter. Pero ahora sus ojos mostraban una mirada apagada, fijada en uno de esos retales de cielo azul que se veían a lo lejos. No era una mirada reflexiva, más bien ensimismamiento.

Algo la acechaba y ella lo aguardaba con miedo. ¿De qué se trataba? No lo sabía, era demasiado sutil y esquivo para ponerle nombre, pero lo sentía, venía del cielo para alcanzarla a través de los sonidos, los olores y el color que teñía el aire.

Ahora su pecho subía y bajaba con agitación. Estaba empezando a reconocer aquello que se acercaba para apoderarse de ella, y se esforzaba con voluntad para rechazarlo, con tanta impotencia como si lo hiciera con sus blancas y estilizadas manos. Cuando se dejó ir, un murmuro escapó por sus labios entreabiertos. Lo susurró una y otra vez: «¡Libre, libre, libre!». La mirada vacía y la expresión de terror que precedieron a sus palabras desaparecieron de sus ojos. Ahora tenía una mirada entusiasta y brillante. El pulso le latía con fuerza y la sangre calentaba y relajaba cada centímetro de su cuerpo.

No se detuvo a preguntarse si aquella felicidad era o no monstruosa. Una clara y exaltada percepción le permitió descartar esa posibilidad como algo trivial. Sabía que volvería a llorar cuando viera esas manos cariñosas y dulces cruzadas en la postura de la muerte, y el rostro que siempre la había mirado con amor estaría inmóvil, gris y muerto. Pero más allá de ese amargo momento vio una larga sucesión de años que le pertenecerían por completo. Y extendió los brazos para darles la bienvenida.

Durante aquellos años ya no tendría que vivir por nadie, viviría por ella misma. Ya no habría ninguna voluntad poderosa que doblegara la suya con esa ciega insistencia por la que hombres y mujeres creen que pueden imponer su voluntad personal a sus semejantes. Mientras consideraba en ese breve instante de iluminación si la intención era amable o cruel, no consiguió que el acto pareciera menos delictivo.

Y, sin embargo, le había amado a ratos. Otros no. ¡Pero qué importancia tenía! ¡Qué importancia tenía el amor, ese misterio sin resolver, frente a aquella energía que de pronto reconocía como el impulso más intenso de su ser!

—¡Libre! ¡En cuerpo y alma! —seguía susurrando.

Josephine, arrodillada frente a la puerta cerrada con los labios pegados a la cerradura, le suplicaba que la dejara entrar.

—¡Louise, abre la puerta! Te lo suplico, abre la puerta, te vas a poner enferma. ¿Qué estás haciendo, Louise? Por Dios, abre la puerta.

—Márchate. No voy a caer enferma.

No, se estaba alimentando del elixir de la vida a través de aquella ventana abierta.

Su imaginación corría desbocada por esos días que la esperaban. Días de primavera, días de verano, y toda clase de días, todos le pertenecerían. Rezó en voz baja pidiendo una larga vida. Precisamente el día anterior se había estremecido pensando que la vida podía ser demasiado larga.

Finalmente se levantó y abrió la puerta ante la insistencia de su hermana. Sus ojos mostraban un triunfo febril y, sin darse cuenta, caminaba como una diosa de la victoria. Tomó a su hermana por la cintura y bajaron la escalera juntas. Richards las estaba esperando abajo.

Alguien estaba abriendo la puerta principal con una llave. Era Brently Mallard, que entró un poco sucio del viaje, sosteniendo con aplomo su

equipaje de mano y el paraguas. Había estado lejos del lugar del accidente y ni siquiera sabía que había ocurrido. Se quedó asombrado ante el grito penetrante de Josephine y el rápido movimiento de Richards para alejarle de la vista de su esposa.

Cuando llegaron los médicos dijeron que había muerto del corazón, de la alegría que mata.

EL COLLAR

GUY DE MAUPASSANT
(1850-1893)

Era una de aquella jovencitas bonitas y encantadoras nacidas por un error del destino en una familia de trabajadores. No tenía dote, ni esperanzas, ni medio alguno para darse a conocer, ser comprendida y amada y desposarse con un hombre rico y distinguido; fue por eso que se dejó casar con un insignificante auxiliar del ministerio de instrucción pública.

Fue modesta, no pudiendo engalanarse, pero desafortunadamente lo fue como una desclasada, puesto que las mujeres no tienen casta ni raza y su belleza, su gracia y su encanto, les sirven de nacimiento y de familia. Su delicadeza innata, su instinto de la elegancia, su saber estar son su única jerarquía, que iguala a las jóvenes del pueblo con las más grandes damas.

Sufría sin cesar, sintiéndose nacida para todas las delicadezas y lujos. Sufría por lo humilde de su morada, la pobreza de las paredes, el mal estado de las sillas, la fealdad de las telas. Todas aquellas cosas que otra mujer de su casta no hubiera percibido, a ella le torturaban e indignaban. La visión de la joven bretona que realizaba sus humildes tareas del hogar, despertaba en ella desoladores pesares y sueños perdidos. Ella soñaba con vestíbulos silenciosos, acolchados con papeles orientales, iluminados con altas antorchas de bronce y con dos enormes lacayos en calzones durmiendo en amplias butacas, adormecidos por la pesantez del calor de las estufas. Soñaba con amplios salones revestidos de sedas antiguas, muebles finos sobre los que lucían bibelots inestimables y saloncitos coquetos, perfumados, hechos para charlar cinco horas seguidas con los amigos más íntimos, hombres de fama, hombres buscados, cuya atención envidiaban y deseaban todas las mujeres.

Cuando se sentaba para cenar a una mesa redonda cubierta con un mantel usado durante tres días, delante de su marido que destapaba la sopera y declaraba con un aire encantado: «¡Ah, nada como un cocido casero!», ella soñaba con manjares finos, con cuberterías relucientes, con tapices poblando las paredes con personajes antiguos y pájaros exóticos en medio de un bosque de fantasía; soñaba platos exquisitos servidos en vajillas maravillosas y galanterías susurradas y escuchadas con una sonrisa de esfinge mientras degustaba la carne rosa de una trucha o alas de faisán.

No tenía vestidos ni joyas ni nada parecido. Y era lo único que amaba. Se sentía hecha para eso. Deseaba tanto gustar, ser envidiada, ser seductora, ser buscada.

Tenía una amiga rica, una compañera de colegio del convento, a la que no quería ir a ver por lo mucho que sufría a la vuelta. Así lloraba días enteros de pena, de remordimiento, de desesperación y de angustia.

Un día, su marido apareció en casa con aires de gloria, sosteniendo un sobre alargado en la mano.

—Toma —dijo—, una cosa para ti.

Ella desgarró con ganas el papel, que contenía una carta impresa con estas palabras:

El ministro de Instrucción pública Georges Ramponneau y señora ruegan al señor y la señora Loisel que les hagan el honor de asistir al baile en el palacio ministerial la noche del lunes día 18 de enero.

En vez de ponerse contenta, como esperaba su marido, arrojó la invitación sobre la mesa murmurando:

—¿Qué quieres que haga con eso?

—Pero, querida, pensé que te alegrarías. Nunca sales y esta es una magnífica ocasión. Me ha costado horrores conseguir la invitación. Todos quieren una; está muy buscada y no se reparten muchas entre los empleados. Allí verás a todo el mundo oficial.

Ella lo miraba irritada, y declaró con impaciencia:

—¿Y qué quieres que me ponga para asistir a un acto como ese?

Él no había pensado en eso, y balbució:

—El vestido que usas para ir al teatro. Me parece muy bonito y...

Calló estupefacto, confuso, al ver que su mujer lloraba. Dos lagrimones resbalaban lentamente del borde de sus ojos hacia el borde de sus labios. Él farfulló:

—¿Qué tienes? ¿Qué te pasa?

Con un gran esfuerzo, ella dominó su pena y respondió con voz tranquila, enjugando sus mejillas mojadas:

—Nada. Solo que no tengo un atuendo adecuado y, por consiguiente, no puedo asistir a esa fiesta. Da la carta a algún colega tuyo cuya mujer pueda vestir mejor que yo.

Él estaba desolado. E insistió:

—A ver, Mathilde, ¿cuánto costaría un atuendo adecuado que pudiera también servirte para otras ocasiones, algo simple?

Ella reflexionó algunos segundos, haciendo sus cuentas y calculando la cifra que podía pedir sin ganarse un rechazo inmediato o una exclamación alarmada del ahorrativo auxiliar.

Al final respondió, titubeando:

—No lo sé exactamente. Pero me parece que con cuatrocientos francos podría apañarme.

Él palideció un poco, puesto que reservaba justo esa cantidad para comprar un fusil e ir a cazar el verano siguiente, a Nanterre, con algunos amigos que los domingos solían salir a disparar alondras.

Sin embargo, dijo:

—Hecho. Te doy cuatrocientos francos. Pero trata de conseguir un buen vestido.

El día de la fiesta se aproximaba y la señora Loisel parecía triste, inquieta, ansiosa. Sin embargo, tenía ya el vestido preparado. Una noche, su marido le dijo:

—¿Qué te pasa? Vamos, hace tres días que estás muy rara.

Y ella respondió:

—Me preocupa no tener una joya, una piedra, algo que ponerme. Tendré igualmente un aspecto miserable. Casi que preferiría no asistir a esa velada.

Él continuó:

—Te pondrás flores naturales. Es la moda de esta temporada. Por diez francos tendrás dos o tres rosas magníficas.

Ella no quedó convencida.

—No... No hay nada más humillante que parecer pobre en medio de mujeres ricas.

Su marido exclamó:

—¡Qué tonta eres! Ve a visitar a tu amiga, la señora Forestier, y pídele prestadas unas joyas. Tienes suficiente relación con ella para hacerlo.

Ella dio un grito de alegría:

—¡Es verdad! ¡Bien pensado!

Al día siguiente fue a casa de su amiga y le contó su desgracia.

La señora Forestier se dirigió a su armario de luna, tomó un gran cofre, se lo puso delante, lo abrió y le dijo:

—Escoge, querida.

La señora Loisel vio primero los brazaletes, luego un collar de perlas, una cruz veneciana, oro y pedrerías de un admirable acabado. Se probó las joyas ante el espejo, dudaba, no podía decidirse a quitárselas, a devolverlas a su sitio. Pedía más:

—¿No tienes alguna otra cosa?

—Claro que sí, busca. No sé qué te podría gustar.

De pronto, descubrió en un estuche de satén negro un soberbio collar de diamantes. Su corazón se puso a latir a causa del deseo exagerado; sus manos temblaron al tomarlo. Se lo abrochó alrededor del cuello, tapado por

la ropa sin escote, y se quedó extasiada ante sí misma. Luego, llena de ansiedad y dudas, preguntó:

—¿Puedes prestarme el collar, nada más que el collar?

—Claro. Ningún problema.

Y la señora Loisel saltó al cuello de su amiga, la besó entusiasmada y huyó con su tesoro.

El día de la fiesta llegó. La señora Loisel triunfó. Era la más bonita de todas, la más elegante, graciosa, sonriente y loca de alegría. Todos los hombres la miraban, preguntaban su nombre, trataban de serle presentados. Todos los agregados del gabinete querían ser su pareja en el vals. El ministro se fijó en ella.

Bailaba ebria, arrebatada, embelesada de placer, sin pensar en nada más que en el triunfo de su belleza, en la gloria de su éxito, en una especie de nube de la felicidad compuesta por todos esos homenajes, admiraciones, deseos despertados; de esa victoria tan completa y tan agradable para el corazón de las mujeres.

Se marchó hacia las cuatro de la madrugada. Su marido, desde medianoche, dormitaba en un saloncito solitario con otros tres señores cuyas esposas estaban divirtiéndose de lo lindo.

Le puso en los hombros el abrigo que él había previsto para la salida, la ropa de cada día, cuya pobreza desentonaba con la elegancia del vestido de baile. Ella se dio cuenta y deseó huir para que no la vieran las otras mujeres que se envolvían en ricas pieles.

Loisel la retuvo:

—Espera. Vas a resfriarte ahí fuera. Voy a pedir un coche de punto.

Pero ella ya no le escuchaba y descendía veloz la escalinata. Cuando estuvieron en la calle, no encontraron ningún coche en la puerta y se pusieron a buscar, llamando a los cocheros que veían pasar a lo lejos.

Fueron bajando por el Sena, desesperados, tiritando. Al final encontraron en un muelle una de esas viejas berlinas noctámbulas que en París solo se ven de noche, como si sintieran vergüenza de su miseria durante el día.

La berlina los llevó hasta su casa, en la calle de los Mártires, y subieron tristemente a su piso. Para ella, había acabado todo. Y él solo pensaba que a las diez tenía que estar ya en el ministerio.

Ante el espejo, la señora Loisel se quitó el abrigo, con el que había cubierto sus hombros, para verse una vez más en todo su esplendor. Pero de repente dio un grito. ¡El collar de diamantes no colgaba alrededor de su cuello!

Su marido, a medio desvestir, preguntó:

—¿Y ahora qué te pasa?

Ella se dio la vuelta, enloquecida:

—Pues... Pues... ¡que no llevo el collar de la señora Forestier!

Él se puso en pie, confuso:

—¿Qué? ¿Cómo? ¡Es imposible!

Y se pusieron a buscar entre los pliegues de la ropa, del abrigo, en los bolsillos, por todos lados. No lo encontraron.

Él le preguntó:

—¿Estás segura de que lo llevabas puesto al salir del baile?

—Sí, lo toqué en el vestíbulo del ministerio.

—Pero, si lo hubieras perdido en la calle, lo habríamos oído caer. Debe de estar en el coche.

—Sí. Es lo más probable. ¿Te has fijado en el número?

—No. ¿Y tú?

—No.

Se miraron aterrorizados. Al final, Loisel volvió a vestirse:

—Voy a deshacer el camino que hemos recorrido a pie, a ver si lo encuentro.

Y salió de casa. Ella permaneció con el vestido de fiesta puesto, sin ánimos de acostarse, derrumbada en una silla, sin fuego, sin pensamientos.

Su marido regresó a las siete de la mañana. No lo había encontrado.

Acudió a la comisaría de policía, a los periódicos, ofreció una recompensa, preguntó en las pequeñas compañías de coches, en todos los sitios, en fin, en los que veía la sospecha de una esperanza.

Ella esperó todo el día, en el mismo estado de desconcierto ante el terrible desastre.

Loisel llegó a casa por la tarde, con la cara demacrada, pálido. No había descubierto nada.

—Hay que escribir a tu amiga —le dijo— y contarle que has roto el cierre del collar y que lo has llevado a reparar. Con eso ganaremos algo de tiempo para encontrarlo.

La señora Loisel escribió al dictado de su marido.

~~~~

Al cabo de una semana, habían perdido toda esperanza.

Loisel, que había envejecido cinco años, dijo:

—Hay que pensar en reemplazar la joya.

Al día siguiente tomaron el estuche que lo contenía y se fueron a casa del joyero, cuyo nombre estaba escrito en el interior. El joyero consultó sus libros:

—No fui yo, señora, quien vendió tal collar; solo el estuche es mío.

Entonces fueron de joyería en joyería, buscando un collar igual al otro, tratando de recordar cómo era, enfermos ambos de dolor y ansiedad.

Encontraron, en una tienda del Palais Royal, un rosario de diamantes que les pareció igual al que buscaban. Valía cuarenta mil francos. Se lo dejarían por treinta y seis mil.

Rogaron al joyero que en tres días no lo vendiera y también acordaron que se lo recompraría por treinta y cuatro mil francos si encontraban el de la señora Forestier antes de finales de febrero.

Loisel poseía dieciocho mil francos que su padre le había dejado. El resto, lo pediría prestado.

Pidió mil francos a uno, quinientos al otro, cinco luises por aquí, tres luises por allá. Firmó pagarés, cerró pactos ruinosos, trató con usureros y con todas las razas de prestamistas. Comprometió todo el fin de su existencia, arriesgó su nombre sin tan siquiera saber si podría conservar el honor y, asustado por las angustias futuras, por la negra miseria en la que caería, por la perspectiva de todas las privaciones físicas y de todas las torturas morales, fue a buscar el nuevo collar, poniendo encima del mostrador del joyero los treinta y seis mil francos.

Cuando la señora Loisel devolvió el collar a la señora Forestier, esta le dijo en un tono ofendido:

—Debiste devolvérmelo antes; podría haberlo necesitado.

Pero no abrió el estuche, cosa que su amiga temía. Si se hubiera dado cuenta de la sustitución, ¿qué habría pensado? ¿Acaso no la habría tomado por una ladrona?

La señora Loisel supo lo que era una vida de horribles necesidades. Pero la asumió, de pronto, heroicamente. Debía pagar esa deuda espantosa. Y pagaría. Despidieron a la criada, cambiaron de casa y alquilaron una buhardilla.

Supo lo que eran las enormes tareas del hogar, el odioso trabajo en la cocina. Limpió la vajilla, gastó sus uñas rosadas contra los cazos grasientos y el fondo de las cacerolas, enjabonó la ropa sucia, camisas, trapos, que colgaba en una cuerda para que se secaran, bajaba cada mañana la basura a la calle y subía el agua parándose en cada piso para recuperar el aliento y, vestida como una mujer del pueblo, iba al frutero, al tendero, al carnicero, con la cesta en el brazo, regateando, sufriendo desprecios, defendiendo moneda a moneda su escaso dinero.

Cada mes había que cumplir con los pagarés, renovar otros, obtener más tiempo.

El marido trabajaba por la tarde poniendo en claro las cuentas de un comerciante y por la noche, a menudo, hacía copias de documentos a cinco sous la página.

Esa vida duró diez años.

Al cabo de diez años, lo habían devuelto todo, con las tasas de la usura y la acumulación de intereses impuestos.

La señora Loisel parecía vieja. Se había convertido en la mujer fuerte, dura y ruda de los hogares pobres. Mal peinada, con las faldas torcidas y las manos rojas, hablaba alto y baldeaba los suelos con abundante agua. Y, a veces, cuando su marido estaba en el despacho, se sentaba en la ventana y soñaba con aquella velada de antaño, aquel baile en el que había lucido tan bella y había sido tan celebrada.

¿Qué hubiera pasado si no hubiera perdido el collar? ¿Quién sabe? La vida es tan diversa, tan singular. ¡Hace falta muy poco para perderse o salvarse!

Un domingo, al ir a dar un paseo por los Campos Elíseos para descansar de las fatigas de la semana, vio de pronto a una mujer que paseaba un niño. Era la señora Forestier, aún joven, hermosa y cautivadora.

La señora Loisel se emocionó. ¿Le dirigiría la palabra? Sí, ciertamente. Y ahora que había pagado, se lo contaría todo. ¿Por qué no?

Se le acercó:

—Buenos días, Jeanne.

La señora Forestier no la reconoció y se sorprendió que la interpelara tan familiarmente una mujer de esa clase. Balbució:

—Pero... señora... no sé... debe de haberse confundido...

—No. Soy Mathilde Loisel.

Su amiga lanzó un grito de sorpresa.

—¡Oh! Pero, pobre Mathilde, ¡cómo has cambiado!

—Sí, desde que dejamos de vernos he pasado por días muy duros, por muchas miserias... Y todo eso por ti.

—¿Por mí? ¿Cómo?

—¿Te acuerdas de aquel collar de diamantes que me prestaste para asistir a la fiesta del ministerio?

—Sí, ¿y qué?

—Pues bien, lo perdí.

—¡Cómo! ¡Si me lo devolviste!

—Te devolví uno igual. Y hemos tardado diez años en pagarlo. Comprenderás que no ha sido fácil para nosotros, que no teníamos nada... En fin, se acabó, y estoy muy feliz.

La señora Forestier estaba consternada.

—¿Dices que compraste un collar de diamantes para sustituir el mío?

—Sí. No te diste cuenta, ¿verdad? Eran igualitos.

Y la señora Loisel sonrió con alegría, orgullosa, ingenua.

La señora Forestier, muy emocionada, le tomó ambas manos.

—¡Oh! ¡Mi pobre Mathilde! Pero si el collar era falso. Como mucho costaba quinientos francos…

Sor Aparición

Emilia Pardo Bazán
(1851-1921)

En el convento de las Clarisas de S***, al través de la doble reja baja, vi a una monja postrada, adorando. Estaba de frente al altar mayor, pero tenía el rostro pegado al suelo, los brazos extendidos en cruz y guardaba inmovilidad absoluta. No parecía más viva que los yacentes bultos de una reina y una infanta, cuyos mausoleos de alabastro adornaban el coro. De pronto, la monja prosternada se incorporó, sin duda para respirar, y pude distinguir sus facciones. Se notaba que había debido de ser muy hermosa en sus juventudes, como se conoce que unos paredones derruidos fueron palacios espléndidos. Lo mismo podría contar la monja ochenta años que noventa. Su cara, de una amarillez sepulcral, su temblorosa cabeza, su boca consumida, sus cejas blancas, revelaban ese grado sumo de la senectud en que hasta es insensible el paso del tiempo.

Lo singular de aquella cara espectral, que ya pertenecía al otro mundo, eran los ojos. Desafiando a la edad, conservaban, por caso extraño, su fuego, su intenso negror, y una violenta expresión apasionada y dramática. La mirada de tales ojos no podía olvidarse nunca. Semejantes ojos volcánicos serían inexplicables en monja que hubiese ingresado en el claustro ofreciendo a Dios un corazón inocente; delataban un pasado borrascoso;

111

despedían la luz siniestra de algún terrible recuerdo. Sentí ardiente curiosidad, sin esperar que la suerte me deparase a alguien conocedor del secreto de la religiosa.

Sirvióme la casualidad a medida del deseo. La misma noche, en la mesa redonda de la posada, trabé conversación con un caballero muy comunicativo y más que medianamente perspicaz, de esos que gozan cuando enteran a un forastero. Halagado por mi interés, me abrió de par en par el archivo de su feliz memoria. Apenas nombré el convento de las Claras e indiqué la especial impresión que me causaba el mirar de la monja, mi guía exclamó:

—¡Ah! ¡Sor Aparición! Ya lo creo, ya lo creo. Tiene un no sé qué en los ojos. Lleva escrita allí su historia. Donde usted la ve, los dos surcos de las mejillas que de cerca parecen canales, se los han abierto las lágrimas. ¡Llorar más de cuarenta años! Ya corre agua salada en tantos días. El caso es que el agua no le ha apagado las brasas de la mirada. ¡Pobre sor Aparición! Le puedo descubrir a usted el quid de su vida mejor que nadie, porque mi padre la conoció moza y hasta creo que le hizo unas miajas el amor. ¡Es que era una deidad!

Sor Aparición se llamó en el siglo Irene. Sus padres eran gente hidalga, ricachos de pueblo; tuvieron varios retoños, pero los perdieron, y concentraron en Irene el cariño y el mimo de hija única. El pueblo donde nació se llama A. Y el Destino, que con las sábanas de la cuna empieza a tejer la cuerda que ha de ahorcarnos, hizo que en ese mismo pueblo viese la luz, algunos años antes que Irene, el famoso poeta.

Lancé una exclamación y pronuncié, adelantándome al narrador, el glorioso nombre del autor del Arcángel maldito, tal vez el más genuino representante de la fiebre romántica; nombre que lleva en sus sílabas un eco de arrogancia desdeñosa, de mofador desdén, de acerba ironía y de nostalgia desesperada y blasfemadora. Aquel nombre y el mirar de la religiosa se confundieron en mi imaginación, sin que todavía el uno me diese la clave del otro, pero anunciando ya, al aparecer unidos, un drama del corazón de esos que chorrean viva sangre.

—El mismo —repitió mi interlocutor—, el ilustre Juan de Camargo orgullo del pueblecito de A, que ni tiene aguas minerales, ni santo milagroso, ni catedral, ni lápidas romanas, ni nada notable que enseñar a los que lo visitan, pero repite, envanecido: En esta casa de la plaza nació Camargo.

—Vamos —interrumpí—, ya comprendo; sor Aparición; digo, Irene, se enamoró de Camargo, él la desdeñó, y ella, para olvidar, entró en el claustro.

—¡Chis! —exclamó el narrador, sonriendo—. ¡Espere usted, espere usted, que si no fuese más! De eso se ve todos los días; ni valdría la pena de contarlo. No; el caso de sor Aparición tiene miga. Paciencia, que ya llegaremos al fin.

De niña, Irene había visto mil veces a Juan Camargo, sin hablarle nunca, porque él era ya mozo y muy huraño y retraído: ni con los demás chicos del pueblo se juntaba. Al romper Irene su capullo, Camargo, huérfano, ya estudiaba leyes en Salamanca, y solo venía a casa de su tutor durante las vacaciones. Un verano, al entrar en A, el estudiante levantó por casualidad los ojos hacia la ventana de Irene y reparó en la muchacha, que fijaba en él los suyos... unos ojos de date preso, dos soles negros, porque ya ve usted lo que son todavía ahora. Refrenó Camargo el caballejo de alquiler para recrearse en aquella soberana hermosura; Irene era un asombro de guapa. Pero la muchacha, encendida como una amapola, se quitó de la ventana, cerrándola de golpe. Aquella misma noche, Camargo, que ya empezaba a publicar versos en periodiquillos, escribió unos, preciosos, pintando el efecto que le había producido la vista de Irene en el momento de llegar a su pueblo. Y envolviendo en los versos una piedra, al anochecer la disparo contra la ventana de Irene. Rompióse el vidrio, y la muchacha recogió el papel y leyó los versos, no una vez, ciento, mil; los bebió, se empapó en ellos.

Sin embargo, aquellos versos, que no figuran en la colección de las poesías de Camargo, no eran declaraciones amorosas, sino algo raro, mezcla de queja e imprecación. El poeta se dolía de que la pureza y la hermosura de la niña de la ventana no se hubiesen hecho para él, que era un réprobo. Si él se acercase, marchitaría aquella azucena. Después del episodio de los versos, Camargo no dio señales de acordarse de que existía Irene en el mundo, y en octubre se dirigió a Madrid. Empezaba el período agitado de su vida, las aventuras políticas y la actividad literaria.

Desde que Camargo se marchó, Irene se puso triste, llegando a enfermar de pasión de ánimo. Sus padres intentaron distraerla; la llevaron algún tiempo a Badajoz, le hicieron conocer jóvenes, asistir a bailes; tuvo adoradores, oyó lisonjas; pero no mejoró de humor ni de salud.

No podía pensar sino en Camargo, a quien era aplicable lo que dice Byron de Larra: que los que le veían no le veían en vano; que su recuerdo acudía siempre a la memoria; pues hombres tales lanzan un reto al desdén y al olvido. No creía la misma Irene hallarse enamorada, juzgábase solo víctima de un maleficio, emanado de aquellos versos tan sombríos, tan extraños. Lo cierto es que Irene tenía eso que ahora llaman obsesión, y a todas horas veía aparecer a Camargo, pálido, serio, el rizado pelo sombreando la pensativa frente. Los padres de Irene, al observar que su hija se moría minada por un padecimiento misterioso, decidieron llevarla a la corte, donde hay grandes médicos para consultar y también grandes distracciones.

Cuando Irene llegó a Madrid, era célebre Camargo. Sus versos, fogosos, altaneros, de sentimiento fuerte y nervioso, hacían escuela; sus aventuras y genialidades se comentaban. Asociada con él una pandilla de perdidos, de bohemios desenfadados e ingeniosos, cada noche inventaban nuevas diabluras, ya turbaban el sueño de los honrados vecinos, ya realizaban las orgiásticas proezas a que aluden ciertas poesías blasfemas y obscenas, que algunos críticos aseguran que no son de Camargo en realidad. Con las borracheras y el libertinaje alternaban las sesiones en las logias masónicas y en los comités; Camargo se preparaba ya la senda de la emigración. No estaba enterada de todo esto la provinciana y cándida familia de Irene; y como se encontrasen en la calle al poeta, le saludaron alegres, que al fin era de allá.

Camargo, sorprendido otra vez de la hermosura de la joven, notando que al verle se teñían de púrpura las descoloridas mejillas de una niña tan preciosa, los acompañó, y prometió visitar a sus convecinos. Quedaron lisonjeados los pobres lugareños, y creció su satisfacción al notar que de allí a pocos días, habiendo cumplido Camargo su promesa, Irene revivía. Desconocedores de la crónica, les parecía Camargo un yerno posible, y consintieron que menudeasen las visitas.

Veo en su cara de usted que cree adivinar el desenlace. ¡No lo adivina! Irene, fascinada, trastornada, como si hubiese bebido zumo de hierbas, tardó, sin embargo, seis meses en acceder a una entrevista a solas, en la misma casa de Camargo. La honesta resistencia de la niña fue causa de que los perdidos amigotes del poeta se burlasen de él, y el orgullo, que es la raíz venenosa de ciertos romanticismos, como el de Byron y el de Camargo, inspiró a este una apuesta, un desquite satánico, infernal. Pidió, rogó, se alejó, volvió, dio celos, fingió planes de suicidio, e hizo tanto, que Irene, atropellando por todo, consintió en acudir a la peligrosa cita. Gracias a un milagro de valor y de decoro salió de ella pura y sin mancha, y Camargo sufrió una chacota que le enloqueció de despecho.

A la segunda cita se agotaron las fuerzas de Irene; se oscureció su razón y fue vencida. Y cuando confusa y trémula, yacía, cerrando los párpados, en brazos del infame, este exhaló una estrepitosa carcajada, descorrió unas cortinas, e Irene vio que la devoraban los impuros ojos de ocho o diez hombres jóvenes, que también reían y palmoteaban irónicamente.

Irene se incorporó, dio un salto, y sin cubrirse, con el pelo suelto y los hombros desnudos, se lanzó a la escalera y a la calle. Llegó a su morada seguida de una turba de pilluelos que le arrojaban barro y piedras. Jamás consintió decir de dónde venía ni qué le había sucedido. Mi padre lo averiguó porque casualmente era amigo de uno de los de la apuesta de Camargo. Irene sufrió una fiebre de septenarios en que estuvo desahuciada; así que convaleció, entró en este convento, lo más lejos posible de A. Su penitencia ha espantado a las monjas: ayunos increíbles, mezclar el pan con ceniza, pasarse tres días sin beber; las noches de invierno, descalza y de rodillas, en oración; disciplinarse, llevar una argolla al cuello, una corona de espinas bajo la toca, un rallo a la cintura.

Lo que más edificó a sus compañeras que la tienen por santa fue el continuo llorar. Cuentan —pero serán consejas— que una vez llenó de llanto la escudilla del agua. ¡Y quién le dice a usted que de repente se le quedan los ojos secos, sin una lágrima, y brillando de ese modo que ha notado usted! Esto aconteció más de veinte años hace; las gentes piadosas creen que fue la señal del perdón de Dios. No obstante, sor Aparición, sin duda, no se cree perdonada, porque, hecha una momia, sigue ayunando y postrándose y usando el cilicio de cerda.

—Es que hará penitencia por dos —respondí, admirada de que en este punto fallase la penetración de mi cronista—. ¿Piensa usted que sor Aparición no se acuerda del alma infeliz de Camargo?

POLIFEMO

ARMANDO PALACIO VALDÉS
(1853-1938)

El coronel Toledano, por mal nombre Polifemo, era un hombre feroz, que gastaba levita larga, pantalón de cuadros y sombrero de copa de alas anchurosas, reviradas; de estatura gigantesca, paso rígido, imponente; enormes bigotes blancos, voz de trueno y corazón de bronce. Pero aun más que esto, infundía pavor y grima la mirada torva, sedienta de sangre, de su ojo único. El coronel era tuerto. En la guerra de África había dado muerte a muchísimos moros, y se había gozado en arrancarles las entrañas aún palpitantes. Esto creíamos al menos ciegamente todos los chicos que al salir de la escuela íbamos a jugar al parque de San Francisco, en la muy noble y heroica ciudad de Oviedo.

Por allí paseaba también metódicamente los días claros, de doce a dos de la tarde, el implacable guerrero. Desde muy lejos columbrábamos entre los árboles su arrogante figura que infundía espanto en nuestros infantiles corazones; y cuando no, escuchábamos su voz fragorosa, resonando entre el follaje como un torrente que se despeña.

El coronel era sordo también, y no podía hablar sino a gritos.

—Voy a comunicarle a usted un secreto —decía a cualquiera que le acompañase en el paseo—. Mi sobrina Jacinta no quiere casarse con el chico de Navarrete.

Y de este secreto se enteraban cuantos se hallasen a doscientos pasos en redondo.

Paseaba generalmente solo; pero cuando algún amigo se acercaba, hallábalo propicio. Quizás aceptase de buen grado la compañía por tener ocasión de abrir el odre donde guardaba aprisionada su voz potente. Lo cierto es que cuando tenía interlocutor, el parque de San Francisco se estremecía. No era ya un paseo público; entraba en los dominios exclusivos del coronel. El gorjeo de los pájaros, el susurro del viento y el dulce murmurar de las fuentes, todo callaba. No se oía más que el grito imperativo, autoritario, severo, del guerrero de África. De tal modo, que el clérigo que lo acompañaba a tal hora, solo algunos clérigos acostumbraban a pasear por el parque, parecía estar allí únicamente para abrir, ahora uno, después otro, todos los registros que la voz del coronel poseía. ¡Cuántas veces, oyendo aquellos gritos terribles, fragorosos; viendo su ademán airado y su ojo encendido, pensamos que iba a arrojarse sobre el desgraciado sacerdote que había tenido la imprevisión de acercarse a él!

Este hombre pavoroso tenía un sobrino de ocho o diez años, como nosotros. ¡Desdichado! No podíamos verle en el paseo sin sentir hacia él compasión infinita. Andando el tiempo he visto a un domador de fieras introducir un cordero en la jaula del león. Tal impresión me produjo, como la de Gasparito Toledano paseando con su tío. No entendíamos cómo aquel infeliz muchacho podía conservar el apetito y desempeñar regularmente sus funciones vitales, cómo no enfermaba del corazón o moría consumido por una fiebre lenta. Si transcurrían algunos días sin que apareciese por el parque, la misma duda agitaba nuestros corazones. «¿Se lo habrá merendado ya?» Y cuando al cabo lo hallábamos sano y salvo en cualquier sitio, experimentábamos a la par sorpresa y consuelo. Pero estábamos seguros de que un día u otro concluiría por ser víctima de algún capricho sanguinario de Polifemo.

Lo raro del caso era que Gasparito no ofrecía en su rostro vivaracho aquellos signos de terror y abatimiento, que debían ser los únicos en él impresos. Al contrario, brillaba constantemente en sus ojos una alegría cordial que nos dejaba estupefactos. Cuando iba con su tío, marchaba con la mayor soltura, sonriente, feliz, brincando unas veces, otras compasadamente, llegando su audacia o su inocencia hasta hacernos muecas a espaldas de él. Nos causaba el mismo efecto angustioso que si le viésemos bailar sobre la flecha de la torre de la catedral. «¡Gaspaar!» El aire vibraba y transmitía aquel bramido a los confines del paseo. A nadie de los que allí estábamos nos quedaba el color entero. Solo Gasparito atendía como si le llamase una sirena. «¿Qué quiere usted, tío?» Y venía hacia él ejecutando algún paso de baile.

Además de este sobrino, el monstruo era poseedor de un perro que debía de vivir en la misma infelicidad, aunque tampoco lo parecía. Era un hermoso danés, de color azulado, grande, suelto, vigoroso, que respondía por el nombre de Muley, en recuerdo sin duda de algún moro infeliz sacrificado por su amo. El Muley, como Gasparito, vivía en poder de Polifemo lo mismo que en el regazo de una odalisca. Gracioso, juguetón, campechano, incapaz de falsía, era, sin ofender a nadie, el perro menos espantadizo y más tratable de cuantos he conocido en mi vida.

Con estas partes no es milagro que todos los chicos estuviésemos prendados de él. Siempre que era posible hacerlo, sin peligro de que el coronel lo advirtiese, nos disputábamos el honor de regalarle con pan, bizcocho, queso y otras golosinas que nuestras mamás nos daban para merendar. El Muley lo aceptaba todo con fingido regocijo, y nos daba muestras inequívocas de simpatía y reconocimiento. Mas a fin de que se vea hasta qué punto eran nobles y desinteresados los sentimientos de este memorable can, y para que sirva de ejemplo perdurable a perros y hombres, diré que no mostraba más afecto a quien más le regalaba. Solía jugar con nosotros algunas veces (en provincias, y en aquel tiempo, entre los niños no existían clases sociales) un pobrecito hospiciano llamado Andrés, que nada podía darle, porque nada tenía. Pues bien, las preferencias de Muley estaban por él. Los rabotazos más vivos, las carocas más subidas y vehementes a él se consagraban, en menoscabo de los demás. ¡Qué ejemplo para cualquier diputado de la mayoría!

¿Adivinaba el Muley que aquel niño desvalido, siempre silencioso y triste, necesitaba más de su cariño que nosotros? Lo ignoro; pero así parecería serlo.

Por su parte, Andresito había llegado a concebir una verdadera pasión por este animal. Cuando nos hallábamos jugando en lo más alto del parque al marro o a las chapas, y se presentaba por allí de improviso el Muley, ya se sabía, llamaba aparte a Andresito, y se entretenía con él largo rato, como si tuviera que comunicarle algún secreto. La silueta colosal de Polifemo se columbraba allá entre los árboles.

Pero estas entrevistas rápidas y llenas de zozobra fueron sabiéndole a poco al hospiciano. Como un verdadero enamorado, ansiaba disfrutar de la presencia de su ídolo largo rato y a solas.

Por eso una tarde, con osadía increíble, se llevó en presencia nuestra el perro hasta el Hospicio, como en Oviedo se denomina la Inclusa, y no volvió hasta el cabo de una hora. Venía radiante de dicha. El Muley parecía también satisfechísimo. Por fortuna, el coronel aún no se había ido del paseo ni advirtió la deserción de su perro.

Repitiéronse una tarde y otra tales escapatorias. La amistad de Andresito y Muley se iba consolidando. Andresito no hubiera vacilado en dar su vida por el Muley. Si la ocasión se presentase, seguro estoy de que este no sería menos.

Pero aún no estaba contento el hospiciano. En su mente germinó la idea de llevarse el Muley a dormir con él a la Inclusa. Como ayudante que era del cocinero, dormía en uno de los corredores, al lado del cuarto de este, en un jergón fementido de hoja de maíz. Una tarde condujo el perro al Hospicio y no volvió. ¡Qué noche deliciosa para el desgraciado! No había sentido en su vida otras caricias que las del Muley. Los maestros primero, el cocinero después, le habían hablado siempre con el látigo en la mano. Durmieron abrazados como dos novios. Allá al amanecer, el niño sintió el escozor de un palo que el cocinero le había dado en la espalda la tarde anterior. Se despojó de la camisa:

—Mira, Muley —dijo en voz baja mostrándole el cardenal.

El perro, más compasivo que el hombre, lamió su carne amoratada.

Luego que abrieron las puertas lo soltó. El Muley corrió a casa de su dueño; pero a la tarde ya estaba en el parque dispuesto a seguir a Andresito. Volvieron a dormir juntos aquella noche, y la siguiente, y la otra también. Pero la dicha es breve en este mundo. Andresito era feliz al borde de una sima.

Una tarde, hallándonos todos en apretado grupo jugando a los botones, oímos detrás algo como dos formidables estampidos:

—¡Alto! ¡Alto!

Todas las cabezas se volvieron como movidas por un resorte. Frente a nosotros se alzaba la talla ciclópea del coronel Toledano.

—¿Quién de vosotros es el pilluelo que secuestra mi perro todas las noches, vamos a ver?

Silencio sepulcral en la asamblea. El terror nos tiene clavados, rígidos, como si fuéramos de palo.

Otra vez sonó la trompeta del juicio final.

—¿Quién es el secuestrador? ¿Quién es el bandido? ¿Quién es el miserable ladrón...?

El ojo ardiente de Polifemo nos devoraba a uno en pos de otro. El Muley, que le acompañaba, nos miraba también con los suyos, leales, inocentes, y movía el rabo vertiginosamente en señal de gran inquietud.

Entonces Andresito, más pálido que la cera, adelantó un paso, y dijo:

—No culpe a nadie, señor. Yo he sido.

—¿Cómo?

—Que he sido yo —repitió el chico en voz más alta.

—¡Hola! ¡Has sido tú! —dijo el coronel sonriendo ferozmente—. ¿Y tú no sabes a quién pertenece este perro?

Andresito permaneció mudo.

—¿No sabes de quién es? —volvió a preguntar a grandes gritos. —Sí, señor.

—¿Cómo... ? Habla más alto.

Y se ponía la mano en la oreja para reforzar su pabellón.

—Que sí, señor.

—¿De quién es, vamos a ver?

—Del señor Polifemo.

Cerré los ojos. Creo que mis compañeros debieron hacer otro tanto.

Cuando los abrí, pensé que Andresito estaría ya borrado del libro de los vivos. No fue así, por fortuna. El coronel lo miraba fijamente, con más curiosidad que cólera.

—¿Y por qué te lo llevas?

—Porque es mi amigo y me quiere —dijo el niño con voz firme.

El coronel volvió a mirarlo fijamente.

—Está bien —dijo al cabo—. ¡Pues cuidado conque otra vez te lo lleves! Si lo haces, ten por seguro que te arranco las orejas.

Y giró majestuosamente sobre los talones. Pero antes de dar un paso se llevó la mano al chaleco, sacó una moneda de medio duro, y dijo volviéndose hacia él:

—Toma, guárdatelo para dulces. ¡Pero cuidado con que vuelvas a secuestrar al perro! ¡Cuidado!

Y se alejó. A los cuatro o cinco pasos ocurriósele volver la cabeza.

Andresito había dejado caer la moneda al suelo, y sollozaba, tapándose la cara con las manos. El coronel se volvió rápidamente.

—¿Estás llorando? ¿Por qué? No llores, hijo mío.

—Porque lo quiero mucho... Porque es el único que me quiere en el mundo —gimió Andrés.

—¿Pues de quién eres hijo? —preguntó el coronel sorprendido.

—Soy de la Inclusa.

—¿Cómo? —gritó Polifemo.

—Soy hospiciano.

Entonces vimos al coronel demudarse. Abalanzóse al niño, le separó las manos de la cara, le enjugó las lágrimas con su pañuelo, lo abrazó y lo besó, repitiendo con agitación:

—¡Perdona, hijo mío, perdona! No hagas caso de lo que te he dicho... Yo no lo sabía... Llévate el perro cuando se te antoje... Tenlo contigo el tiempo que quieras, ¿sabes...? Todo el tiempo que quieras...

Y después que lo hubo serenado con estas y otras razones, proferidas con un registro de voz que nosotros no sospechábamos en él, se fue de nuevo al paseo, volviéndose repetidas veces para gritarle:

—Puedes llevártelo cuando quieras, sabes, ¿hijo mío...? Cuando quieras... ¿lo oyes?

Dios me perdone, pero juraría haber visto una lágrima en el ojo sangriento de Polifemo.

EL GIGANTE EGOÍSTA

OSCAR WILDE
(1854-1900)

Cada tarde, cuando salían del colegio, los niños iban a jugar al jardín del gigante.

Era un jardín enorme y precioso cubierto por un césped suave y verde. La hierba estaba salpicada de hermosas flores como estrellas y había doce melocotoneros que, en primavera, se cubrían de delicadas flores rosas y, en otoño, daban deliciosos frutos. Los pájaros se posaban en los árboles y cantaban tan dulcemente que los niños dejaban de jugar para escucharlos.

—¡Qué felices somos aquí! —se decían unos a otros.

Pero un día el gigante regresó. Había ido a visitar a su amigo, el ogro de Cornualles, y se había quedado siete años con él. Siete años después ya le había dicho todo cuanto tenía que decir, pues su conversación era limitada, y decidió regresar a su castillo. Al llegar se encontró a los niños jugando en su jardín.

—¿Qué hacéis aquí? —gritó con brusquedad, y los niños salieron corriendo—. Mi jardín es mío —dijo el gigante—. Es fácil de entender, y no dejaré que nadie más que yo juegue en él.

Así que levantó un muro alrededor del jardín y colgó un cartel que decía:

PROHIBIDA LA ENTRADA

Era un gigante muy egoísta.

Los pobres niños no tenían donde jugar. Intentaron jugar en la carretera, pero estaba llena de polvo y de piedras duras y no les gustaba. Cuando salían del colegio solían pasear cerca del muro y hablaban del precioso jardín que había dentro.

—Qué felices éramos allí —se decían unos a otros.

Entonces llegó la primavera y el campo se llenó de flores y pajarillos. Solo en el jardín del gigante egoísta seguía siendo invierno. Los pájaros ya no querían cantar en él, pues ya no había niños, y los árboles se olvidaron de florecer. Una vez, una hermosa flor asomó la cabeza entre la hierba, pero al ver el cartel se entristeció tanto por los niños que volvió a meterse en la tierra y se durmió. Los únicos que se alegraron fueron la nieve y el hielo.

—La primavera se ha olvidado de este jardín —exclamaban—. Podemos vivir aquí todo el año.

La nieve cubrió el césped con su enorme manto blanco y el hielo cubrió de plata todos los árboles. Después invitaron al viento del norte a quedarse con ellos, y aceptó. Iba envuelto en pieles, pasaba todo el día aullando por el jardín y tiraba al suelo los sombreretes de las chimeneas.

—Me encanta este sitio —decía—, tenemos que invitar al granizo.

Y el granizo aceptó. Cada día repicaba sobre el tejado del castillo durante tres horas hasta que rompió la mayoría de las tejas. Después se puso a dar vueltas por todo el jardín tan rápido como pudo. Iba vestido de gris y su aliento era de hielo.

—No entiendo por qué la primavera se demora tanto —dijo el gigante egoísta sentado junto a la ventana y contemplando su jardín frío y blanco—. Espero que el tiempo cambie pronto.

Pero la primavera no llegó, y tampoco el verano. El otoño trajo frutas doradas a todos los jardines, pero al jardín del gigante no le dio ninguna.

—Es demasiado egoísta —dijo.

Así que allí siempre era invierno, y el viento del norte, el granizo, el hielo y la nieve danzaban alrededor de los árboles.

Una mañana, el gigante yacía despierto en la cama cuando escuchó una música preciosa. Le pareció tan hermosa que pensó que debían de ser los músicos del rey que pasaban por allí. En realidad solo se trataba de un pequeño pardillo que cantaba en su ventana, pero hacía tanto tiempo que no escuchaba cantar a ningún pájaro en su jardín que le pareció la música más bella del mundo. Entonces el granizo dejó de bailar sobre su cabeza y el viento del norte dejó de rugir, y percibió el aroma de un perfume delicioso que entró por la ventana abierta.

—Me parece que por fin ha llegado la primavera —dijo el gigante, y se levantó de un salto para mirar por la ventana.

¿Y qué fue lo que vio?

Pues vio un espectáculo extraordinario. Los niños se habían colado por un pequeño agujero del muro y estaban sentados en las ramas de los árboles. Había un niño pequeño en cada árbol que su vista alcanzaba ver. Y los árboles estaban tan contentos de volver a tener allí a los niños que se habían cubierto de flores y mecían graciosamente las ramas sobre sus cabezas. Los pájaros revoloteaban por todas partes y trinaban encantados, y las flores asomaban la cabeza sobre la hierba y reían. Era una escena preciosa; tan solo en una esquina del jardín, en el rincón más apartado del jardín, seguía siendo invierno. Allí se encontraba un niño tan pequeño que no llegaba a las ramas del árbol, y daba vueltas a su alrededor llorando amargamente. El pobre árbol seguía cubierto de hielo y nieve, y el viento del norte soplaba y rugía sobre su copa.

—¡Sube, pequeño! —dijo el árbol, inclinando las ramas todo lo que podía.

Pero el niño era demasiado pequeño.

Al gigante se le encogió el corazón mientras contemplaba la escena.

—¡Qué egoísta he sido! —exclamó—. Ahora ya sé por qué la primavera no quería venir a mi jardín. Subiré a ese niño a lo alto del árbol y derribaré el muro, y mi jardín será el patio de juegos de los niños para siempre.

Estaba muy arrepentido de lo que había hecho.

Así que bajó la escalera, abrió la puerta con delicadeza y salió al jardín. Pero cuando los niños le vieron se asustaron tanto que salieron corriendo, y en el jardín volvió a ser invierno. El único que no huyó fue el niño pequeño, pues tenía los ojos tan llenos de lágrimas que no vio venir al gigante. El gigante se le acercó por detrás, lo tomó con delicadeza y lo subió al árbol. Y el árbol floreció al instante, los pájaros se posaron en sus ramas a cantar y el pequeño extendió los brazos, rodeó al gigante por el cuello y le dio un beso. Y cuando los demás niños vieron que el gigante ya no era malvado volvieron corriendo, y con ellos regresó la primavera.

—Ahora este jardín es vuestro, pequeños —dijo el gigante, y agarró un gran martillo y derribó el muro.

Y cuando la gente salió al mercado a mediodía vieron al gigante jugando con los niños en el jardín más hermoso que jamás habían visto.

Jugaron todo el día, y por la noche fueron a despedirse del gigante.

—Pero ¿dónde está vuestro amiguito? —preguntó—. El niño que subí al árbol.

El gigante le había tomado más cariño que a ninguno porque le había dado un beso.

—No lo sabemos —dijeron los niños—. Se ha marchado.

—Debéis decirle que vuelva mañana —dijo el gigante.

Pero los niños le dijeron que no sabían dónde vivía y que nunca le habían visto antes. El gigante se puso muy triste.

Cada tarde, al salir del colegio, los niños iban a jugar con el gigante. Pero el pequeño al que el gigante había tomado tanto cariño no volvió a aparecer. El gigante era muy bueno con todos los niños, pero añoraba a su primer amigo, y hablaba de él con frecuencia.

—¡Cómo me gustaría verle! —decía.

Pasaron los años y el gigante fue envejeciendo y debilitándose. Ya no podía salir a jugar. Se sentaba en un gran sillón y veía disfrutar a los niños y contemplaba su jardín.

—Tengo muchas flores hermosas —decía—, pero los niños son las más bonitas.

Una mañana de invierno miró por la ventana mientras se vestía. Ya no detestaba el invierno, pues sabía que solo era el sueño de la primavera y que las flores estaban descansando.

De repente se frotó los ojos con asombro. Miró y miró, era una visión maravillosa. En el rincón más alejado del jardín había un árbol cubierto de preciosas flores blancas. Tenía las ramas doradas, frutos de plata colgaban de ellas, y debajo estaba el pequeño al que tanto quería.

El gigante bajó las escaleras con una alegría inmensa y salió al jardín. Corrió por el césped y se acercó al niño. Y cuando estuvo a su lado enrojeció de rabia y exclamó:

—¿Quién se ha atrevido a hacerte daño?

Pues en las palmas de las manos y en los piececitos el niño tenía sendas marcas de clavos.

—¿Quién se ha atrevido a hacerte daño? —aulló el gigante—. Dímelo y lo mataré con mi enorme espada.

—¡No! —respondió el niño—. Son las heridas del amor.

—¿Quién eres? —preguntó el gigante, y le invadió un extraño temor que le llevó a arrodillarse frente al pequeño.

El niño le sonrió y le dijo:

—Un día tú me dejaste jugar en tu jardín. Hoy tienes que acompañarme al mío, que es el paraíso.

Y cuando los niños llegaron aquella tarde, encontraron al gigante muerto bajo el árbol, cubierto por completo de flores blancas.

EL GATO DE BRASIL

SIR ARTHUR CONAN DOYLE
(1859-1930)

P ara un joven es una desventura tener gustos caros, grandes expecta-
tivas y parientes aristocráticos pero no tener dinero en el bolsillo ni
profesión con la que poder ganarlo. El problema era que mi padre, un
hombre bueno, optimista y amable, confiaba tanto en la riqueza y la bene-
volencia de su hermano mayor, un solterón llamado lord Southerton, que
dio por hecho que yo, su único hijo, jamás tendría que pensar en ganarme la
vida. Supuso que, aunque no hubiera una vacante para mí en las vastas propiedades de Southerton, por lo menos encontraría algún cargo en el servicio diplomático, que sigue reservado a nuestras clases privilegiadas. Murió
demasiado pronto como para darse cuenta de lo equivocados que habían
sido sus cálculos. Ni mi tío ni el estado se fijaron en mí para nada, ni demos-
traron interés alguno por mi carrera. En ocasiones recibía un par de faisa-
nes o una cesta de liebres, y esos presentes eran lo único que me recordaba
que era el heredero de la casa de Otwell y de una de las mayores fortunas del
país. Entretanto, yo era un soltero vividor que vivía en un apartamento de
Grosvenor Mansions, sin más ocupaciones que el tiro al pichón y jugar al
polo en Hurlingham. Con el paso de los meses me iba dando cuenta de que
cada vez me costaba más conseguir que los prestamistas me renovaran los

pagarés u obtener más dinero de las propiedades que debía heredar algún día. La ruina me acechaba, y cada día veía mi destino más claro, más cerca y más absolutamente inevitable.

Lo que más pobre me hacía sentir era que, aparte de la gran riqueza de lord Southerton, el resto de mis parientes estaban muy bien acomodados. El más cercano de todos era Everard King, sobrino de mi padre y primo hermano mío, que había disfrutado de una vida repleta de aventuras en Brasil y ahora había regresado a su país para disfrutar tranquilamente de su fortuna. Nunca supimos cómo se había hecho rico, pero parecía tener bastante dinero, pues compró la finca de Greylands, cerca de Clipton-on-the-Marsh, en Suffolk. Durante su primer año en Inglaterra no me prestó más atención que mi avaricioso tío, pero al fin, una mañana de verano, y para mi gran alivio y alegría, recibí una carta en la que me invitaba a ir ese mismo día a Greylands Court para disfrutar de una breve estancia en su compañía. Yo esperaba tener que hacer una visita bastante más larga al tribunal de quiebras para esas fechas, y aquella interrupción me pareció casi providencial. Si conseguía entenderme con aquel pariente, quizá pudiera recuperarme económicamente. No podía dejar que acabara en bancarrota, aunque solo fuera por proteger el nombre de la familia. Le pedí a mi ayuda de cámara que me preparara el equipaje y aquella misma tarde partí hacia Clipton-on-the-Marsh.

Después de hacer trasbordo en Ipswich, un tren local me dejó en una pequeña estación solitaria en medio de una fértil campiña atravesada por un río perezoso y sinuoso que serpenteaba entre orillas altas y cenagosas, prueba de que la subida de la marea llegaba hasta allí. No me esperaba ningún carruaje (más tarde supe que mi telegrama se había retrasado), y alquilé un cabriolé en la posada del pueblo. El cochero, un tipo excelente, no dejó de ensalzar a mi primo, y fue él quien me dijo que el señor Everard King ya era toda una personalidad en aquella parte del país. Había organizado fiestas para los niños de la escuela, permitía el libre acceso de visitantes a su propiedad, hacía donativos para obras benéficas; en resumen, su generosidad era tan universal que mi cochero solo podía comprenderla suponiendo que mi primo tuviera ambiciones parlamentarias.

La aparición de un pájaro precioso que se posó en un poste de telégrafo junto a la carretera desvió mi atención del panegírico del cochero. Al principio pensé que se trataba de un arrendajo, pero era más grande y su plumaje era más alegre. El cochero lo advirtió enseguida y dijo que pertenecía al mismo hombre al que íbamos a visitar. Por lo visto una de sus aficiones era aclimatar criaturas exóticas y había traído de Brasil muchos pájaros y otros animales que tenía la intención de introducir en Inglaterra. En cuanto cruzamos las puertas de Greylands Park aparecieron numerosas pruebas de dicha afición. Un pequeño ciervo moteado, un curioso jabalí que, según creo, se llama «pecarí», una oropéndola con un plumaje precioso, una especie de armadillo y un extraño animal que se desplazaba con torpeza y parecía un tejón rechoncho, fueron algunos de los animales que vi mientras avanzábamos por el camino serpenteante que conducía a la casa.

El señor Everard King, mi primo, aguardaba en persona en lo alto de la escalinata de su casa, pues nos había divisado a lo lejos y había imaginado que era yo quien llegaba. Era un hombre de aspecto sencillo y bondadoso, bajo y corpulento, de unos cuarenta y cinco años, con la cara redonda y alegre, tostada por el sol tropical y cubierta de arrugas. Vestía prendas de lino blanco, al más puro estilo de un propietario de plantación, tenía un puro entre los labios y lucía un gran sombrero panameño en la cabeza. Su imagen era la que asociamos a una casita de madera con porche, y parecía curiosamente fuera de lugar delante de aquella imponente mansión de piedra inglesa con sus sólidas alas y sus columnas estilo Palladio ante la puerta principal.

—¡Querida! —gritó mirando por encima del hombro—. ¡Querida, ya ha llegado nuestro invitado! Bienvenido, ¡bienvenido a Greylands! Me alegro mucho de conocerle, primo Marshall, para mí es todo un cumplido que haya decidido honrar con su presencia esta pequeña casa de campo.

Me trataba con absoluta cordialidad y me relajé enseguida. Pero toda su cordialidad apenas compensaba la frialdad e incluso grosería de su esposa, una mujer alta y desgarbada que acudió a su llamada. Me parece que era de origen brasileño, aunque hablaba un inglés excelente, y disculpé sus modales pensando que quizá ignoraba nuestras costumbres. Sin embargo, no se esforzó lo más mínimo en ocultar, ni entonces ni más adelante, que yo no era bien recibido en Greylands Court. Normalmente hablaba con cortesía, pero poseía un par de ojos negros particularmente expresivos en los que vi con claridad, y desde el principio, que deseaba mi regreso a Londres cuanto antes.

Sin embargo, yo tenía demasiadas deudas y los planes que tenía para con mi acaudalado pariente eran demasiado vitales como para permitir que los alterase el mal carácter de su esposa, así que ignoré su frialdad y correspondí del mismo modo la extrema cordialidad con la que me había recibido mi primo. Se había esforzado mucho para hacerme sentir cómodo. Mi habitación era encantadora. Me imploró que le comunicara cualquier cosa que me ayudara a sentirme más feliz. Estuve a punto de decirle que un cheque en blanco me ayudaría mucho a conseguirlo, pero me pareció algo prematuro dado que acabábamos de conocernos. La cena fue excelente, y cuando después nos sentamos a disfrutar de sus habanos y a tomar café —que, según me informó, se lo preparaban especialmente en su propia plantación— pensé que todos los elogios de mi cochero estaban justificados, y que jamás había conocido a un hombre más cordial y hospitalario.

Pero, a pesar de su agradable naturaleza, era un hombre obstinado y con mucho carácter. Tuve un buen ejemplo de ello a la mañana siguiente. La curiosa aversión que la esposa de mi primo sentía hacia mí era tan intensa que su comportamiento durante el desayuno fue de lo más ofensivo, y cuando su marido se ausentó del comedor su propósito quedó perfectamente claro.

—El tren más conveniente es el de las doce y cuarto —dijo.

—Pero no pensaba marcharme hoy —contesté con sinceridad, quizá incluso con cierta arrogancia, pues estaba decidido a no dejarme amilanar por aquella mujer.

—Bueno, si la decisión es suya... —dijo, y me miró con una expresión de lo más insolente.

—Estoy convencido de que el señor Everard King me informaría si estuviera abusando de su hospitalidad —respondí.

—¿Qué ocurre? ¿Qué ocurre? —preguntó una voz, y mi primo entró en el comedor.

Había oído mis últimas palabras y solo tuvo que mirarnos a la cara para comprender el resto. Automáticamente, su rostro regordete y amable adoptó una expresión de absoluta ferocidad.

—¿Nos disculparía un momento, Marshall? —dijo.

Debería mencionar que me llamo Marshall King.

Cerró la puerta a mi paso y a continuación oí que hablaba con su esposa en voz baja pero furibundo. No había duda de que aquella desagradable falta de hospitalidad le había afectado mucho. Como no soy ningún fisgón salí a pasear. Enseguida escuché unos pasos a mi espalda y vi a la dama, que se acercaba con el rostro pálido por la excitación y los ojos rojos de tanto llorar.

—Mi marido me ha pedido que me disculpe con usted, señor Marshall King —dijo con la mirada gacha delante de mí.

—Por favor, no diga una palabra más, señora King.

De pronto me fulminó con sus ojos negros.

—¡Estúpido! —gruñó con frenética vehemencia. Después dio media vuelta y regresó a la casa.

El insulto fue tan indignante e insoportable que me la quedé mirando completamente asombrado. Seguía plantado en el mismo sitio cuando apareció mi anfitrión. Volvía a ser el hombre alegre y rollizo de siempre.

—Espero que mi esposa se haya disculpado por sus absurdos comentarios —dijo.

—Oh, sí, ¡claro!

Me tomó del brazo y nos pusimos a pasear por el prado.

—No debe tomárselo en serio —me dijo—. Me apenaría mucho que acortara su visita aunque solo fuera una hora. Como no veo motivo para que guardemos secretos entre familiares, le confesaré que mi pobre mujer es increíblemente celosa. No soporta que nadie, hombre o mujer, se interponga entre nosotros aunque solo sea un instante. Su plan de vida ideal es una isla desierta donde pudiéramos estar juntos todo el tiempo. Eso explica sus acciones que, en ese aspecto en particular, no distan demasiado de la locura, no me importa reconocerlo. Prométame que no le dará ninguna importancia.

—No, por supuesto que no.

—Entonces enciéndase este puro y acompáñeme a ver mi pequeña colección de animales.

Dedicamos toda la tarde a aquella inspección, que incluyó todos los pájaros, animales e incluso reptiles que había importado. Algunos estaban sueltos, otros en jaulas y algunos incluso vivían en la casa. Mi primo hablaba con entusiasmo de sus éxitos y sus fracasos, de los nacimientos y las muertes, y gritaba como un chiquillo cuando, mientras paseábamos, algún pájaro llamativo levantaba el vuelo desde la hierba o alguna bestia curiosa corría a esconderse a nuestro paso. Finalmente, me llevó por un pasillo que nacía en una de las alas de la casa. Al final había una pesada puerta con un cierre corredizo, y junto a esta salía de la pared un manillar de hierro conectado a una rueda y un tambor. Una verja de recios barrotes se extendía de una punta a otra del pasillo.

—Estoy a punto de enseñarle la joya de mi colección —anunció—. Solo hay otro espécimen en toda Europa, ahora que ha muerto el cachorro que había en Róterdam. Es un gato de Brasil.

—¿Y en qué se diferencia de cualquier otro gato?

—Enseguida lo verá —dijo riendo—. ¿Sería tan amable de correr esa mirilla y mirar hacia el interior?

Hice lo que me pedía y descubrí una gran estancia vacía, con losas de piedra en el suelo y ventanucos con barrotes en la pared del fondo. En el centro de la habitación, tumbado en medio de la luz dorada del sol, yacía una criatura inmensa, del tamaño de un tigre pero negro y brillante como el ébano. Se trataba de un gato negro, enorme y muy bien cuidado, y estaba acurrucado disfrutando de aquel foco de luz amarilla como lo haría cualquier otro gato. Era tan elegante, musculoso, dulce y diabólicamente suave que no conseguía apartar los ojos de la mirilla.

—¿Verdad que es magnífico? —preguntó mi anfitrión, entusiasmado.

—¡Espectacular! Jamás había visto una criatura tan impresionante.

—Hay quien lo llama «puma negro», pero en realidad no es ningún puma. Este animalito mide más de tres metros desde la cola hasta la cabeza. Hace cuatro años era una bolita de pelo negro y ojos amarillos con los que lo miraba todo fijamente. Lo compré recién nacido en las tierras salvajes del Río Negro. Mataron a su madre con lanzas después de que ella hubiera matado a una docena de hombres.

—¿Tan feroces son?

—Son las criaturas más traicioneras y sanguinarias de la tierra. Si le hablas de un gato del Brasil a un indio de las tierras altas verás cómo se pone muy nervioso. Prefieren cazar hombres que animales. El mío todavía no ha probado la sangre de un ser vivo, pero cuando lo haga se volverá aterrador. De momento no deja que nadie más que yo entre en su guarida. Ni siquiera su cuidador, Baldwin, se atreve a acercarse a él, pero yo soy su madre y su padre a la vez.

Mientras hablaba, de repente y para mi sorpresa, abrió la puerta, entró y la cerró rápidamente. Al oír el sonido de su voz, la enorme y ágil criatura se levantó, bostezó y frotó cariñosa su cabeza redonda y negra contra el costado de mi primo mientras él lo acariciaba.

—Vamos, Tommy, ¡a tu jaula! —le ordenó.

El monstruoso gato se dirigió a un lado de la estancia y se acurrucó bajo una reja. Everard King salió, agarró el mango de hierro que he mencionado antes y empezó a girarlo. Al hacerlo, la reja de barrotes del pasillo empezó a introducirse por una rendija de la pared, cerrando la parte delantera hasta formar una jaula perfecta. Cuando estuvo en su sitio, mi primo abrió la puerta de nuevo y me invitó a entrar en la estancia, donde reinaba el olor penetrante y rancio tan propio de los grandes carnívoros.

—Así es como lo hacemos —explicó—. Le dejamos toda la habitación para que pueda pasear a sus anchas y por la noche lo metemos en su jaula. Para soltarlo basta con girar la manivela del pasillo, y para enjaularlo repetimos lo que acabo de hacer. No, no, ¡no haga eso!

Había metido la mano entre los barrotes para acariciar el lomo brillante del animal, que se alzaba y bajaba al ritmo de su respiración. Mi primo me la retiró mirándome muy serio.

—Le aseguro que es peligroso. No piense que porque yo pueda tomarme libertades con él cualquiera puede hacerlo. Es muy exigente con sus amistades, ¿verdad, Tommy? Mire, ya ha oído que se acerca su comida. ¿Verdad que sí, muchacho?

Se oyeron unos pasos en el pasillo enlosado y la bestia se puso de pie, y empezó a merodear por toda la jaula con ojos brillantes y amarillos, y la lengua escarlata temblando y agitándose sobre la línea blanca de dientes puntiagudos. Entró un mozo con una enorme pieza de carne sobre una bandeja y se la tiró por entre los barrotes. El animal se lanzó con agilidad para atraparla, después se la llevó a un rincón, y allí, sosteniéndola entre las patas, empezó a devorarla levantando el hocico ensangrentado para mirarnos de vez en cuando. Era una escena perversa y fascinante al mismo tiempo.

—Ya se imaginará el cariño que le tengo, ¿verdad? —dijo mi anfitrión mientras salíamos de la estancia—. En especial teniendo en cuenta que lo he criado yo. No fue fácil traerlo desde el centro de Sudamérica, pero aquí está, sano y salvo, y, como ya he dicho, es el mejor ejemplar de toda Europa. Los del zoológico se mueren por tenerlo, pero no podría separarme de él. Bueno, me parece que ya le he hablado demasiado de mi afición, así que lo mejor que podemos hacer es seguir el ejemplo de Tommy e ir a almorzar.

Mi pariente sudamericano estaba tan absorto en sus tierras y sus curiosos ocupantes que no pensé que sintiera interés por nada más, pero me di cuenta de que sí que los tenía, y además muy urgentes, por la gran cantidad de telegramas que recibía. Llegaban a todas horas y siempre los abría con una expresión de entusiasmo e impaciencia. A veces pensaba que debían de estar relacionados con las carreras de caballos, y otras veces con operaciones de bolsa, pero no había duda de que tenía apremiantes negocios entre manos que no tenían nada que ver con las actividades de Suffolk. Durante los seis días que duró mi estancia, nunca recibió menos de tres o cuatro telegramas al día, y a veces incluso llegaban siete u ocho.

Yo había aprovechado tan bien aquellos seis días que, para cuando mi estancia estaba llegando a su fin, había congeniado estupendamente con mi primo. Habíamos pasado todas las noches en su sala de billar y me había contado historias extraordinarias de sus aventuras en América, unas anécdotas tan arriesgadas y temerarias que me costaba mucho asociarlas con el hombrecillo regordete que tenía delante. Yo, a mi vez, me aventuré a contarle algunos de mis recuerdos sobre la vida en Londres, y le parecieron tan interesantes que prometió venir a Grosvenor Mansions y quedarse unos días conmigo. Estaba impaciente por descubrir la faceta más disoluta de la vida en la gran ciudad y no había duda de que, aunque está mal que yo lo diga, no podía haber elegido un guía más competente. Hasta el último día de mi visita no me atreví a plantear lo que tenía en mente. Le hablé con franqueza de mis dificultades financieras y de mi inminente ruina, y le pedí consejo, aunque esperaba que pudiera ofrecerme algo más sólido. Me escuchó con atención mientras se fumaba un puro.

—Pero usted es el heredero de nuestro tío, lord Southerton, ¿no es así?

—Tengo todos los motivos para creer que sí, pero nunca me ha dado nada.

—Sí, ya he escuchado decir que es muy miserable. Pobre Marshall, ha tenido una situación muy incómoda. Por cierto, ¿ha oído alguna noticia sobre la salud de lord Southerton últimamente?

—Su estado de salud es frágil desde que soy niño.

—Así es, mala hierba nunca muere. Es posible que todavía tarde usted mucho tiempo en heredar. Madre mía, ¡qué situación la suya!

—Albergaba la esperanza de que usted, estando al corriente de la situación como es el caso, fuera tan amable de adelantarme...

—No diga ni una palabra más, muchacho —exclamó con la máxima cordialidad—, lo hablaremos esta noche y le doy mi palabra de que haré todo cuanto esté en mi mano.

No lamenté que mi estancia estuviera llegando a su fin, pues es muy desagradable sentir que hay una persona en la casa que desea tu marcha con todas sus fuerzas. El rostro cetrino y la mirada intimidante de la señora King cada vez me demostraban más odio. Ya no se comportaba de forma grosera, pues el miedo a su marido se lo impedía, pero llevó sus absurdos celos hasta el extremo de ignorarme, no me dirigía la palabra, y se esforzó todo lo que pudo por conseguir que mi estancia en Greylands fuera lo más incómoda posible. Su comportamiento fue tan ofensivo el ultimo día que, sin duda, me habría marchado inmediatamente de no ser por la conversación que tenía pendiente con mi anfitrión aquella noche y que, esperaba, cambiaría mi suerte.

Ya era muy tarde cuando por fin pudimos hablar, pues mi primo, que durante aquel día había recibido más telegramas que de costumbre, se retiró a su despacho después de cenar y no salió hasta que todo el mundo se había ido a dormir. Oí cómo se paseaba por la casa cerrando las puertas, como era su costumbre cada noche, y por fin fue conmigo a la sala de billares. Llevaba un batín y un par de babuchas turcas rojas sin talones. Se sentó en un sillón y se sirvió una copa en la que no pude evitar advertir que había más whisky que agua.

—¡Madre mía! —exclamó—. ¡Menuda nochecita!

Y así era. El viento ululaba alrededor de la casa y las contraventanas de madera repicaban y se agitaban como si fueran a venirse hacia dentro. El brillo de las lámparas amarillas y el aroma de nuestros puros parecían, por contraste, más luminoso el uno y más aromático el otro.

—Vamos a ver, muchacho —dijo mi anfitrión—, tenemos la casa y la noche para nosotros solos. Póngame al corriente de su situación para que pueda hacerme una idea y pensaré qué puedo hacer para ponerla en orden. Quiero que me cuente todos los detalles.

Animado por sus palabras, me sumí en una larga exposición en la que aparecieron todos mis proveedores y banqueros, desde mi arrendador hasta mi criado. Llevaba algunas notas en una libreta y fui exponiendo los hechos en orden hasta ofrecerle, según creo, una visión muy profesional de mi lamentable posición. Sin embargo, me entristeció advertir que mi compañero tenía la mirada perdida y parecía distraído. Cuando hacía algún comentario siempre era tan superficial y absurdo que era evidente que no había escuchado nada de lo que yo había contado. De vez en cuando se espabilaba y fingía mostrar interés, pidiéndome que repitiera algo o que se lo explicara mejor, pero siempre terminaba sumiéndose en el mismo estado de abstracción. Al final se levantó y tiró la colilla del puro a la chimenea.

—Le voy a decir una cosa, hijo —dijo—, nunca se me han dado bien los números, así que tendrá que disculparme. Quiero que lo anote todo en un papel para que pueda ver de qué cantidad estamos hablando. Lo entenderé mejor cuando lo vea negro sobre blanco.

La propuesta era alentadora y le prometí hacerlo.

—Y ahora deberíamos acostarnos. Vaya, si ya es la una de la madrugada.

Se oyó el tintineo del reloj de carillón pese al intenso rugido del vendaval. El viento soplaba con la fuerza de un río caudaloso.

—Tengo que echarle un vistazo a mi gato antes de acostarme —dijo mi anfitrión—. Cuando sopla mucho viento se pone nervioso. ¿Quiere venir?

—Claro —respondí.

—Pues camine despacio y no hable, que todos duermen.

Cruzamos en silencio el vestíbulo cubierto por alfombras persas e iluminado por la luz de las lámparas, y entramos por la puerta que había al final. El pasillo de piedra estaba completamente oscuro, pero mi anfitrión descolgó un farolillo que colgaba de un gancho y lo encendió. No se veía la reja en el pasillo, así que la bestia debía estar en su jaula.

—¡Entre! —dijo mi primo, y abrió la puerta.

El profundo gruñido de la criatura cuando entramos demostró que la tormenta la había puesto nerviosa. La distinguimos a la vacilante luz del farol: una enorme masa negra enroscada en una esquina de su guarida, proyectando una sombra achaparrada y tosca en la pared encalada. Movía la cola furiosamente entre la paja.

—El pobre Tommy no está de muy buen humor —dijo Everard King alzando el farol para mirarlo con atención—. ¿No cree que parece un demonio negro? Tengo que darle algo de cenar para que se tranquilice. ¿Le importaría sostener el farol un momento?

Agarré la lámpara y él se acercó a la puerta.

—Su despensa está aquí fuera —me dijo—. Discúlpeme un momento.

Salió y la puerta se cerró a su paso con un golpe metálico.

Aquel sonido fuerte y nítido hizo que se me parase el corazón. Sentí una repentina oleada de terror. La vaga percepción de alguna monstruosa traición me dejó helado. Corrí hasta la puerta, pero no había manecilla en el interior.

—¡Oiga! —grité—. ¡Déjeme salir!

—¡Relájese! ¡No arme tanto escándalo! —dijo mi anfitrión desde el pasillo—. Tiene una luz.

—Sí, pero no quiero quedarme encerrado y solo de esta manera.

—¿Ah, no? —Le oí carcajear—. No estará solo mucho tiempo.

—¡Déjeme salir, señor! —repetí enfadado—. Esta clase de bromas no me hacen ninguna gracia.

—Y «broma» es la palabra clave —dijo soltando otra odiosa carcajada.

Y de pronto oí, entre el rugido de la tormenta, el crujido y el gemido de la manivela al girar y el traqueteo de la reja al pasar por entre la rendija. Dios santo, ¡estaba soltando al gato de Brasil!

A la luz del farol vi cómo los barrotes se retiraban justo delante de mí. Ya había una abertura de unos treinta centímetros al otro lado. Grité mientras agarraba el último barrote con las manos y tiré de él como un loco. Había enloquecido de ira y horror. Conseguí aguantar la valla sin que se moviese durante un minuto o más. Sabía que él estaba tirando con todas sus fuerzas de la manivela y que pronto conseguiría doblegarme. Fui cediendo centímetro a centímetro mientras mis pies resbalaban por las losas y le supliqué a aquel monstruo inhumano que me salvara de esa terrible muerte. Se lo rogué por nuestros antepasados. Le recordé que yo era su invitado; le supliqué que me dijera qué mal le había hecho yo, pero su única respuesta eran los tirones que le daba a la manivela, cada uno de los cuales, a pesar de mis esfuerzos, conseguía pasar un nuevo barrote por la abertura. Aferrado a los barrotes, me vi arrastrado por toda la parte delantera de la jaula hasta que al final, con las muñecas doloridas y los dedos llenos de cortes, abandoné la inútil lucha. Cuando la solté, la reja desapareció con un ruido seco y un momento después oí el sonido de las zapatillas turcas en el pasillo y cómo se cerraba una puerta a lo lejos. Y todo quedó en silencio.

La criatura no se había movido en todo el tiempo. Seguía inmóvil en su rincón y había dejado de mover la cola. Por lo visto, la aparición de un hombre agarrado a los barrotes, siendo arrastrado y gritando, la había dejado asombrada. Vi cómo me miraba fijamente con sus enormes ojos. Había soltado el farol al aferrarme a los barrotes, pero la lámpara seguía encendida en el suelo, e hice ademán de agarrarla con la idea de que quizá la luz me protegería. Pero en cuanto me moví, la fiera emitió un gruñido profundo y amenazador. Me detuve y me quedé inmóvil, temblando de miedo. El gato (si es que se puede usar un nombre tan apacible para una criatura tan terrible como aquella) estaba a menos de tres metros de mí. Sus ojos brillaban

como dos discos de fósforo en la oscuridad. Me horrorizaban y me fascinaban al mismo tiempo. No podía dejar de mirarlos. La naturaleza nos engaña de formas extrañas en esos momentos tan intensos, y aquellas luces centelleantes crecían y disminuían en un constante vaivén. A veces parecían ser minúsculos puntos de extrema luminosidad, pequeñas chispas eléctricas en la oscuridad negra, y después se dilataban y se dilataban hasta que toda esa esquina de la estancia se llenaba con su luz cambiante y siniestra. Y luego, de repente, desaparecían por completo.

La fiera había cerrado los ojos. No sé si habrá alguna verdad en esa antigua idea del dominio de la mirada humana, o si el enorme gato simplemente estaba cansado, pero lo cierto es que, lejos de demostrar ninguna intención de atacarme, se limitó a apoyar su elegante cabeza negra sobre sus enormes patas delanteras y pareció quedarse dormido. Me quedé de pie por miedo a que volviera a convertirse en una criatura maléfica, pero por lo menos era capaz de pensar con claridad, ahora que ya no me observaban esos ojos malignos. Estaría encerrado toda la noche con aquella bestia feroz. Mi instinto, por no mencionar las palabras del miserable villano que me había tendido aquella trampa, me advertía de que el animal era tan salvaje como su dueño. ¿Cómo podía contenerlo hasta que amaneciera? La puerta no me servía de nada, y tampoco las estrechas ventanas con barrotes. No había ningún refugio en aquella desnuda estancia con losas de piedra. Gritar pidiendo ayuda era absurdo. Ya sabía que aquella guarida estaba construida en un edificio anexo y que el pasillo que la conectaba con la casa estaba, por lo menos, a más de treinta metros. Además, con la tormenta que había fuera, no era muy probable que alguien oyera mis gritos. Solo podía confiar en mi valor y mi ingenio.

Y entonces, con una nueva oleada de espanto, clavé los ojos en el farol. La llama había bajado y estaba empezando a consumirse. En diez minutos se habría apagado, lo cual significaba que solo disponía de ese tiempo para hacer algo, pues sabía que si me quedaba a oscuras con aquella terrible criatura sería incapaz de hacer nada. La mera idea me paralizaba. Miré desesperado por aquella cámara mortuoria y vi un sitio que parecía prometer, si no salvación, sí un peligro menos inmediato e inminente que el espacio abierto.

Ya he contado que la jaula tenía una parte superior además de una delantera, y esa parte superior se quedaba fija cuando la delantera se internaba por la rendija de la pared. Consistía en unos barrotes separados entre sí por algunos centímetros, con un firme enrejado entre ellos, y se sostenía sobre un sólido soporte en cada extremo. Y en ese momento era como un enorme dosel de barrotes que se extendía sobre la fiera agachada en el rincón. El espacio que quedaba entre esa repisa de hierro y el techo medía entre sesenta y noventa centímetros. Si conseguía llegar hasta allí y meterme entre los barrotes y el techo, ya solo me quedaría una parte vulnerable. Estaría a salvo por debajo, por detrás y desde ambos lados. La fiera solo podría atacarme por la parte delantera. Es verdad que por allí no tendría ninguna protección, pero al menos me apartaría de la trayectoria de la bestia cuando empezara a merodear por su guarida. Para atraparme tendría que desviarse de su camino. Era ahora o nunca, pues cuando la luz se apagara me resultaría imposible. Tragué saliva, salté, me agarré al borde de hierro de la parte superior y conseguí meterme en aquel hueco. Al retorcerme me quedé boca abajo y me encontré mirando directamente a los ojos terribles y la mandíbula abierta del gato, que estaba bostezando. Su aliento fétido me llegó a la cara como el vapor procedente de alguna olla pestilente.

Sin embargo, el animal parecía tener más curiosidad que hambre. Con una elegante ondulación de su lomo largo y negro, se levantó, se estiró y después, apoyándose en las patas traseras, puso una de las patas delanteras en la pared, levantó la otra y deslizó las zarpas por el enrejado que había debajo de mí. Una uña afilada y blanca me rajó los pantalones, pues debería mencionar que seguía llevando mi ropa de la cena, y me hizo una herida en la rodilla. No pretendía ser un ataque, más bien un experimento, pues cuando grité de dolor el gato volvió a bajar, saltó hasta la guarida y empezó a merodear, mirándome de vez en cuando. Yo, por mi parte, reculé hasta que tuve la espalda pegada a la pared, metiéndome en el espacio más pequeño posible. Cuanto más adentro me metiese más difícil le resultaría atacarme.

El animal parecía más nervioso ahora que había empezado a moverse, corría con agilidad y en silencio dibujando círculos por la guarida, y pasaba continuamente por debajo de la cama de hierro donde yo estaba tumbado.

Era maravilloso ver un cuerpo tan grande pasando como una sombra, sin apenas hacer el menor ruido con sus aterciopeladas patas. La vela emitía ya muy poca luz, tan poca que apenas podía ver al animal. Y entonces, con una llamarada y un chisporroteo se apagó del todo. ¡Estaba a solas con el gato en la oscuridad!

Resulta de mucha ayuda, cuando uno se enfrenta a un peligro, saber que ha hecho todo lo que podía hacer. Ya no queda nada más que esperar el resultado. En mi caso, la única posibilidad de salvación residía en aquel preciso espacio donde me había refugiado, así que me estiré y me quedé allí tumbado en silencio, sin apenas respirar, con la esperanza de que la bestia olvidara mi presencia si yo no hacía nada para recordársela. Supuse que ya debían de ser las dos de la madrugada. A las cuatro amanecería. Ya solo quedaban dos horas para que se hiciera de día.

Fuera, la tormenta seguía cayendo con fuerza y la lluvia no dejaba de golpear los ventanucos. Dentro, el aire ponzoñoso y fétido era asfixiante. No podía escuchar ni ver al gato. Intenté pensar en otras cosas, pero solo una tenía el poder suficiente para alejar mi mente de la terrible situación en la que me hallaba: la maldad de mi primo, su increíble hipocresía y el perverso odio que sentía por mí. Bajo ese amable rostro habitaba el espíritu de un asesino medieval, y cuanto más lo pensaba más claramente veía lo astuto que había sido organizando su plan. Parecía que se hubiera ido a la cama como los demás. No había duda de que tenía testigos que lo demostrarían. Después, y sin que nadie se diera cuenta, había bajado sigilosamente y me había engañado para llevarme a su guarida, donde me había abandonado. Su historia sería muy sencilla. Diría que yo me había quedado en la sala de billar terminando de fumar mi puro. Después habría ido por mi cuenta a echar un último vistazo al gato, habría entrado en la estancia sin darme cuenta de que la jaula estaba abierta y me habría quedado atrapado. ¿Cómo iban a involucrarle en el crimen? Quizá hubiera sospechas, pero jamás tendrían pruebas.

¡Qué despacio pasaron aquellas dos horas! En una ocasión escuché un sonido grave y áspero, imaginé que sería el animal lamiéndose. Vi aquellos ojos verdosos mirándome en la oscuridad en varias ocasiones, pero nunca lo hacían fijamente, y cada vez albergaba más esperanzas de que se hubiera olvidado de mi presencia o de que me ignorara. Al fin un brillo de luz diminuto se coló por las ventanas, al principio solo veía dos cuadraditos grises proyectados en el muro del fondo, pero después el gris pasó a ser blanco y volví a ver a mi terrible compañero. Desgraciadamente, ¡él también me vio a mí!

Enseguida me di cuenta de que estaba de un humor mucho más peligroso y agresivo que la última vez que lo había visto. El frío de la mañana lo había irritado y también tenía hambre. Merodeaba sin descanso por el extremo opuesto de la estancia, sin dejar de rugir, agitando los bigotes con furia y moviendo la cola. Cuando se daba media vuelta, al llegar a las esquinas siempre levantaba la vista para mirarme con una horrible actitud amenazante. Sabía que estaba buscando la forma de atacarme. Y, sin embargo, incluso en ese momento me descubrí admirando la sinuosa elegancia de la malvada criatura, sus movimientos largos, ondulantes y suaves, el brillo de su hermoso lomo, el color escarlata intenso y palpitante de la lengua brillante que le colgaba del hocico negro. El gruñido grave y amenazante no dejaba de aumentar en un crescendo ininterrumpido. Sabía que algo estaba a punto de ocurrir.

Era una hora terrible para morir de esa forma, con aquel frío, incómodo, temblando con mi ropa ligera sobre esa parrilla de tortura en la que estaba tendido. Intenté animarme, elevar mi alma por encima de la situación y, al mismo tiempo, con la lucidez propia de un hombre desesperado, miré a mi alrededor en busca de alguna forma de escapar. Una cosa estaba clara: si la reja delantera de la jaula volvía a su posición original podría refugiarme detrás. ¿Podría tirar de ella? Apenas me atrevía a moverme por miedo a que la criatura se abalanzara sobre mí. Alargué la mano muy lentamente hasta agarrar el último barrote de la reja, que sobresalía de la pared. Para mi sorpresa, al tirar de ella cedió con bastante facilidad. Por supuesto, la dificultad de sacarla residía en el hecho de que yo estaba pegado a ella. Volví a tirar y la reja salió cinco centímetros más. Por lo visto se desplazaba sobre ruedas. Tiré de nuevo y... ¡entonces el gato saltó!

Fue tan rápido, tan repentino, que no lo vi venir. Solo escuché el gruñido salvaje y, automáticamente, los ardientes ojos amarillos, la cabeza negra y achatada con su lengua roja y sus dientes relucientes, todo estaba al alcance de mi mano. El impacto de la criatura hizo que se movieran tanto los barrotes sobre los que estaba tumbado que incluso llegué a pensar que iban a desplomarse (si acaso era capaz de pensar en ese momento). El gato se balanceó un momento con la cabeza y las patas delanteras muy cerca de mí, mientras con las patas traseras trataba de encontrar un sitio donde apoyarse en el borde de la reja. Oí el chirrido de las zarpas al agarrarse al enrejado y el aliento de la fiera me dio náuseas. Pero no había calculado bien el salto. No pudo aguantar en aquella posición. Lentamente, enseñando los dientes con rabia y arañando los barrotes con desesperación, cayó de espaldas y se desplomó en el suelo. Gruñó, se dio la vuelta y se preparó para saltar de nuevo.

Comprendí que los siguientes instantes decidirían mi destino. La fiera había aprendido de la experiencia. No volvería a fallar. Yo debía actuar con rapidez y sin miedo si quería tener una oportunidad de salir de allí con vida. Tracé mi plan en un segundo. Me quité la chaqueta y se la tiré a la cabeza. Al mismo tiempo bajé de mi refugio, agarré el extremo de la reja frontal y tiré con fuerza para arrancarla de la pared.

Salió con más facilidad de la que había imaginado. Crucé la estancia arrastrándola, pero al hacerlo me quedé en el lado exterior de la reja. Si hubiera sido al revés, quizá habría salido ileso, pero tal como había ocurrido tuve que detenerme un momento para meterme por la abertura que había dejado. Ese intervalo bastó para que la fiera tuviera tiempo de deshacerse de la chaqueta con la que la había cegado y abalanzarse sobre mí. Me lancé por el hueco y tiré de los barrotes a mi paso, pero el animal me agarró la pierna antes de que pudiera meterla por completo. Un golpe de esa enorme zarpa bastó para arrancarme la pantorrilla con la misma facilidad con que un cepillo riza una viruta de madera. Un segundo después, me encontraba sangrando y al borde del desmayo, tendido en la asquerosa paja y separado de la fiera por esas rejas amigas, contra las que el animal se abalanzaba frenéticamente.

Demasiado herido para moverme y demasiado débil para ser consciente del miedo, no pude hacer otra cosa que quedarme allí tumbado, más muerto que vivo, viendo el espectáculo. El animal pegaba su pecho ancho y negro a los barrotes y trataba de alcanzarme con las pezuñas como he visto a hacer a los gatos frente a una trampa para ratones. Me arañaba la ropa, pero por mucho que se estirase, no conseguía alcanzarme. Había oído hablar del curioso efecto somnífero que producían las heridas de los grandes carnívoros, y estaba claro que yo también iba a experimentarlo, pues había perdido toda conciencia de mi personalidad y el posible éxito o fracaso del gato me causaba la misma indiferencia que si hubiese estado contemplando un juego inofensivo. Después, mi mente fue dejándose arrastrar poco a poco por unos sueños muy confusos, en los que no dejaba de ver ese rostro negro con la lengua roja, y me perdí en el nirvana del delirio, el bendito alivio que experimentan quienes están demasiado exhaustos por el esfuerzo.

Al recordar lo ocurrido, he llegado a la conclusión de que debí quedarme inconsciente unas dos horas. Lo que me devolvió la conciencia fue de nuevo ese agudo chasquido metálico que había dado inicio a mi horrible experiencia. Alguien había abierto la cerradura. Entonces, antes de que mis sentidos estuvieran lo suficientemente despiertos como para comprender lo que estaban viendo, me di cuenta de que el rostro rechoncho y benévolo de mi primo se asomaba por la puerta abierta. Sin duda lo que vio lo sorprendió. El gato estaba agazapado en el suelo. Yo estaba tumbado boca arriba y en mangas de camisa dentro de la jaula, con los pantalones hechos jirones y un gran charco de sangre a mi alrededor. Todavía recuerdo su cara de asombro iluminada por el sol de la mañana. Me miró una y otra vez. Después cerró la puerta a su paso y avanzó hasta la jaula para comprobar si yo estaba muerto.

No puedo asegurar que recuerde bien lo que ocurrió a continuación. No estaba en un estado como para dar fe o narrar lo ocurrido. Lo único que puedo decir es que de pronto me di cuenta de que dejaba de mirarme para mirar a la bestia.

—¡Buen chico, Tommy! —gritó—. ¡Sé bueno, Tommy!

Entonces se acercó a los barrotes dándome la espalda.

—¡Quieto, estúpido bicho! —gritó—. ¡Quieto! ¿Es que no reconoces a tu dueño?

De pronto mi entumecido cerebro recordó que él mismo me había dicho que el sabor de la sangre enloquecería al gato. Era mi sangre la que había probado, pero era su dueño quien iba a pagar el precio.

—¡Aléjate! —exclamó—. ¡Aléjate, demonio! ¡Baldwin! ¡Baldwin! ¡Oh, Dios mío!

Y entonces lo oí caer, levantarse y volver a caer, con un ruido parecido al de un saco al desgarrarse. Sus gritos se fueron apagando hasta perderse tras un gruñido preocupante. Y entonces, cuando ya estaba convencido de que estaba muerto, vi, como en una pesadilla, una silueta ciega, maltrecha y empapada en sangre corriendo con desesperación por toda la estancia, y esa fue la última imagen que tuve de él antes de volver a desmayarme.

Tardé muchos meses en recuperarme, en realidad no puedo decir que me haya recuperado del todo, pues utilizaré bastón hasta el final de mis días como recuerdo de la noche que pasé con el gato de Brasil. Cuando Baldwin, el cuidador, y los demás criados acudieron alarmados por los espeluznantes gritos de su señor, no supieron explicar lo que había ocurrido, pues me encontraron dentro de la jaula, y los restos de mi primo, o lo que más tarde descubrieron que eran sus restos, estaban en poder de la criatura que él mismo había criado. Lo ahuyentaron con ayuda de hierros candentes y después le dispararon a través de la mirilla de la puerta; solo así pudieron sacarme de allí. Me llevaron a mi dormitorio y allí, bajo el techo del hombre que había intentado asesinarme, me debatí entre la vida y la muerte durante varias semanas. Mandaron venir a un cirujano de Clipton y a una enfermera de Londres, y un mes después ya pudieron llevarme a la estación y pude regresar a Grosvenor Mansions.

Conservo un recuerdo de aquella convalecencia que podría formar parte del variable panorama creado por un cerebro delirante si no fuera porque está tan afianzado en mi memoria. Una noche, cuando la enfermera había salido, se abrió la puerta de mi dormitorio y entró una mujer alta vestida de luto. Se acercó a mi cama y cuando inclinó su rostro cetrino sobre mí pude ver, gracias al brillo suave de la luz de la mesita de noche, que se trataba de la mujer brasileña con la que se había casado mi primo. Me miró fijamente con una expresión más amable que nunca.

—¿Está consciente? —preguntó.

Yo asentí casi sin fuerzas, pues seguía muy débil.

—Muy bien. Solo quería decirle que usted es el único responsable de lo ocurrido. ¿Acaso no hice todo lo que pude por usted? Intenté alejarlo de esta casa desde el principio. Intenté por todos los medios salvarle de él, casi incluso llegando a traicionar a mi esposo. Yo conocía su motivo para traerlo hasta aquí. Sabía que jamás le dejaría marchar. Nadie lo conocía tan bien como yo, que tanto y tan a menudo había sufrido por su causa. No me atreví a contarle todo esto. Él me habría matado. Pero hice todo lo que pude por usted. Después de todo lo sucedido, resulta que usted ha sido el mejor amigo que he tenido. Usted me ha devuelto la libertad cuando yo pensaba que solo la conseguiría a través de la muerte. Lamento que esté herido, pero no puede reprochármelo. Le dije que era usted un necio, y así ha sido.

Aquella mujer amargada y singular salió del dormitorio y yo jamás volvería a verla. Regresó a su país natal con lo que quedaba de la fortuna de su marido y tengo entendido que después se metió a monja en Pernambuco.

Cuando llevaba ya bastante tiempo en Londres, los médicos me dijeron que estaba lo suficientemente bien como para atender mis asuntos. No fue una noticia muy agradable, pues temía que eso diera pie a la aparición de un montón de acreedores, pero la primera persona en venir a verme fue Summers, mi abogado.

—Me alegro mucho de ver que el señor se encuentra mejor —dijo—. He esperado mucho tiempo para poder felicitarle.

—¿De qué está hablando, Summers? No es momento para bromas.

—Lo que oye —contestó—. Hace ya seis semanas que es usted lord Southerton, pero temíamos que la noticia pudiera retrasar su recuperación.

¡Lord Southerton! ¡Uno de los nobles más ricos de Inglaterra! No podía creer lo que estaba oyendo. Y entonces pensé en el tiempo que había transcurrido y cómo coincidía con el que yo llevaba herido.

—Entonces lord Southerton debió de morir más o menos cuando yo fui atacado, ¿no?

—Murió el mismo día.

Summers me miraba fijamente al hablar y estoy convencido, pues era un tipo perspicaz, de que había adivinado lo ocurrido. Guardó silencio un momento como esperando a que le hiciera alguna confidencia, pero pensé que no era bueno revelar un escándalo familiar de esa magnitud.

—Sí, una coincidencia muy curiosa —siguió diciendo con una mirada cómplice—. Supongo que usted ya sabía que su primo Everard King era el siguiente heredero de su fortuna. Si ese tigre lo hubiera destrozado a usted, él se habría convertido en lord Southerton.

—Sin duda —contesté.

—¡Y tenía mucho interés! —dijo Summers—. He sabido por casualidad que el ayuda de cámara del difunto lord Southerton trabajaba para Everard King y que solía enviarle telegramas para informarle del estado de salud de su señor. Eso debió de ocurrir más o menos cuando usted estuvo en su casa. ¿No le parece extraño que quisiera estar tan bien informado cuando sabía que él no era el heredero directo?

—Muy extraño —respondí—. Y ahora, Summers, si es tan amable de acercarme mis facturas y mi nuevo talonario, empezaremos a poner las cosas en orden.

DESPEDIDA

CHARLOTTE PERKINS GILMAN
(1860-1935)

La señora Marroner sollozaba tendida en la cama ancha y suave de su dormitorio, una estancia decorada con alfombras suaves, cortinas gruesas y un mobiliario exquisito.

Lloraba y sollozaba amargamente, con desesperación; sus hombros se agitaban convulsivamente; tenía los puños apretados. Se había olvidado de su vestido refinado y del cubrecama, más refinado todavía; había olvidado su dignidad, su autocontrol y su orgullo. La dominaba un sentimiento de horror abrumador, de pérdida inconmensurable, una turbulenta masa de emociones desenfrenadas.

En toda su vida reservada y elegante, propia de una mujer educada en Boston, jamás habría imaginado que pudiera sentir tantas cosas a la vez y con una intensidad tan arrolladora.

Trató de apaciguar sus sentimientos transformándolos en pensamientos, de darles forma con ayuda de las palabras, de controlarse, pero no podía. Le recordó un desagradable momento cuando un verano, de niña, buceaba en York Beach y no conseguía salir a la superficie.

Gerta Petersen sollozaba tendida en la cama estrecha y dura de su dormitorio, una estancia del último piso sin alfombra, con cortinas finas y escaso mobiliario.

Era más corpulenta que su señora, su constitución era robusta y fuerte; pero en ese momento su joven y orgullosa feminidad estaba abatida por la angustia, deshecha en lágrimas. No se esforzaba por contenerse. Lloraba por dos.

Si la señora Marroner sufría por el fracaso y la pérdida de un amor más sólido, quizá más profundo; si sus gustos eran más refinados y sus ideales más elevados; si sufría la amargura de los celos y tenía el orgullo pisoteado, Gerta tenía que enfrentarse a su propia vergüenza, a un futuro sin esperanza y a un presente incierto que le provocaba un terror irracional.

Había llegado a aquella casa tan ordenada siendo una diosa joven y sumisa, fuerte, hermosa, cargada de buena voluntad y dispuesta a obedecer, aunque ignorante e infantil, pues era una niña de dieciocho años.

El señor Marroner había sentido por ella una admiración sincera, y su esposa también. Hablaban sobre sus evidentes virtudes y no menos evidentes limitaciones con esa confianza absoluta de la que siempre habían disfrutado. La señora Marroner no era una mujer celosa. No había sentido celos en toda su vida, hasta ahora.

Gerta se había quedado con ellos y había aprendido sus costumbres. Los dos la adoraban. Incluso la cocinera se había encariñado de ella. Como suele decirse, era una muchacha con «buena disposición», tenía ganas de aprender y era moldeable, y la señora Marroner, que estaba acostumbrada a instruir, intentó impartirle cierta educación.

—Nunca había conocido a nadie tan dócil —solía comentar la señora Marroner—. Es la criada perfecta, aunque también es un defecto de carácter. Es una criatura desvalida y confiada.

Y así era exactamente: una cría alta, de mejillas sonrosadas, de gran feminidad por fuera y desvalida como una niña por dentro. Su abundante trenza dorada, sus ojos azules y serios, sus hombros imponentes y sus extremidades largas y firmes parecían propias de un espíritu terrenal primario, pero no era más que una niña ignorante, con las debilidades propias de una niña.

Cuando el señor Marroner tuvo que marcharse de viaje de negocios al extranjero, a desgana y contrariado por tener que separarse de su esposa, le dijo que se sentía más tranquilo sabiendo que la dejaba en manos de Gerta, pues sabía que cuidaría de ella.

—Sé buena con tu señora, Gerta —le dijo a la muchacha mientras desayunaba aquella última mañana—. La dejo en tus manos. Volveré dentro de un mes a más tardar.

Y a continuación se volvió, sonriendo, hacia su mujer.

—Y tú también debes cuidar de Gerta —dijo—. Imagino que para cuando regrese la tendrás preparada para la universidad.

Aquello había ocurrido hacía siete meses. Los negocios habían retrasado su regreso una semana tras otra, un mes tras otro. Le escribía a su esposa cartas largas, frecuentes y cariñosas, lamentando profundamente el retraso, explicando lo necesario y provechoso que era, felicitándola por los grandes recursos que tenía, por su mente tan rica y equilibrada, y por sus muchos intereses.

—Si yo desapareciera de tu vida por culpa de alguno de esos «actos de Dios» de los que tanto habla la gente, no creo que te fuera tan mal —decía—. Y eso me tranquiliza mucho. Tu vida es tan rica y plena que ninguna pérdida, ni siquiera una enorme, te dejaría completamente destrozada. Pero no creo que ocurra nada así y volveré a casa dentro de tres semanas si todo se arregla. ¡Y tú estarás encantadora con ese brillo en los ojos y ese rubor cambiante que conozco tan bien y que tanto adoro! ¡Querida mía! Tendremos que celebrar una segunda luna de miel; si cada mes hay una luna nueva, ¿por qué no disfrutar de alguna de las más dulces?

Solía preguntar por «la pequeña Gerta», a veces adjuntaba una postal para ella, bromeaba con su mujer acerca de lo mucho que se esforzaba por educar a «la niña», se mostraba atento, alegre e ingenioso.

En todo eso pensaba la señora Marroner mientras seguía tumbada, apretando con una mano el dobladillo bordado de la elegante sábana y con un pañuelo empapado en la otra.

Había intentado instruir a Gerta y le había tomado mucho cariño a la muchacha paciente y bondadosa a pesar de su torpeza. Era bastante hábil trabajando con las manos, aunque no demasiado rápida, y era capaz de recordar pequeñas cuentas de una semana para otra. Pero para la mujer que tenía un doctorado, que había impartido clases en la universidad, era como cuidar de un bebé.

Quizá el hecho de no tener hijos había hecho que se encariñase más con ella, aunque solo se llevaran quince años.

Sin embargo, a la muchacha ella le parecía bastante mayor, y su joven corazón rebosaba de afecto y gratitud por aquellas atenciones que la hacían sentir como en casa en aquella tierra extraña.

Pero entonces empezó a advertir una sombra en el luminoso rostro de la muchacha. Daba la impresión de estar nerviosa, ansiosa, preocupada. Cuando sonaba el timbre parecía sobresaltarse, y siempre iba corriendo a abrir la puerta. Sus carcajadas ya no resonaban desde la verja cuando se quedaba un rato a hablar con los proveedores, que tanto la admiraban.

La señora Marroner se había esforzado mucho por enseñarle a ser más reservada con los hombres y se congratuló pensando que sus palabras estaban dando frutos. Pensó que la muchacha sentía nostalgia de su hogar, pero la joven lo negó. Pensó que estaba enferma, pero también lo negó. Al final empezó a sospechar que le ocurría algo que no se podía negar.

Durante mucho tiempo se negó a creerlo y esperó. Después tuvo que creerlo, pero se obligó a tener paciencia y a ser comprensiva.

«La pobrecita», se decía, «está aquí sin su madre, es imprudente y complaciente, no debo ser dura con ella». E intentó ganarse la confianza de la joven con palabras amables y sensatas.

Pero Gerta se había postrado literalmente a sus pies y le había suplicado con lágrimas en los ojos que no la despidiera. No admitió nada ni dio ninguna explicación, pero prometió desesperadamente que trabajaría para la señora Marroner toda su vida con tal de que la dejara quedarse.

La señora Marroner lo meditó cuidadosamente y pensó que la conservaría, al menos por el momento. Intentó reprimirse ante aquella muestra de ingratitud de alguien a quien siempre había intentado ayudar, y controlar también el frío desdén que siempre había sentido hacia esa clase de debilidad.

«Lo que hay que hacer ahora», se dijo la señora, «es apoyarla hasta el final. La vida de la muchacha no tiene que sufrir más de lo inevitable. Le pediré consejo a la doctora Bleet, ¡qué consuelo que sea una mujer! Apoyaré a la pobre e insensata criatura hasta el final y después le ayudaré a regresar a Suecia con el bebé. ¡Es increíble que lleguen cuando no se les quiere y nunca lleguen cuando son deseados!» Y la señora Marroner, sentada a solas en la tranquilidad de su casa elegante y espaciosa, casi sentía envidia de Gerta.

Y entonces llegó el diluvio.

Al atardecer había mandado a la joven a dar un paseo para que le tocara el aire. Llegó el correo de la tarde y lo recogió ella misma. Había una carta para ella de su marido. Conocía el matasellos, el sello y el tipo de letra. La besó impulsivamente en la penumbra del vestíbulo. Nadie podía imaginar que la señora Marroner besara las cartas de su marido, pero lo hacía, y a menudo.

Repasó las demás. Había una para Gerta, y no venía de Suecia. Parecía exactamente igual que la suya. Le pareció un poco raro, pero el señor Marroner ya le había mandado mensajes y postales a la joven. Dejó la carta en la mesa del vestíbulo y se llevó la suya a su habitación.

«Mi pobre niña», empezaba. ¿Cuál de las cartas que le había escrito ella últimamente era tan triste como para merecer esa respuesta?

«Me preocupa mucho lo que me cuentas». ¿Qué le había contado ella que pudiera preocuparle tanto? «Tienes que ser valiente, pequeña. Volveré muy pronto y cuidaré de ti. Espero que todo vaya bien, no lo dices en la carta. Te mando algo de dinero por si lo necesitas. Espero estar de vuelta en un mes a lo sumo. Si tuvieras que marcharte asegúrate de dejarme tu dirección en el despacho. Anímate, sé valiente, yo cuidaré de ti.»

La carta estaba escrita a máquina, cosa que no era sorprendente. No estaba firmada, y eso sí que era extraño. También incluía un billete americano: cincuenta dólares. No tenía nada que ver con ninguna de las cartas que había recibido de su marido, ni con ninguna que pudiera imaginarle escribir. Pero una extraña sensación gélida empezó a apoderarse de ella, como una riada que crece alrededor de una casa.

Se negó rotundamente a admitir las ideas que empezaron a formarse en su cabeza, no quería darles cabida. Y sin embargo, empujada por la presión de aquellos pensamientos que repudiaba, bajó la escalera y agarró la otra carta, la que iba dirigida a Gerta. Las colocó una junto a la otra sobre un espacio liso y oscuro de la mesa; después se sentó al piano y tocó con precisión, negándose a pensar, hasta que la joven regresó. Cuando llegó, la señora Marroner se levantó con calma y se acercó a la mesa.

—Hay una carta para ti —anunció.

La joven se acercó con impaciencia, vio las dos cartas juntas, vaciló y miró a su señora.

—Toma la tuya, Gerta. Ábrela, por favor.

La muchacha la miró asustada.

—Quiero que la leas aquí —dijo la señora Marroner.

—Ay, señora, ¡no! ¡Por favor, no me obligue!

—¿Por qué no?

No parecía haber ningún motivo para negarse, Gerta se sonrojó más y abrió la carta. Era larga, cosa que sin duda le sorprendía, y decía: «Mi querida esposa». La leyó muy despacio.

—¿Estás segura de que es tu carta? —preguntó la señora Marroner—. ¿No es esta la tuya? ¿Esa no es... para mí?

Le entregó la otra carta a la joven.

—Es un error —siguió diciendo la señora Marroner con áspera calma. Había perdido los modales y tampoco sabía qué debía hacer. Aquello no era real, era una pesadilla.

—¿No te das cuenta? Metió tu carta en mi sobre y la mía en el tuyo. Ahora ya lo entendemos.

Pero la mente de la pobre Gerta no tenía ninguna antesala, no estaba entrenada para conservar la calma en momentos de agonía. La situación la arrolló sin que fuera capaz de oponer ninguna resistencia. Se acobardó frente a la ira desatada que anticipaba y aquella ira surgió de algún rincón recóndito y la arrolló con sus pálidas llamas.

—Ve a hacer las maletas —dijo la señora Marroner—. Te marcharás de mi casa esta misma noche. Aquí tienes tu dinero.

Dejó en la mesa el billete de cincuenta dólares. Lo puso junto al sueldo de un mes. No demostró ni la más mínima lástima por aquellos ojos angustiados, por aquellas lágrimas que oyó caer al suelo.

—Ve a tu habitación y recoge tus cosas —ordenó la señora Marroner.

Y Gerta, siempre obediente, se marchó.

Después, la señora Marroner fue a su dormitorio y pasó un tiempo indeterminado acostada boca abajo en la cama.

Pero los veintiocho años que había vivido antes de casarse, su experiencia en la universidad tanto de estudiante como de profesora y la independencia que ella misma se había labrado, hacían que su forma de reaccionar ante las adversidades fuera muy distinta de la que imaginaba Gerta.

Al rato, la señora Marroner se levantó. Se preparó un baño caliente, se dio una ducha fría y se frotó la piel con fuerza. «Ahora ya puedo pensar», se dijo.

Para empezar, lamentó la sentencia de destierro inmediato. Subió al piso de arriba para comprobar si se había ejecutado. ¡Pobre Gerta! La tormenta de su angustia se había manifestado como suele ocurrir en los niños: se había quedado dormida sobre la almohada húmeda, con una mueca de dolor en los labios y un gran sollozo que la estremecía de vez en cuando.

La señora Marroner se quedó allí observándola y pensando en la dulzura desvalida de su rostro, en su carácter indefenso todavía sin formar, en la docilidad y la disposición obediente que hacían de ella una muchacha tan atractiva y a la vez una víctima tan fácil. También pensó en la poderosa fuerza que la había arrollado, en la gran transformación que se había iniciado en su interior, en lo lamentable y fútil que parecía cualquier resistencia que Gerta hubiera podido ofrecer.

Regresó en silencio a su habitación, hizo un poco de fuego y se sentó al lado, ignorando sus propios sentimientos, igual que había hecho antes al ignorar sus pensamientos.

Se trataba de dos mujeres y un hombre. Una de las mujeres era la esposa: cariñosa, confiada y afectuosa. La otra era la criada: cariñosa, confiada y afectuosa; una muchacha joven, una exiliada, una persona dependiente;

agradecida de cualquier gesto amable; sin experiencia ni educación, infantil. No había duda de que debería haberse resistido a la tentación, pero la señora Marroner era lo bastante inteligente como para saber lo difícil que era reconocer la tentación cuando viene disfrazada de amistad y procede de quien una no espera.

Gerta lo habría hecho mejor resistiéndose al dependiente del colmado; en realidad, con ayuda de los consejos de la señora Marroner, se había resistido a varios hombres. Pero cuando era una cuestión de respeto, ¿cómo podía criticarla? Cuando alguien debía obediencia, ¿cómo podía rechazarlo, cegada por la ignorancia, hasta que ya fuese demasiado tarde?

Mientras la mayor y más sensata de las dos mujeres se obligaba a comprender y disculpar el error de la joven imaginando lo que podría ser de su vida, en su corazón nació un nuevo sentimiento, una emoción fuerte, clara y dominante: una condena absoluta hacia el hombre que había causado todo aquello. Él era consciente. Él entendía las cosas. Él podía anticipar y medir las consecuencias de sus actos. Él era perfectamente consciente de la inocencia absoluta, la ignorancia, el afecto, la gratitud y la habitual docilidad de la que se había aprovechando deliberadamente.

La señora Marroner alcanzó tal altura intelectual que sus momentos de dolor parecieron desaparecer. Él había hecho aquello bajo el techo que compartía con ella, su esposa. No se había enamorado de una mujer más joven, no había roto con su mujer y se había vuelto a casar. Eso habría sido un desengaño amoroso, simple y llanamente. Pero aquello era algo más.

Esa carta, aquella miserable, fría y calculadora carta sin firmar, y ese billete (mucho más discreto que un cheque), no eran muestras de afecto. Algunos hombres pueden amar a dos mujeres al mismo tiempo. Pero aquello no era amor.

La sensación de lástima e indignación que la señora Marroner sentía por sí misma, la esposa, empezó a convertirse en lástima e indignación por la muchacha. Toda esa espléndida y cándida belleza, la esperanza de una vida feliz, con matrimonio y maternidad, una vida independiente y honorable, nada de eso significaba nada para ese hombre. Él había elegido arrebatarle a Gerta la vida y sus posibles dichas por puro placer.

En la carta decía que cuidaría de ella. ¿Cómo? ¿En calidad de qué?

Y entonces la arrolló una nueva oleada que arrasó con los sentimientos que albergaba por sí misma, la esposa, y por Gerta, la víctima, y que literalmente la puso en pie. Se levantó y echó a caminar con la cabeza bien alta. «Este es el pecado del hombre contra la mujer», se dijo. «La ofensa es contra todas las mujeres. Contra la maternidad. Contra el bebé».

Se detuvo.

El bebé. El bebé de su marido. También lo había sacrificado y lastimado, lo había condenado a la degradación.

La señora Marroner provenía de una familia severa de Nueva Inglaterra. No era calvinista, ni siquiera unitaria, pero llevaba el acero del calvinismo en el alma: esa adusta fe que sostenía que la mayoría de la gente debía ser condenada «por la gloria de Dios».

La precedían generaciones de antepasados que habían predicado y puesto en práctica sus enseñanzas; personas cuyas vidas habían sido moldeadas duramente de acuerdo a esas convicciones religiosas. Tras arrebatados ataques de sentimientos irresistibles alcanzaban una «convicción» y después vivían y morían según dicha convicción.

Cuando el señor Marroner volvió a casa algunas semanas más tarde y antes de poder esperar ninguna respuesta a sus cartas, no vio a su mujer esperándole en el muelle a pesar de haberle mandado un telegrama, y se encontró la casa cerrada y oscura. Entró con su llave y subió la escalera en silencio para sorprender a su esposa.

Pero su mujer no estaba.

Tocó la campanilla. No acudió ningún criado.

Encendió todas las luces, recorrió todos los rincones de la casa: estaba completamente vacía. La cocina tenía un aspecto limpio, vacío y desapacible. Salió y subió las escaleras con lentitud, muy asombrado. Toda la casa estaba limpia, en perfecto orden y completamente vacía.

De una cosa estaba totalmente seguro: ella lo sabía.

Pero ¿estaba seguro? No debía darlo por hecho. Quizá estuviera enferma. Quizá hubiera muerto. Se puso en pie de golpe. No, le habrían informado. Volvió a sentarse.

Para un cambio de esas características, si ella hubiera querido que él lo supiera, le habría escrito. Quizá lo hubiera hecho y él, al regresar de un modo tan repentino, no había recibido la carta. Aquella idea lo tranquilizó un poco. Quizá fuera eso. Se acercó al teléfono y vaciló de nuevo. Si ella lo había descubierto, si se había marchado del todo y sin decir una sola palabra, ¿debía comunicárselo él a sus amigos y a su familia?

Se paseó por la casa, buscó por todas partes alguna carta, alguna explicación. Regresaba una y otra vez junto al teléfono y siempre se detenía. No se atrevía a preguntar: «¿Sabe dónde está mi esposa?

Las habitaciones armoniosas y hermosas le recordaban a ella de un modo absurdo e inevitable, como esa sonrisa distante en el rostro de los muertos. Apagó las luces, pero no soportaba la oscuridad y volvió a encenderlas.

Fue una noche muy larga. Por la mañana se fue temprano a la oficina. En la pila de correo acumulado no había ninguna carta de su esposa. Nadie parecía estar al corriente de nada extraño. Un amigo le preguntó por su mujer.

—Encantada de volver a verte, ¿supongo?

Le contestó con evasivas.

Alrededor de las once fue un hombre a verle: John Hill, el abogado de su mujer, y también su primo. Al señor Marroner nunca le había caído bien, y en ese momento le gustó menos todavía, pues el señor Hill se limitó a entregarle una carta diciendo:

—Me han pedido que se la entregue personalmente.

Y se marchó, parecía alguien a quien se recurre para que ponga fin a algún asunto desagradable.

—Me he marchado. Yo cuidaré de Gerta. Adiós. Marion.

Eso era todo. No había fecha, ni dirección, ni matasellos, solo eso.

La ansiedad y la incertidumbre habían hecho que se olvidase de Gerta y de todo aquello. Su nombre le provocó un ataque de rabia. Ella se había interpuesto entre él y su esposa. Le había arrebatado a su mujer. Así era como se sentía.

Al principio no dijo nada, no hizo nada, siguió viviendo solo en su casa, comiendo donde le parecía. Cuando la gente le preguntaba por su esposa decía que estaba de viaje por motivos de salud. No quería que la situación

fuera de dominio público. Entonces, a medida que iba pasando el tiempo y seguía sin tener ninguna noticia, decidió que ya no aguantaba más y contrató a unos detectives. Le recriminaron no haberles avisado antes, pero se pusieron a trabajar con absoluto secretismo.

Lo que a él le había parecido un misterio absoluto a ellos no parecía incomodarles lo más mínimo. Indagaron sobre el pasado de su mujer, descubrieron dónde había estudiado, dónde había enseñado y qué materias; que tenía algo de dinero por su cuenta, que su doctora era Josephine L. Bleet y muchas otras cosas.

Tras largas y detalladas investigaciones, finalmente le informaron de que ella había vuelto a dar clases gracias a uno de sus antiguos profesores, que llevaba una vida discreta y que, por lo visto, tenía inquilinos. Le facilitaron el nombre de la ciudad, la calle y el número como si no entrañara ninguna dificultad.

Él había regresado a casa a principios de primavera. Cuando la encontró ya era otoño.

Una universidad tranquila en las montañas, una calle ancha y sombreada, una casa agradable con su terreno, con árboles y flores. Tenía la dirección en la mano y el número se veía claramente en la verja blanca. Recorrió el caminito de grava y tocó el timbre. Una criada mayor abrió la puerta.

—¿Vive aquí la señora Marroner?

—No, señor.

—¿Este es el número veintiocho?

—Sí, señor.

—¿Y quién vive aquí?

—La señorita Wheeling, señor.

¡Ah! Su apellido de soltera. Se lo habían dicho, pero lo había olvidado. Entró en la casa.

—Me gustaría verla —dijo.

Le hicieron pasar a un salón tranquilo, fresco y perfumado por un aroma dulce de flores, las flores que a ella tanto le gustaban. Casi se le saltaron las lágrimas. Recordó todos los años felices que habían pasado juntos: el exquisito comienzo de su relación, el anhelo antes de conseguirla, la belleza profunda y serena de su amor.

Estaba convencido de que le perdonaría, tenía que perdonarle. Se humillaría ante ella, le diría que estaba arrepentido, que estaba decidido a ser un hombre distinto.

Por la entrada espaciosa se le acercaron dos mujeres. Una de ellas, que parecía una Madonna alta, llevaba un bebé en los brazos.

Marion estaba relajada, segura, absolutamente impersonal, tan solo su palidez daba fe de su inquietud interior.

Gerta sostenía al bebé como un parapeto; se adivinaba una inteligencia nueva en su rostro, y sus ojos azules y adorables miraban a su amiga, no a él.

Él miró a una y a otra asombrado, mudo.

Y la mujer que había sido su esposa le preguntó muy tranquila:

—¿Qué es lo que tienes que decirnos?

PRIMAVERA A LA CARTA

O. HENRY
(1862-1910)

E ra un día de marzo.

Nunca jamás se debe empezar un cuento de esta forma. No existe un principio peor que este. Es poco imaginativo, plano, aburrido y con toda probabilidad no sea más que aire. Pero en este caso es permisible. Pues el párrafo siguiente, que debería haber constituido el principio del relato, es demasiado extravagante y absurdo como para plantarlo en las narices del lector sin una preparación previa.

Sarah estaba llorando sobre el menú.

¿Se lo imaginan? ¡Una chica de Nueva York derramando lágrimas sobre el menú de un restaurante!

Para explicar esta situación, el lector puede imaginar que se habían terminado las langostas, o que ella había prometido no comer helado durante la cuaresma, o que había pedido cebollas, o que acababa de ver una película muy triste. Y después, cuando se demuestre que todas estas teorías resulten ser erróneas, el lector permitirá que continúe con mi relato.

El caballero que dijo que el mundo era una ostra y que él la abriría con su espada acertó más de lo que merecía. No es difícil abrir una ostra con una espada, pero ¿alguna vez se ha visto a alguien intentando abrir uno de esos bivalvos terrestres con una máquina de escribir? ¿Acaso alguien esperaría a que le abriesen una docena utilizando ese método?

Sarah se las había arreglado para separar las valvas con su incómoda arma lo suficiente como para mordisquear el frío y pegajoso mundo del interior. Sabía tan poca taquigrafía como una recién graduada de la escuela de comercio. Por tanto, como no sabía escribir a máquina, no podía acceder a esa brillante galaxia del talento oficinesco. Ella era una mecanógrafa autónoma y siempre andaba en busca de encargos esporádicos de copista.

En su batalla contra el mundo, la mayor gesta de Sarah había sido el acuerdo con el restaurante de comidas caseras de Schulenberg. El restaurante estaba junto al edificio de viejo ladrillo rojo donde se alojaba. Una noche, después de degustar el menú de cinco platos que Schulenberg ofrecía por cuarenta centavos (servidos a la misma velocidad con que se lanzan cinco pelotas de béisbol), Sarah se llevó a casa la carta del restaurante. Estaba redactada en una letra prácticamente ininteligible que no era ni inglés ni alemán y estaba organizada de tal forma que, si uno no andaba con cuidado, empezaba la cena con un palillo y un budín de arroz y la terminaba con sopa y el día de la semana.

Al día siguiente, Sarah le enseñó a Schulenberg una tarjeta impecable en la que se leía el menú, taquigrafiado a la perfección, con las viandas dispuestas tentadoramente bajo los encabezamientos correctos, desde los «Entrantes» hasta el «No nos hacemos responsables de la pérdida de abrigos y paraguas».

Schulenberg se convirtió en un ciudadano naturalizado en el acto. Antes de marchar Sarah había conseguido llegar a un acuerdo con él: ella confeccionaría cartas mecanografiadas para las veintiuna mesas del restaurante —una nueva para el menú de cada día—, más las del desayuno y el almuerzo, siempre que hubiera que incluir algún cambio o reemplazarlas por motivos de presentación.

A cambio, Schulenberg enviaría tres comidas al día a la habitación de Sarah. Se las llevaría un camarero, obsequioso a ser posible, y también le entregaría cada tarde un borrador a lápiz de lo que el destino depararía a los comensales de Schulenberg al día siguiente.

Ambos quedaron muy satisfechos con el acuerdo. Ahora los clientes de Schulenberg sabían cómo se llamaba lo que estaban comiendo, incluso cuando la naturaleza del plato les sorprendía. Y Sarah estuvo bien alimentada durante un invierno frío y oscuro, que era su principal preocupación.

Y entonces el calendario, mentiroso, dijo que había llegado la primavera. La primavera llega cuando llega. Las nieves heladas de enero seguían decorando impertérritas las calles de la ciudad. Los organillos seguían tocando «In the Good Old Summertime» con esa intensidad y expresión propias de diciembre. Los hombres empezaron a utilizar pagarés a treinta días para encargar vestidos de pascua. Los conserjes apagaron la calefacción. Y cuando ocurren esas cosas todo el mundo sabe que la ciudad sigue atrapada en las garras del invierno.

Una tarde, Sarah tiritaba en su elegante dormitorio: «Casa con calefacción; limpieza escrupulosa; comodidades; ver para valorar». No tenía más trabajo que las cartas de Schulenberg. Se sentó en su chirriante mecedora de mimbre a mirar por la ventana. El calendario de la pared seguía gritando: «¡La primavera ya está aquí, Sarah! La primavera ya está aquí, te lo aseguro. Mírame, Sarah, los números lo demuestran. Y tú tienes una figura primaveral. ¿Por qué miras por la ventana con tanta tristeza?»

La habitación de Sarah estaba en la parte trasera de la casa. Al mirar por la ventana veía la pared de ladrillos sin ventanas de la fábrica de cajas de la calle contigua. Pero la pared era de cristal más puro, y Sarah contemplaba un sendero a la sombra de cerezos y olmos, y bordeado por matas de frambuesas y rosales silvestres.

Los auténticos indicadores de la primavera son demasiado sutiles para la vista y el oído. Hay quien necesita ver el azafrán en flor, un bosque de cornejos estrellado, escuchar el canto del mirlo e incluso un recordatorio tan grosero como la despedida de las ostras y el trigo sarraceno, antes de poder recibir a la dama de verde en su aburrido seno. Sin embargo, los hijos predilectos de esta vieja tierra reciben mensajes claros y dulces de su nueva novia, diciéndoles que no serán hijastros a menos que ellos así lo deseen.

El verano anterior, Sarah había estado en el campo y se había enamorado de un granjero.

(Al escribir un relato nunca se debe retroceder en el tiempo de esta forma. Es una mala práctica y destruye el interés. Lo mejor es dejar que la acción avance y avance.)

Sarah pasó dos semanas en la granja Sunnybrook. Allí llegó a enamorarse de Walter, el hijo del viejo granjero Franklin. Muchos granjeros han sido amados, desposados y enviados a pastar en menos tiempo. Pero el joven Walter Franklin era un agricultor moderno. Tenía un teléfono en sus vaquerizas y era capaz de predecir con exactitud el efecto que provocaría la cosecha de trigo en Canadá el año siguiente en las patatas plantadas durante la luna nueva.

Y fue en ese paseo sombreado y repleto de frambuesas donde Walter la cortejó y la sedujo. Allí se sentaron juntos a tejer una corona de dientes de león para el pelo de la joven. Él alabó exageradamente el efecto de las flores amarillas sobre su cabello castaño, y ella dejó allí su corona y regresó a casa agitando su sombrero de paja en las manos.

Tenían que casarse en primavera, en cuanto despuntase la primavera, dijo Walter. Y Sarah volvió a la ciudad para teclear en su máquina de escribir.

Alguien llamó a la puerta y Sarah dejó de pensar en el feliz día. Un camarero le traía el boceto a lápiz del menú del restaurante para el día siguiente, escrito con la caligrafía angulosa del viejo Schulenberg.

Sarah se sentó delante de la máquina y deslizó una tarjeta entre los rodillos. Era una mecanógrafa hábil. Generalmente los veintiún menús estaban listos en una hora y media.

Ese día había más cambios en la carta que de costumbre. Las sopas eran más ligeras, habían eliminado el cerdo de los entrantes y ya solo aparecía, combinado con nabos, entre las opciones de «Asados». El espíritu elegante de la primavera impregnaba todo el menú. El cordero, que poco antes brincaba en las colinas verdes, se había convertido en una de las opciones a elegir acompañado de una salsa que conmemoraba sus cabriolas. El canto de la ostra, aunque no se había apagado del todo, estaba *diminuendo con amore*. Las sartenes pendían inactivas tras las barras benéficas de la parrilla. La lista de pasteles había crecido, los budines más contundentes habían desaparecido y los embutidos, con todas sus vestiduras, apenas perduraban en una agradable catalepsia, junto al trigo y el dulce, pero desdichado, jarabe de arce.

Los dedos de Sarah danzaban cual mosquitos sobre un arroyo de verano. Repasó los distintos platos dando a cada uno el lugar adecuado según la longitud del nombre, calculando con precisión. Justo antes de los postres iba la lista de verduras. Zanahorias y guisantes, espárragos sobre pan tostado, los permanentes tomates y maíz con guiso de frijoles, habas, col, y entonces...

Sarah se echó a llorar sobre la carta del restaurante. Lágrimas procedentes de alguna profunda desesperación brotaron desde su corazón y se agolparon en sus ojos. Agachó la cabeza sobre la pequeña máquina de escribir y el teclado repicó secamente acompañando sus húmedos sollozos.

Llevaba dos semanas sin recibir ninguna carta de Walter y el siguiente plato eran los dientes de león: dientes de león con huevo. ¡Pero a quién le importaban los huevos! Dientes de león, con cuyas flores doradas Walter la había coronado reina del amor y futura esposa. Dientes de león, los precursores de la primavera, la triste corona de tristeza, recuerdo de aquellos días felices.

Señora, la desafío a sonreír en medio de esta prueba: permita que le sirvan en ensalada, y acompañadas de un aliño francés, sentada a una mesa del señor Schulenberg, las rosas que Percy le trajo la noche que usted le entregó su corazón. Si Julieta hubiera visto deshonradas de esta forma sus muestras de amor, antes hubiera buscado el alivio de las letales hierbas del buen boticario.

¡Pero qué bruja es la primavera! Era preciso mandar un mensaje a la gran y gélida ciudad de piedra y hierro. No había quien lo llevara más que el corpulento mensajero de los campos, con su áspero abrigo verde y su aspecto modesto. Es un auténtico soldado de la fortuna este diente de león. Florido, asistirá al amor, enredado en el cabello castaño de mi señora; joven, imberbe y sin flor, entra en el puchero y entrega la palabra de su soberana.

Poco a poco Sarah consiguió contener sus lágrimas. Tenía que escribir las cartas. Sin embargo, atrapada todavía en ese brillo dorado de su sueño, presionó algunas teclas distraída, con la mente y el corazón en la pradera con su joven granjero. Pero enseguida regresó a las carreteras rocosas de Manhattan y la máquina de escribir empezó a agitarse como el motor de un coche en plena carrera.

A las 6:00 el camarero le trajo la cena y se llevó los menús mecanografiados. Sarah dejó a un lado, con un suspiro, el plato de dientes de león con su acompañamiento de huevos. Igual que esa masa oscura se había transformado, a partir de una flor luminosa y amorosa, en aquel vegetal ignominioso, también sus sueños de verano se habían marchitado y perecido. Como decía Shakespeare, el amor podía alimentarse a sí mismo, pero Sarah no era capaz de comer los dientes de león que habían bendecido, como adornos, el primer banquete espiritual del verdadero afecto de su corazón.

A las 7:30 la pareja de la habitación de al lado empezó a discutir; el hombre de la habitación de arriba buscaba un La en su flauta; la luz de gas perdió un poco de intensidad; tres carros de carbón empezaron a descargar... el único sonido que pone celoso al fonógrafo; los gatos de las vallas traseras empezaron a retirarse hacia Mukden. Esas señales le indicaron a Sarah que era hora de leer. Sacó *El claustro y el hogar,* la mejor novela menos vendida del mes, apoyó los pies en el arcón y empezó a divagar con Gerard.

Sonó el timbre de la puerta. La casera salió a contestar y Sarah dejó a Gerard y a Denys acorralados contra un árbol por un oso y prestó atención. ¡Pues claro que usted hubiera hecho lo mismo! Y entonces escuchó una voz fuerte en el vestíbulo del piso de abajo y corrió hacia la puerta dejando el libro en el suelo y al oso ganando tranquilamente el primer asalto.

Sí, lo ha adivinado usted. Llegó a lo alto de la escalera justo cuando su granjero subía los escalones de tres en tres, y la segó limpiamente, sin dejar nada a los espigadores.

—¿Por qué no me has escrito? —preguntó Sarah.

—Nueva York es una ciudad muy grande —contestó Walter Franklin—. Hace una semana fui a buscarte a tu antigua dirección y me dijeron que te habías marchado un jueves. Eso me consoló un poco, pues eliminaba la posible mala suerte del viernes. ¡Pero eso no evitó que te haya estado buscando con la policía y todo desde entonces!

—¡Yo te escribí! —exclamó Sarah apasionadamente.

—¡Nunca recibí tu carta!

—¿Y cómo me has encontrado?

El joven granjero esbozó una sonrisa primaveral.

—Esta tarde he entrado en el restaurante de aquí al lado —dijo—. No me importa admitirlo: me gusta comer un buen plato de verdura en esta época del año. Paseé los ojos por esa carta tan bien mecanografiada en busca de algún plato que me apeteciera. Cuando pasé el repollo me di la vuelta en la silla y llamé al propietario. Y él me dijo dónde vivías.

—Recuerdo que debajo de la col venían los dientes de león —suspiró Sarah con felicidad.

—Reconocería en cualquier parte esa W mayúscula que tu máquina reproduce un poco por encima de las demás letras —dijo Franklin.

—Pero si «diente de león» no se escribe con W —contestó Sarah, sorprendida.

El joven sacó la carta que llevaba en el bolsillo y señaló una frase.

Sarah se dio cuenta de que era la primera carta que había mecanografiado esa tarde. Todavía se veía en ella la mancha en la esquina superior derecha, donde había caído una de sus lágrimas. Sobre la mancha, justo donde debía leerse el nombre de aquella planta de la pradera, el insistente recuerdo de sus flores doradas había provocado que sus dedos teclearan unas letras extrañas.

Y entre la col roja y los pimientos verdes rellenos se leía:

QUERIDO WALTER, CON HUEVOS DUROS

EL CUENTO MÁS HERMOSO DEL MUNDO

RUDYARD KIPLING
(1865-1936)

S e llamaba Charlie Mears; era el único hijo de una madre viuda, vivía al norte de Londres y acudía a la ciudad cada día para trabajar en un banco. Tenía veinte años y muchísimas aspiraciones. Le conocí en una sala de billar pública donde el apuntador lo tuteaba, y él, a su vez, le llamaba «Dianas». Charlie me dijo, un poco nervioso, que solo había ido a mirar, y como pasar el rato observando juegos de habilidad no es un pasatiempo barato para un joven, le sugerí que volviera a casa con su madre.

Así fue como empezamos a conocernos. En ocasiones venía a visitarme por las tardes en lugar de irse a callejear por Londres con sus colegas del banco; hablando de sí mismo, como corresponde a los jóvenes, no tardó en confesarme sus aspiraciones, todas literarias. Quería forjarse un nombre inmortal, básicamente a través de la poesía, aunque no desdeñaba la idea de mandar cuentos de amor y muerte a los periódicos vespertinos. Mi destino era quedarme sentado sin moverme mientras Charlie leía poemas de centenares de versos y extensos fragmentos de obras que, sin duda, cambiarían el mundo. Mi recompensa era su confianza incondicional: las confidencias y problemas de un joven son casi tan sagrados como los de una doncella. Charlie nunca se había enamorado, pero estaba impaciente por hacerlo en la primera oportunidad que se le presentara; creía en todas las cosas buenas y nobles, pero al mismo tiempo me recordaba que era un hombre de mundo, como correspondía a un empleado de banca que ganaba veinticinco chelines a la semana. Rimaba «amor» con «dolor», «luna» con «cuna», y creía sinceramente que nadie había rimado antes con esas palabras. Tapaba los fragmentos largos y aburridos de sus obras con disculpas apresuradas y descripciones, y seguía adelante, viendo todo lo que pretendía decir con tanta claridad que ya lo consideraba hecho, y acudía a mí en busca de aplausos.

Me parece que su madre no apoyaba sus aspiraciones, y sé que el escritorio que tenía en casa era el ángulo del lavabo. Es una de las cosas que me confesó en cuanto nos conocimos, mientras saqueaba mi biblioteca, y poco antes de que me suplicase que le dijera con sinceridad si creía que «tenía alguna oportunidad de escribir algo verdaderamente grande, ya sabe». Quizá lo animara demasiado, pues una tarde vino a verme con la mirada encendida de emoción y me dijo, casi sin aliento:

—¿Le importaría que me quedase aquí a escribir esta tarde? No le molestaré, lo prometo. En casa de mi madre no tengo sitio para escribir.

—¿Cuál es el problema? —pregunté sabiendo muy bien lo que ocurría.

—Tengo una idea con la que podría escribir el cuento más hermoso del mundo. Permítame escribirlo aquí. ¡Es una idea maravillosa!

No pude resistirme a su insistencia. Le preparé una mesa; apenas me dio las gracias y se puso a trabajar enseguida. La pluma estuvo escribiendo sin descanso durante media hora. Después, Charlie suspiró y se tiró del pelo. La pluma aminoró el ritmo, hubo más tachaduras, y al final se detuvo. El cuento más hermoso del mundo no quería salir.

—Ahora parece una tontería —dijo con tristeza—. Y, sin embargo, cuando se me ocurrió me parecía buenísimo. ¿Por qué será?

No podía desanimarlo diciéndole la verdad, así que contesté:

—Quizá no te apetezca escribir ahora.

—Claro que sí, pero cuando releo todo esto...

—Léeme lo que has escrito —le pedí.

Me leyó el texto y era increíblemente malo. Se detenía en las escenas más pomposas esperando cierta aprobación, ya que estaba orgulloso de esas frases, como es natural.

—Tendrás que abreviarlo —le sugerí con cautela.

—No soporto recortar mis textos. No creo que se pueda quitar una sola palabra de este texto sin echar a perder el sentido. Suena mejor ahora que lo he leído en voz alta que mientras lo estaba escribiendo.

—Charlie, sufres una enfermedad alarmante que afecta a muchas personas. Deja reposar el texto y vuelve a revisarlo dentro de una semana.

—Quiero hacerlo ahora. ¿Qué le ha parecido?

—¿Cómo puedo juzgar una historia a medio escribir? Cuéntame el argumento que tienes en la cabeza.

Charlie me contó su historia y todo aquello que su falta de experiencia le había impedido trasladar al papel. Le miré preguntándome cómo era posible que no fuera consciente de la originalidad y el poder de la idea que se le había ocurrido. No había duda de que era una idea única. Cuántos hombres se habían henchido de orgullo con ideas que no eran ni la mitad de excelentes y factibles. Pero Charlie seguía hablando tranquilamente, interrumpiendo el flujo de su fantasía con ejemplos de frases horribles que se proponía utilizar. Yo le escuché hasta el final. Era una locura dejar esa idea en sus manos ineptas cuando yo podía hacer tantas cosas con ella. Sin duda, no todo lo que podía hacerse, ¡pero podía hacer muchas cosas!

—¿Qué le parece? —preguntó al fin—. Me gustaría titularla «Historia de un navío».

—Pienso que la idea es bastante buena, pero todavía te queda mucho camino por recorrer para sacarle provecho. En cambio, yo...

—¿Usted podría aprovecharla? ¿Se la quedaría? Sería un honor para mí —dijo Charlie rápidamente.

En este mundo hay pocas cosas mejores que la admiración ingenua, impulsiva, desmedida y franca de un hombre más joven. Ni siquiera a una mujer ciega de amor se le ocurre imitar los andares del hombre al que adora, ladear su sombrero como lo hace él, ni intercalar en su discurso las mismas

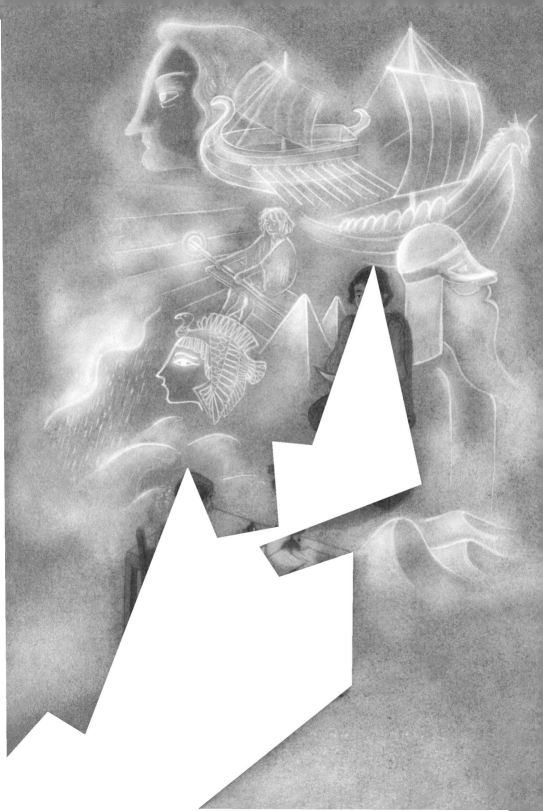

expresiones. Y Charlie hacía todo eso. Aun así, necesitaba apaciguar mi conciencia antes de adueñarme de sus ideas.

—Hagamos un trato. Te daré cinco libras a cambio de la idea —propuse.

Charlie enseguida adoptó su papel de empleado de banca.

—Imposible. Entre amigos, ya sabe, si me permite llamarle así, y hablando como hombre de mundo, no puedo aceptar. Quédese con la idea si cree que puede utilizarla. Tengo muchísimas más.

Y las tenía, nadie lo sabía mejor que yo, pero eran ideas de otros.

—Tómatelo como un negocio entre dos hombres de mundo —insistí—. Con cinco libras podrás comprar un montón de libros de poesía. Los negocios son los negocios, y puedes estar seguro de que no pagaría ese precio a menos que...

—Bueno, visto así —dijo Charlie visiblemente conmovido por la idea de poder comprar libros.

Cerramos el trato acordando que él acudiría a mí de vez en cuando para contarme todas las ideas que tuviera, tendría una mesa para escribir y derecho absoluto a castigarme con la lectura de todos sus poemas y fragmentos de estos. Y después le dije:

—Ahora cuéntame cómo se te ocurrió la idea.

—Vino sola.

A Charlie se le abrieron un poco los ojos.

—Sí, pero me has contado tantas cosas sobre el héroe de la historia que debes haberlas leído en alguna parte.

—No tengo tiempo para leer, excepto cuando usted me deja estar aquí, y los domingos salgo a pasear en bicicleta o paso todo el día en el río. El héroe no tiene nada de malo, ¿no?

—Cuéntamelo otra vez para que lo entienda mejor. Dices que el héroe se dedicaba a la piratería. ¿De qué vivía?

—Estaba en la cubierta inferior de ese navío del que le hablaba.

—¿Qué clase de barco era?

—Era de esos con remos, y el mar se cuela por los agujeros de los remos y los hombres reman sentados con el agua hasta las rodillas. También hay un banco entre las dos hileras de remos y un capataz con un látigo se pasea por ese banco para asegurarse de que los hombres no dejan de remar.

—¿Y cómo lo sabes?

—Lo dice el cuento. Hay una cuerda sobre sus cabezas, pegada a la cubierta superior, para que el capataz pueda agarrarse cuando el barco se tambalea. En una ocasión el capataz no consigue agarrarse bien a la cuerda y se desploma sobre los remeros; acuérdese de que el héroe se ríe y acaba recibiendo unos latigazos. Aunque está encadenado al remo, claro... el protagonista.

—¿Cómo está encadenado?

—Con un cinturón de hierro fijado al banco donde está sentado, y también lleva una especie de esposa en la muñeca izquierda que lo encadena al remo. Está en la cubierta inferior, donde envían a los peores hombres, y la poca luz que hay entra por las escotillas y por los agujeros de los remos. ¿Se imagina los rayos del sol colándose por el espacio que queda entre el remo y el agujero, meciéndose con el vaivén del barco?

—Pues sí, pero me cuesta imaginar que tú puedas imaginarlo.

—¿De qué otro modo puede ser? Ahora, escúcheme. Los remos largos de la cubierta superior los manejan cuatro hombres en cada banco, los de abajo, tres, y los de más abajo, dos. Recuerde que la cubierta inferior está muy oscura y allí los hombres se vuelven locos. Cuando un hombre muere pegado a su remo en esa cubierta no lo tiran por la borda, lo despedazan y van tirando los trozos al mar por los agujeros de los remos.

—¿Por qué? —pregunté asombrado, no tanto por la información como por el tono autoritario con el que la compartió.

—Para ahorrarse problemas y asustar a los demás. Se necesitan dos capataces para arrastrar el cadáver de un hombre hasta la cubierta superior, y si dejaban solos a los hombres de la cubierta inferior, estos dejarían de remar e intentarían arrancar los bancos levantándose todos a la voz con sus cadenas.

—Tienes una imaginación muy previsora. ¿Dónde has leído tantas cosas sobre galeras y galeotes?

—En ningún sitio, que yo recuerde. Salgo a remar un poco cuando tengo la oportunidad, pero quizá, si usted lo dice, haya leído algo en alguna parte.

Al poco rato se marchó a tratar con los libreros y me pregunté cómo era posible que un empleado de banca de veinte años pudiera poner en mis manos, con tal lujo de detalles, y todos traspasados con absoluta seguridad, la historia de una aventura extravagante y sanguinaria, motines, piratería y muerte en un mar desconocido. Había expuesto a su protagonista a una revuelta desesperada contra los capataces, a la necesidad de gobernar su propio barco, incluso había fundado un reino en una isla «en algún rincón del mar, ya sabe»; y encantado con mis modestas cinco libras, había salido a comprar ideas de otros hombres para aprender a escribir. Me consolaba saber que la idea me pertenecía por derecho de compra, y pensaba que podía aprovecharla de algún modo.

La siguiente vez que nos vimos estaba ebrio, absolutamente ebrio de todos los poetas que había descubierto por primera vez. Tenía las pupilas dilatadas, sus palabras se agolpaban y se envolvía en citas de la misma forma que un mendigo se envolvería en las capas púrpuras de los emperadores. Sobre todo, estaba ebrio de Longfellow.

—¿No le parece maravilloso? ¿No es soberbio? —exclamó tras un saludo apresurado—. Escuche esto:

> ¿Acaso quieres —contestó el timonel—
> conocer el secreto del mar?
> Solo aquellos que se enfrentan a sus peligros
> comprenden su misterio.
> Solo aquellos que se enfrentan a sus peligros
> comprenden su misterio.

Los repitió veinte veces mientras se paseaba de un lado a otro de la habitación, olvidándose de que yo estaba allí.

—Pero también puedo entenderlo —dijo para sí—. No sé cómo darle las gracias por las cinco libras. Y este; escuche:

> Recuerdo los embarcaderos negros y las gradas
> y las mareas agitándose con libertad;
> y los marineros españoles con sus bigotes.
> Y la belleza y el misterio de las naves.
> Y la magia del mar.

179

No me he enfrentado a muchos peligros, pero tengo la sensación de saberlo todo sobre ellos.

—La verdad es que pareces conocer muy bien el mar. ¿Lo has visto alguna vez?

—Cuando era pequeño fui a Brighton una vez, pero nosotros vivíamos en Coventry antes de venir a Londres, así que nunca lo he visto...

> Cuando desciende sobre el Atlántico
> el titánico
> viento huracanado del equinoccio.

Me agarró por el hombro y me zarandeó para hacerme comprender la pasión que lo embargaba.

—Cuando llega esa tormenta —prosiguió—, creo que todos los remos del barco del que le hablaba se rompen, y los mangos de los remos descontrolados golpean el pecho de los remeros. Por cierto, ¿ha hecho algo ya con mi idea?

—No. Estaba esperando a que me contaras más cosas. Dime cómo demonios estás tan seguro de los detalles del barco. No sabes nada sobre barcos.

—No lo sé. Es absolutamente real hasta que intento escribirlo. Ayer mismo estaba pensando en ello acostado en la cama, después de que usted me prestara *La isla del tesoro*, y me inventé un montón de cosas nuevas para la historia.

—¿Qué clase de cosas?

—Cosas acerca de lo que comían los hombres: higos podridos, alubias negras y vino en una bota de piel que se pasaban de un banco a otro.

—¿Tan antiguo era el barco?

—¿Tanto? No sé si era muy antiguo. Solo es una idea, pero a veces me da la sensación de que es tan real como si fuera cierta. ¿Le molesta que hable de ello?

—En absoluto. ¿Se te ocurrió algo más?

—Sí, pero es un disparate.

Charlie se sonrojó un poco.

—Da igual, escuchémoslo.

—Bueno, estuve pensando en la historia, y al poco me levanté de la cama y escribí en un papel la clase de cosas que los hombres supuestamente debían grabar en los remos con los filos de sus esposas. Parecía darle mayor realismo a la historia. Para mí es muy real, ya sabe.

—¿Tienes aquí el papel?

—Esto..., sí, pero ¿de qué sirve enseñárselo? Solo son unos garabatos. Aunque podrían publicarse en la primera página del libro.

—Ya me ocuparé de esos detalles. Enséñame lo que escribieron tus hombres.

Sacó una hoja de papel del bolsillo, con una única línea de garabatos, y la guardé con cuidado.

—¿Qué se supone que significa en nuestro idioma? —pregunté.

—No lo sé. Pensé que podía significar «estoy muy cansado». Es una tontería —repitió—, pero todos esos hombres del barco parecen tan reales como nosotros. Haga algo pronto con esa idea, me encantaría verla escrita y publicada.

—Pero todo lo que me has contado da para una novela muy extensa.

—Pues escríbala. Solo tiene que sentarse y escribirla.

—Dame un poco de tiempo. ¿Tienes más ideas?

—Por ahora, no. Estoy leyendo todos los libros que he comprado. Son maravillosos.

Cuando ya se había marchado, miré la hoja de papel con la inscripción. Después me agarré la cabeza con ambas manos para asegurarme de que no se me caía ni me daba vueltas. A continuación... no pareció que mediara intervalo de tiempo entre salir de casa y encontrarme discutiendo con un policía frente a una puerta en la que ponía «Privado» en un pasillo del Museo Británico. Lo único que pedía, lo más educadamente posible, era ver al «hombre de las antigüedades griegas». El policía solo conocía el reglamento del museo, y tuve que buscar yo mismo por todos los pabellones y despachos del recinto. Un señor de edad avanzada, a quien interrumpí mientras almorzaba, puso fin a mi búsqueda sosteniendo el papel entre el índice y el pulgar y mirándolo con desdén.

—¿Qué significa esto? Veamos —dijo—. Por lo que veo parece un intento de escribir un griego muy vulgar por parte de... —aquí me fulminó con la mirada—... de una persona extremadamente inculta. —Leyó muy despacio—: «Pollock, Erckmann, Tauchnitz, Henniker»... cuatro nombres que me resultan muy familiares.

—¿Podría decirme qué significa este texto, en general? —pregunté.

—«He sido... muchas veces... vencido por el cansancio en esta tarea en particular». Eso es lo que significa.

Me devolvió el papel, y yo me marché sin darle las gracias, sin darle ninguna explicación y sin disculparme.

Mi olvido tenía disculpa. Había sido a mí, de todos los hombres, a quien había correspondido la oportunidad de escribir el cuento más maravilloso del mundo, nada menos que la historia de un galeote griego narrada por él mismo. No me extrañaba que los sueños le parecieran tan reales a Charlie. Las Parcas, que se esmeraban tanto en cerrar las puertas de cada vida sucesiva, se habían descuidado en esa ocasión, y Charlie estaba mirando, aunque él no lo sabía, donde a ningún hombre se le había permitido mirar antes con absoluto conocimiento desde el principio de los tiempos. Ante todo, el joven ignoraba por completo el conocimiento que me había vendido por cinco libras, y seguiría ignorándolo, pues los empleados de banca no comprenden la metempsicosis, y una buena educación comercial no incluye el griego. Me proporcionaría —ahí bailé entre los dioses mudos de Egipto y me reí ante sus rostros mutilados— material para dar veracidad a mi historia, tan real que el mundo la recibiría como una ficción insolente y artificiosa. Y yo, y solo yo, sabría que era absoluta y literariamente cierta. Solo yo tenía aquella joya en las manos para poder cortarla y pulirla. Por eso volví a danzar entre los dioses de la corte egipcia hasta que me vio un policía y se dirigió hacia mí.

Ahora ya solo quedaba animar a Charlie para que hablara, y eso no era difícil. Pero había olvidado esos malditos libros de poesía. El muchacho seguía viniendo a verme, tan inútil como un fonógrafo sobrecargado, ebrio de Byron, Shelley o Keats. Sabiendo ahora lo que había sido el chico en sus vidas pasadas, y completamente desesperado por no perderme ni una palabra de su charla, no podía ocultarle mi respeto e interés. Él lo malinterpretó todo como respeto por el alma actual de Charlie Mears, para quien la vida era tan nueva como lo fue para Adán, y como interés por sus lecturas; puso a prueba mi paciencia recitando poesía, pero no la suya propia, sino la de otros. Llegué a desear que todos los poetas ingleses desaparecieran de la memoria de la humanidad. Maldije los mayores nombres de la poesía porque habían desviado a Charlie del camino de la narrativa directa y, más adelante, lo animarían a imitarlos; pero contuve mi impaciencia hasta que ese primer brote de entusiasmo desapareció y el muchacho volvió a sus sueños.

—¿De qué sirve que le diga lo que pienso cuando estos tipos escribieron cosas para que las leyeran los ángeles? —gruñó una tarde—. ¿Por qué no escribe usted algo así?

—Creo que no estás siendo justo conmigo —respondí conteniéndome.

—Ya le he dado la historia —dijo sumergiéndose enseguida en la lectura de *Lara*.

—Pero quiero los detalles.

—¿Esas cosas que me invento sobre ese maldito barco al que usted llama «galera»? Son muy sencillos. Seguro que podría inventarlas usted mismo. Suba un poco la llama, quiero seguir leyendo.

Podría haberle roto la lámpara de gas en la cabeza por su absoluta estupidez. Claro que podría haberme inventado cosas si supiera lo que Charlie ignoraba saber, pero como yo tenía las puertas cerradas, debía aceptar sus caprichos y esforzarme por tenerle de buen humor. Si bajaba la guardia un minuto podía echar a perder alguna revelación extremadamente valiosa. De vez en cuando dejaba sus libros —los guardaba en mi casa, pues, de haberlos descubierto, su madre se habría escandalizado por que malgastara tanto dinero en eso— y se adentraba en sus sueños marinos. Volví a maldecir a todos los poetas de Inglaterra. La mente plástica del empleado de banca estaba recargada, coloreada y distorsionada por lo que había leído, y el resultado era una maraña confusa de voces parecidas al zumbido de un teléfono de una oficina en las horas más concurridas del día.

Hablaba de la galera, de su propia galera, aunque él no lo sabía, con imágenes que tomaba prestadas de *La novia de Abidos;* subrayaba las experiencias de su protagonista con citas de *El corsario;* y mezclaba profundas y desesperadas reflexiones morales de *Cain y Manfredo* esperando que yo las aprovechara. Solo cuando hablábamos de Longfellow todos esos remolinos caóticos enmudecían y yo sabía que Charlie estaba contando la verdad tal como la recordaba.

—¿Qué te parece esto? —pregunté una tarde en cuanto comprendí el mejor contexto para su memoria; y, antes de que pudiera protestar, le leí entera *La saga del rey Olaf.*

Escuchó boquiabierto, tamborileando con los dedos el respaldo del sofá donde estaba sentado, hasta que llegué a la *La canción de Einar Tamberskelver* y a la estrofa:

> Entonces Einar, sacando la flecha
> de la cuerda destensada
> contestó: «Era Noruega lo que se partía
> bajo tu mano, oh, rey».

Se estremeció de puro placer ante el sonido de aquellos versos.

—¿No te parece que es un poco mejor que Byron? —me aventuré a comentar.

—¿Mejor? ¡Ya lo creo! ¿Cómo iba él a saberlo?

Volví atrás y repetí:

> «¿Qué ha sido eso?» dijo Olaf plantado
> en el puente de mando.
> «He oído algo que parecía el estruendo
> de un barco destrozado.»

—¿Cómo podía saber cómo se hundían los barcos y que los remos se partían por la mitad? Precisamente la otra noche... Pero, por favor, vuelva a leer *The Skerry of Shrieks.*

—No, estoy cansado. Hablemos. ¿Qué ocurrió la otra noche?

—Tuve una pesadilla horrible sobre nuestra galera. Soñé que me ahogaba en una batalla. Abordamos a otra embarcación en un puerto. El agua estaba en calma excepto cuando nuestros remos la golpeaban. ¿Ya sabe dónde me siento siempre en la galera?

Al principio hablaba con dudas, por ese elegante temor inglés a que pudiera reírme de él.

—No, no tenía ni idea —contesté con tranquilidad notando cómo se me aceleraba el corazón.

—En el cuarto remo desde proa, en el lado derecho de la cubierta superior. Éramos cuatro hombres en aquel remo, todos encadenados. Recuerdo mirar el agua e intentar quitarme las esposas antes de que empezara la batalla. Luego nos acercamos al otro barco, todos sus guerreros saltaron sobre nuestros baluartes, y mi banco se rompió y me quedé atrapado con los otros tres tipos encima y el enorme remo atravesado sobre nuestras espaldas.

—¿Y qué ocurrió después?

Los ojos de Charlie estaban encendidos y vivos, y miraba a la pared que había detrás de mi silla.

—No sé cómo peleamos. Los hombres me pisoteaban la espalda y yo me quedé quieto. Entonces, nuestros remeros del lado izquierdo —que también estaban atados a sus remos, ya sabe— empezaron a gritar y a remar hacia atrás. Oí cómo chisporroteaba el agua, nos dimos la vuelta como un escarabajo y supe, allí tendido, que una galera venía para embestirnos por la izquierda. Solo conseguí levantar la cabeza y ver su velamen sobre la borda. Queríamos enfrentarnos proa contra proa, pero era demasiado tarde. Solo podíamos virar un poco porque la galera que teníamos a la derecha se había enganchado a nosotros e impedía nuestro movimiento. Y entonces, ¡Dios, menudo choque! Los remos de la izquierda se empezaron a partir cuando la otra galera, la que se movía, ya sabe, los embestía con la proa. Luego los remos de la cubierta inferior atravesaron las tablas de la cubierta, y uno de ellos salió volando por los aires y vino a caer muy cerca de mi cabeza.

—¿Y cómo ocurrió eso?

—La proa de la galera que estaba en movimiento los estaba empujando hacia dentro por los agujeros de los remos, y yo podía oír el escándalo que se había formado en las cubiertas inferiores. Entonces, su proa nos alcanzó justo por el medio y nos ladeamos, y los hombres de la galera de la derecha desengancharon los garfios y las cuerdas, y lanzaron cosas a nuestra cubierta superior: flechas, alquitrán caliente o algo que ardía, y el flanco izquierdo empezó a subir mientras el lado derecho se hundía, y yo volví la cabeza y vi que el agua estaba en calma mientras sobrepasaba la borda derecha, y después se curvó y se derramó sobre nosotros por el lado derecho, y noté cómo me golpeaba la espalda y me desperté.

—Un momento, Charlie. Cuando el mar sobrepasó la borda, ¿qué parecía?

Tenía mis motivos para preguntarlo. Un conocido mío había naufragado en una ocasión en un mar en calma y había visto cómo el nivel del agua se detenía un momento antes de verterse en cubierta.

—Parecía una cuerda de banjo, tirante, y tuve la impresión de que se quedaba así durante muchísimo tiempo —dijo Charlie.

¡Exacto! El otro hombre me había dicho: «Parecía un hilo de plata estirado sobre la borda, y pensé que no iba a romperse nunca».

Él había pagado todo lo que tenía, excepto la vida, por aquella información tan valiosa, y yo había viajado dieciséis mil agotadores kilómetros para conocerlo y recoger esa información de segunda mano. Pero Charlie, el empleado de banca que ganaba veinticinco chelines a la semana, que nunca había viajado, lo sabía todo. No me consolaba que en una de sus vidas hubiera tenido que morir para saberlo. Yo también debía de haber muerto muchas veces, pero después, y para que no utilizara ese conocimiento, me habían cerrado las puertas.

—¿Y qué pasó después? —pregunté intentando deshacerme del diablo de la envidia.

—Lo más gracioso fue que a pesar de todo no me sentí asombrado ni asustado en toda la batalla. Era como si hubiera participado en muchas batallas, y así se lo dije al hombre que tenía al lado cuando empezó la contienda. Pero el maldito capataz de nuestra cubierta no quiso quitarnos las cadenas para darnos una oportunidad. Siempre nos decía que nos liberaría tras una batalla, pero nunca sucedía, nunca.

Charlie negó con la cabeza, muy triste.

—¡Qué canalla!

—Ya lo creo. Nunca nos daba suficiente comida, y a veces teníamos tanta sed que bebíamos agua salada. Todavía recuerdo el sabor del agua de mar.

—Ahora háblame sobre el puerto donde se libró la batalla.

—No soñé sobre eso. Sé que fue en un puerto, porque estábamos atados a una argolla en una pared blanca y toda la superficie de la piedra, bajo el agua, estaba recubierta de madera para evitar que se nos astillara el espolón cuando nos meciera la marea.

—Qué curioso. Nuestro héroe capitaneaba la galera, ¿verdad?

—¡Pues claro! Estaba en la proa gritando como un loco. Él mató al capataz.

—Pero os ahogasteis todos juntos, Charlie, ¿no es así?

—No lo tengo claro del todo —admitió con una mirada confusa—. La galera debió de hundirse con toda la tripulación y, sin embargo, me parece que nuestro protagonista siguió vivo después de aquello. Quizá consiguiera subir al barco que nos atacó. Aunque yo no pude verlo, claro. Yo estaba muerto, ya sabe.

Se estremeció un poco y se quejó porque no conseguía recordar más.

No seguí presionándolo, pero para asegurarme de que seguía ignorando el funcionamiento de su cabeza, le enseñé deliberadamente la *Transmigración,* de Mortimer Collins, y le hice un resumen del argumento antes de que abriera el libro.

—¡Qué disparate! —exclamó con franqueza una hora después—. No entiendo esas tonterías sobre el Planeta Rojo Marte y el Rey, y todo eso. Deme otra vez el libro de Longfellow.

Le di el libro y anoté todo lo que pude recordar de su descripción de la batalla naval, recurriendo a él de vez en cuando para que me confirmara algún episodio o un detalle concreto. Contestaba sin despegar los ojos del libro, con tanta convicción como si tuviera todo su conocimiento ante los ojos, impreso en el libro. Yo hablaba en voz baja, para no interrumpir, y sabía que él no era consciente de lo que decía, pues estaba completamente perdido en el mar con Longfellow.

—Charlie —le pregunté—, cuando los remeros de las galeras se amotinaron, ¿cómo mataron a los capataces?

—Arrancaron los bancos y se los rompieron en la cabeza. Ocurrió cuando el mar estaba muy revuelto. Un capataz de la cubierta inferior resbaló de la tabla central y cayó entre los remeros. Lo asfixiaron contra uno de los laterales de la embarcación con las manos encadenadas y en silencio, y estaba demasiado oscuro para que el otro capataz se diera cuenta de lo que había ocurrido. Cuando preguntó, lo tiraron también a él y lo asfixiaron, y los hombres de la cubierta inferior se abrieron paso cubierta a cubierta, golpeando a quien salía a su paso con trozos de los bancos rotos. ¡No se imagina cómo gritaban!

—¿Y qué pasó después?

—No lo sé. Nuestro héroe desapareció, con su pelo rojo, su barba roja y todo eso. Me parece que fue después de que se apoderase de nuestra galera.

El sonido de mi voz le molestaba y me hizo un gesto con la mano izquierda como hace alguien cuando le molesta una interrupción.

—No me habías dicho que fuera pelirrojo ni que se apoderase de tu galera —comenté tras un discreto intervalo de tiempo.

Charlie no levantó los ojos.

—Era tan rojo como un oso rojo —dijo abstraído—. Procedía del norte; lo dijeron en la galera cuando estaba buscando remeros, no esclavos, sino hombres libres. Después, años y años más tarde, recibimos noticias de otro barco, o él volvió...

Movía los labios en silencio. Estaba degustando, absorto, el poema que tenía ante los ojos.

—¿Y dónde había estado? —pregunté, prácticamente susurrando para que mi frase llegase a cualquier parte del cerebro de Charlie que estuviera trabajando para mí.

—En las Playas, las Largas y Maravillosas Playas —contestó tras un minuto de silencio.

—¿En Furdurstrandi? —pregunté, estremeciéndome de pies a cabeza.

—Sí, en Furdurstrandi —pronunció la palabra de una forma nueva—. Y también vi... —Se le quebró la voz.

—¿Eres consciente de lo que has dicho? —grité con imprudencia.

Levantó la mirada, ahora totalmente despierto.

—¡No! —espetó—. Me gustaría que me dejara leer. Escuche esto:

> Mas Othere, el viejo capitán,
> no se detuvo ni se inmutó
> hasta que el rey escuchó, y entonces
> volvió a tomar la pluma
> y anotó cada palabra.
> «Y al rey de los Sajones
> como prueba de la verdad
> alzando su noble rostro
> extendió su morena mano y dijo:
> "mire este diente de morsa."»

¡Caramba! Qué tipos debían de ser estos, navegando por todo el mundo sin saber cuándo hallarían tierra. ¡Ja!

—Charlie —le supliqué—, si me prestas atención solo un minuto o dos, conseguiré que el héroe de nuestra historia sea tan bueno como Othere.

—¡Uff! Longfellow escribió ese poema. Ya no me interesa escribir. Quiero leer.

Charlie estaba completamente fuera de sí, y decidí dejarlo en paz maldiciendo mi mala suerte.

Imagínense ante la puerta de los tesoros del mundo, vigilada por un niño, un niño ocioso e irresponsable jugando a las tabas, de cuyo favor depende que puedas conseguir la llave, y así comprenderán la mitad de mi tormento. Hasta aquella tarde, Charlie no me había contado nada que no estuviera relacionado con las experiencias de un galeote griego. Pero ahora, a no ser que los libros mientan, había comentado algunas aventuras desesperadas de vikingos, del viaje de Thorfin Karlsefni a Vinland, que es América en el siglo nueve o diez. Había visto la batalla en el puerto y había descrito su propia muerte, pero aquella otra inmersión en el pasado era mucho más sorprendente. ¿Cabía la posibilidad de que se hubiera saltado media docena de vidas y estuviera recordando vagamente algún episodio ocurrido mil años después? Era un embrollo exasperante, y lo peor de todo era que Charlie Mears, en condiciones normales, era la última persona del mundo que podía aclararlo. Solo podía esperar y observar, pero esa noche me acosté con la cabeza llena de pensamientos salvajes. Cualquier cosa era posible si la detestable memoria de Charlie no fallaba.

Podría reescribir la saga de Thorfin Karlsefni como nadie la había escrito antes, podría contar la historia del primer descubrimiento de América en primera persona, pero estaba enteramente a la merced de Charlie, y mientras él tuviera algún clásico de la literatura a su alcance, no iba a decir ni una sola palabra. No me atreví a maldecirlo abiertamente; apenas me atrevía a refrescarle la memoria, pues estaba tratando con experiencias de hacía miles de años, contadas a través de los labios de un muchacho de hoy en día; y a un muchacho de hoy en día le afecta cada cambio de tono y opinión, por lo que debe mentir aunque desee decir la verdad.

No vi a Charlie durante casi una semana. La siguiente vez que lo vi fue en la calle Gracechurch, con un libro de facturas encadenado a la cintura. Tenía algunos negocios que atender al otro lado del puente de Londres, así que le acompañé. Se sentía muy importante con aquel libro de facturas y lo magnificaba. Mientras cruzábamos el Támesis nos detuvimos para contemplar un barco de vapor del que descargaban grandes planchas de mármol blanco y marrón. Una barcaza se deslizó bajo la popa del barco de vapor y la vaca solitaria que iba en ella mugió. A Charlie le cambió la cara, pasó de ser un empleado de banca a ser, aunque le pareciera imposible, alguien desconocido, un hombre mucho más astuto. Alargó el brazo por encima del parapeto del puente y, mientras se reía con fuerza, dijo:

—¡Cuando oyeron a nuestros toros bramar, los Skroelings salieron huyendo!

Esperé solo un momento, pero la barcaza y la vaca habían desaparecido detrás del barco de vapor antes de que yo contestara.

—Charlie, ¿qué crees que son los Skroelings?

—Es la primera vez que oigo hablar de ellos. Parecen una nueva especie de gaviota. ¡Qué preguntas hace usted! —contestó—. Tengo que ir a ver al cajero de la Compañía de Ómnibus. ¿Me espera y comemos juntos por aquí? Tengo una idea para un poema.

—No, gracias, me marcho. ¿Estás seguro de que no sabes nada sobre los Skroelings?

—No, a menos que sea un caballo que participe en las carreras.

Se despidió y desapareció entre la gente.

Está escrito en la saga de Eric el Rojo o en la de Thorfin Karlsefni, que hace novecientos años, cuando las galeras de Karlsefni llegaron a las casetas de Leif, erigidas por Leif en la tierra desconocida llamada Markland, que podía haber sido o no Rhode Island, los Skroelings —y Dios sabe quienes podían o no podían ser— vinieron a comerciar con los vikingos y huyeron porque se asustaron de los aullidos del ganado que Thorfin había llevado consigo en los barcos. Pero ¿qué diantre podía saber de aquello un esclavo griego? Recorrí las calles tratando de resolver el misterio, y cuanto más lo pensaba, más desconcertante me resultaba. Solo una cosa parecía segura, y esa certeza me dejó sin respiración unos segundos. Si terminaba por descubrir algo, no sería una vida del alma del cuerpo de Charlie Mears, sino media docena, media docena de existencias distintas, vividas en las aguas azules en los albores del tiempo.

Reconsideré toda la situación.

Evidentemente, si empleaba mi conocimiento me convertiría en un hombre solitario e inaccesible hasta que el resto de los hombres fueran tan sabios como yo. Eso estaría bien, pero estaba siendo muy ingrato con la humanidad. Me parecía amargamente injusto que la memoria de Charlie me fallase cuando más la necesitaba. Grandes poderes divinos —levanté la vista al cielo para mirarlos a través de la niebla—, ¿sabían los dioses de la vida y la muerte lo que aquello significaba para mí? Nada menos que la fama eterna, de la mejor clase, la que procede de uno y no se comparte con nadie. Me conformaría —recordando a Clive, asombrado ante mi propia moderación— con el mero derecho de escribir un solo cuento, de hacer una pequeña contribución a la literatura frívola de la época. Si Charlie pudiera tener pleno acceso a sus recuerdos durante una hora —durante sesenta cortos minutos— de las existencias que habían abarcado mil años, yo renunciaría a todo beneficio y al honor que pudiera extraer de sus palabras. No participaría de la conmoción que provocaría en ese rincón particular de la tierra que se denomina a sí mismo «el mundo». El cuento se publicaría de forma anónima. Haría creer a otros hombres que lo habían escrito ellos. Contratarían ingleses obstinados y engreídos para que lo compartieran con el mundo. Los predicadores hallarían en él una nueva moralidad, jurarían que era nuevo y que habían terminado con el miedo a la muerte de toda la humanidad. Todos los orientalistas de Europa lo apoyarían dialécticamente con textos en sánscrito y pali. Mujeres horribles inventarían versiones impuras de las creencias de los hombres para instruir a sus hermanas. Las iglesias y las religiones irían a la guerra por él. Entre la parada y la puesta en marcha de un ómnibus, predije las disputas que se originarían entre media docena de confesiones, pues todas profesarían «La verdadera metempsicosis aplicada al nuevo mundo y a la nueva era», y también vi a los respetables periódicos ingleses huir, como ganado asustado, ante la hermosa simplicidad del relato. La imaginación saltó cien años, doscientos, mil años. Vi con tristeza que los hombres mutilarían y tergiversarían la historia; que credos rivales le darían la vuelta hasta que, al final, el mundo occidental, que se aferra al temor a la muerte con más intensidad que a la esperanza de vivir, la apartaría como si se tratara de una interesante superstición y saldrían corriendo en estampida tras alguna fe olvidada hace tanto tiempo que ya pareciera nueva. Por eso cambié los detalles del trato que haría con los dioses de la vida y la muerte. Solo quería que me dejaran saber, que me permitiesen escribir la historia con la convicción de que escribiría la verdad, y después quemaría el manuscrito como sacrificio. Cinco minutos después de escribir la última frase lo destruiría todo, pero debían permitir que la escribiera con absoluta confianza.

No recibí ninguna respuesta. Los flamantes colores del cartel de un acuario llamaron mi atención y me pregunté si sería inteligente o prudente convencer a Charlie para que fuera a visitar a un hipnotizador profesional y si, estando bajo su poder, hablaría sobre sus vidas pasadas. Si lo hacía, y si la gente le creía... Pero Charlie se asustaría y se pondría nervioso, o se volvería engreído con tanta entrevista. En cualquier caso, empezaría a mentir, ya fuera por miedo o por vanidad. Estaba más seguro en mis manos.

—Son unos necios muy divertidos, ustedes los ingleses —dijo una voz junto a mi codo.

Al volverme me encontré con un conocido, un joven bengalí estudiante de derecho llamado Grish Chunder, cuyo padre le había enviado a

Inglaterra a estudiar. El viejo era un oficial nativo jubilado, y con una renta de cinco libras al mes conseguía ayudar a su hijo enviándole doscientas libras anuales y libertad absoluta en una ciudad donde fingía ser un príncipe y contaba historias sobre los brutales burócratas indios que oprimían a los pobres.

Grish Chunder era un joven y obeso bengalí escrupulosamente vestido con una levita, un sombrero alto, pantalones claros y guantes de color ocre. Pero yo le había conocido cuando el brutal gobierno indio le pagaba los estudios universitarios y él contribuía con artículos sediciosos en el *Sachi Durpan,* y mantenía amoríos con las esposas de sus compañeros de catorce años de edad.

—Eso es muy cómico y estúpido —dijo señalando el cartel—. Voy al Northbrook Club. ¿Quieres venir?

Caminamos juntos un rato.

—No estás bien —dijo—. ¿Qué te preocupa? No estás muy hablador.

—Grish Chunder, eres demasiado culto como para creer en Dios, ¿verdad?

—Aquí sí, pero cuando vuelvo a casa debo acatar las supersticiones populares, hacer ceremonias de purificación, y mis mujeres deben ungir a sus ídolos.

—Y colgarán adornos tulsi y celebrarán el purohit, y te reintegrarán en la casta, y volverás a ser un buen khuttri, un avanzado librepensador. Y comerás comida desi, y todo te gustará, desde el olor del patio hasta el aceite de mostaza que te untarán por todo el cuerpo.

—Me gustará mucho —reconoció Grish Chunder sin dudar—. Un hindú siempre es un hindú. Pero me gusta saber lo que los ingleses creen que saben.

—Te diré algo que sabe un inglés. Para ti es una vieja historia.

Empecé a contarle la historia de Charlie en inglés, pero Grish Chunder me hizo una pregunta en lengua vernácula, y el relato prosiguió de forma natural en el idioma que más le convenía. A fin de cuentas, nunca podría haberse contado en inglés. Grish Chunder me escuchó, asintiendo de vez en cuando, y después subió a mi estancia, donde terminé la historia.

—*Beshak* —dijo filosóficamente—. *Lekin darwaza band hai* (Sin duda; pero la puerta está cerrada). Ya he oído hablar de estos recuerdos de las vidas pasadas entre mi gente. Para nosotros es una historia muy antigua, pero que eso le ocurra a un inglés, a un Mlechh que se alimenta de carne de vaca, un descastado... ¡Es rarísimo!

—¡Tú sí que eres un descastado, Gris Chunder! Comes ternera cada día. Meditémoslo bien. El muchacho recuerda sus encarnaciones.

—¿Y él es consciente? —preguntó Grish Chunder tranquilamente mientras balanceaba las piernas sentado a mi mesa. Ahora hablaba en inglés.

—Él no sabe nada. ¿Crees que te lo contaría de ser así? ¡Sigamos!

—No hay nada que seguir. Si se lo cuentas a tus amigos te dirán que estás loco y lo publicarán en el periódico. Supongamos que los acuses de calumnias.

—Olvidémonos de eso. ¿Hay alguna forma de conseguir que hable?

—Hay una posibilidad. ¡Claro que sí! Pero si hablara significaría que todo este mundo terminaría, al instante, se derrumbaría sobre tu cabeza. Estas cosas no están permitidas, ya lo sabes. Como ya he dicho, la puerta se ha cerrado.

—¿No existe ni la más mínima oportunidad?

—¿Cómo podría haberla? Tú eres cristiano, y en tus libros está prohibido comer del árbol de la vida, o de lo contrario no morirías nunca. ¿Cómo vais a temer a la muerte si todos sabéis lo que tu amigo no sabe que sabe? Yo tengo miedo de los azotes, pero no tengo miedo de morir porque sé lo que sé. Tú no tienes miedo a los azotes, pero tienes miedo a morir. De no ser así, los ingleses os llevaríais el mundo por delante en una hora, rompiendo los equilibrios de poder y causando una gran conmoción. No sería bueno. Pero no temas. Él recordará cada vez menos y pensará que son sueños. Después lo olvidará todo. Cuando aprobé mi examen de bachillerato en Calcuta, todo esto estaba explicado en el libro de Wordsworth, *Arrastrando nubes de gloria,* ya sabes.

—Esto parece una excepción a la regla.

—No hay excepciones a la regla. Algunas no parecen tan rígidas como otras, pero al final son todas iguales. Si ese amigo tuyo dijera esto y aquello dando a entender que recuerda sus vidas anteriores, o una parte de alguna vida pasada, no estaría en el banco ni una hora más. Le echarían a la calle, como suele decirse, le tacharían de loco y le internarían en un manicomio. Eso seguro que lo entiendes, amigo mío.

—Claro que sí, pero no estaba pensando en él. Su nombre no tiene por qué aparecer en la historia.

—¡Ah! Ya entiendo. Esa historia nunca se escribirá. Puedes probarlo.

—Voy a hacerlo.

—Por tu propio prestigio y por dinero, ¿no?

—No. Solo lo haré por el hecho de escribir la historia. Palabra de honor.

—Incluso así, no hay nada que hacer. No puedes jugar con los dioses. Ahora es un cuento muy hermoso. Y como suele decirse: «Déjalo estar». Date prisa, no durará mucho.

—¿A qué te refieres?

—Lo que digo. Hasta ahora él jamás ha pensado en ninguna mujer.

—¿Cómo que no?

Recordé algunas de las confidencias de Charlie.

—Me refiero a que ninguna mujer ha pensado en él. Cuando ocurra eso: *bus-hogya,* se acabó. Lo sé. Aquí hay millones de mujeres. Las criadas, por ejemplo. Te besan a escondidas.

Me estremecí al pensar que una criada pudiera arruinar mi historia. Y, sin embargo, era muy probable.

Grish Chunder sonrió.

—Sí, también hay muchachas hermosas, primas, o quizá familiares de otros. Un solo beso que devuelva y recuerde acabará con todas estas locuras, o...

—¿O qué? Recuerda que él no sabe lo que sabe.

—Ya lo sé. O, si no ocurre nada, se dejará absorber por los negocios y la especulación financiera como los demás. Tiene que ser así. No me negarás que tiene que ser así. Pero yo creo que la mujer aparecerá primero.

Llamaron a la puerta y Charlie entró con mucha energía. Le habían dado la tarde libre en la oficina y por su mirada delataba que había venido dispuesto a tener una larga conversación, muy probablemente con poemas en los bolsillos. Los poemas de Charlie eran agotadores, pero a veces le llevaban a hablar sobre la galera.

Grish Chunder le observó con interés durante un minuto.

—Disculpe —dijo Charlie sintiéndose algo incómodo—, no sabía que estaba acompañado.

—Ya me marcho —dijo Grish Chunder.

Me arrastró hasta el vestíbulo al despedirse.

—Ese es tu hombre —se apresuró a decir—. Te aseguro que nunca te dirá todo lo que tú deseas. Son tonterías, majaderías. Pero sería muy apto para ver cosas. Podríamos fingir que todo era un juego —nunca había visto a Grish Chunder tan emocionado—, y hacerle verter el espejo de tinta en su mano. ¿Qué te parece? Apuesto a que podría ver cualquier cosa que un hombre puede ver. Déjame ir a por la tinta y el alcanfor. Es vidente y nos dirá muchas cosas.

—Puede que sea todo lo que dices, pero no voy a dejarle en manos de tus dioses y tus demonios.

—No le hará daño. Solo se sentirá un poco embotado y mareado cuando despierte. No será la primera vez que ves a un muchacho mirar el espejo de tinta.

—Precisamente por eso no pienso volver a hacerlo. Será mejor que te marches, Grish Chunder.

Se fue insistiendo, desde la escalera, en que estaba desperdiciando la única oportunidad que tenía de ver el futuro.

Aquello no me afectó, yo estaba interesado en el pasado, y ningún muchacho hipnotizado contemplando espejos de tinta me ayudaría. Pero reconocía el punto de vista de Grish Chunder y lo comprendía.

—¡Qué negro más bruto! —dijo Charlie cuando regresé con él—. Bueno, venga a ver esto, acabo de componer un poema; lo escribí en lugar de jugar al dominó después de almorzar. ¿Se lo leo?

—Ya lo leo yo.

—Pero usted no le dará la entonación adecuada. Además, siempre consigue que parezca que las rimas de mis poemas estén mal.

—Pues léelo en voz alta. Eres como todos los demás.

Charlie me recitó su poema, y no era mucho peor que la mayoría de sus versos. Había estado leyendo su libro sin descanso, pero no le hizo gracia que yo le dijera que prefería a Longfellow sin contaminar por Charlie.

Entonces empezamos a repasar el manuscrito, frase a frase, y Charlie se defendía de todas las objeciones y correcciones diciendo:

—Sí, eso quedaría mejor, pero no está comprendiendo lo que quiero decir.

Al menos en ese sentido, Charlie era como muchos poetas.

Detrás de la hoja había unos garabatos escritos con lápiz.

—¿Qué es eso? —pregunté.

—Ah, eso no es poesía. Es una tontería que escribí anoche antes de meterme en la cama. Me estaba costando mucho conseguir que rimara y escribí una especie de verso libre.

Y estos son los «versos libres» de Charlie:

> Remamos para vos con el viento en contra y las velas plegadas.
> ¿Nunca nos soltaréis?
> Comimos pan y cebolla cuando vos asediabais ciudades, o corrimos rápidamente a bordo cuando os atacaban los enemigos.
> Los capitanes se paseaban por cubierta, cuando hacía buen tiempo, entonando hermosas canciones, pero nosotros estábamos debajo.
> Nos desmayábamos con la barbilla pegada al remo y vos no os dabais cuenta de que habíamos dejado de remar, pues seguíamos meciéndonos adelante y atrás.
> ¿Nunca nos soltaréis?
> La sal hacía que los mangos de los remos se volvieran ásperos como la piel de un tiburón; el salitre cortaba nuestras rodillas hasta los huesos; el pelo se nos pegaba a la frente; y los labios se nos cortaban hasta las encías, y vos nos azotabais porque dejábamos de remar.
> ¿Nunca nos soltaréis?
> Pero pronto escaparemos por los ojos de buey como el agua que se cuela por los remos, y aunque digáis a los demás que remen detrás de nosotros, nunca nos agarraréis hasta que atrapéis la molienda de los remos y atéis los vientos al vientre de la vela. ¡Ahoy!
> ¿Nunca nos soltaréis?

—¿Qué es la molienda de los remos, Charlie?

—El agua que remueven los remos. Es el tipo de canción que los esclavos debían cantar en las galeras, ¿sabe? ¿No piensa terminar nunca esa historia y darme parte de los beneficios?

—Depende de ti. Si me hubieras contado más cosas del protagonista desde el primer momento, quizá a estas alturas ya estaría terminada. Tus ideas son muy imprecisas.

—Solo quiero trasladarle la idea general, el ir de un lado a otro, las peleas y todo eso. ¿No puede rellenar usted el resto? Haga que el protagonista salve a alguna chica de un barco pirata y se case con ella o algo así.

—Eres un colaborador muy valioso. Imagino que el héroe viviría varias aventuras antes de casarse.

—Pues entonces conviértalo en un tipo hábil, una especie de sinvergüenza, una especie de político que vaya por ahí haciendo tratos y rompiéndolos, un tipo de pelo negro que se oculte detrás del mástil cuando empiecen las peleas.

—Pero el otro día dijiste que era pelirrojo.

—Imposible. Tiene que ser moreno. No tiene usted imaginación.

Al ver que había descubierto los principios sobre los que se asentaba esa especie de memoria mal llamada «imaginación», me entraron ganas de echarme a reír, pero me contuve por el bien de la historia.

—Tienes razón. Tú sí que tienes imaginación. Un tipo moreno en un buque de tres cubiertas.

—No, un barco abierto, como un barco grande.

Aquello era una locura.

—El barco ya está diseñado y construido: un navío con techos y cubiertas. Lo dijiste tú —protesté.

—No, no, ese barco no. Este era abierto o semiabierto porque... ¡Vaya, tiene razón! Usted me hace pensar que el protagonista es un tipo pelirrojo. Claro que, si es pelirrojo, el barco tiene que ser abierto con las velas pintadas.

Pensé que recordaría haber servido en al menos dos galeras, en una griega con tres cubiertas bajo el mando del «político» de pelo negro, y de nuevo en un barco vikingo abierto a las órdenes de un hombre «rojo como un oso rojo» que llegó a Markland. El diablo me empujó a hablar.

—¿Por qué dices «claro», Charlie? —dije.

—No lo sé. ¿Se está riendo de mí?

De repente se hizo el silencio. Tomé una libreta y fingí tomar algunas notas.

—Es un placer trabajar con un tipo tan imaginativo como tú —dije después de un rato—. La forma en que has descrito el carácter del héroe es simplemente maravillosa.

—¿Usted cree? —preguntó ruborizado—. A menudo me digo que valgo más de lo que mi ma... de lo que piensa la gente.

—Tienes muchísimo que ofrecer.

—Entonces ¿puedo mandar un artículo sobre las «Costumbres de los empleados de banca» a *Tit-Bits* y ganar una libra esterlina de premio?

—Yo no me refería exactamente a eso, amigo, quizá sea mejor esperar un poco y terminar la historia de la galera.

—Pero no llevaría mi firma. *Tit-Bits* publicaría mi nombre y mi dirección si ganara. ¿De qué se ríe? Es verdad.

—Ya lo sé. ¿Por qué no sales a dar una vuelta? Quiero revisar las notas sobre nuestra historia.

El vituperable joven que se había ido un poco ofendido y rechazado podría haber sido, por lo que yo o él sabíamos, miembro de la tripulación del Argos, y no había duda de que había sido esclavo o camarada de Thorfin Karlsefini. Por eso estaba tan interesado en los premios de una libra esterlina. Me reí mucho recordando lo que había dicho Grish Chunder. Los dioses de la vida y de la muerte nunca permitirían que Charlie Mears hablara con absoluta conciencia sobre sus vidas pasadas, y yo tendría que completar lo que él me había contado con mis pobres invenciones mientras Charlie escribía sobre las costumbres de los empleados de banca.

Reuní todas mis notas; el resultado final no era muy halagüeño. Las leí una segunda vez. No había nada que no hubiera podido extraerse de libros ajenos, excepto, quizá, la historia de la contienda en el puerto. Ya se había escrito mucho sobre las aventuras de los vikingos; la historia de un galeote griego no era ninguna novedad, y aunque yo escribiera sobre ambas, ¿quién podría contradecir o confirmar la veracidad de mis detalles? También podría contar una historia que transcurriese dentro de dos mil años. Los dioses de la vida y la muerte eran tan astutos como había sugerido Grish Chunder. No permitían que pasara nada que pudiera preocupar o tranquilizar las mentes de los hombres. Y aunque estaba convencido de ello, no era capaz de abandonar la idea de escribir esa historia. El entusiasmo se alternaba con el desánimo, no una vez, sino veinte veces en las siguientes semanas. Mis estados de ánimo variaban con el sol de marzo y sus nubes pasajeras. Por la noche o inmerso en la belleza de una mañana de primavera, creía poder escribir ese cuento y conmover a los continentes. En las tardes de lluvia y viento creía que la historia podía escribirse, pero que no sería más que una pieza de anticuario falsificada, con falsa pátina y falsa herrumbre. Entonces maldecía a Charlie de muchas formas, aunque no era culpa suya. Él parecía ocupado con los certámenes literarios y cada vez le veía menos; entretanto las semanas iban pasando y la tierra se agrietaba dando paso a la primavera y los brotes florecían en sus vainas. No le interesaba leer o hablar de lo que había leído, y en su voz apareció un nuevo tono de seguridad. Yo apenas me molestaba en hablarle de la galera cuando nos veíamos, pero Charlie aludía a ello en cada ocasión, siempre como una historia de la que había que sacar dinero.

—Creo que merezco el veinticinco por ciento, ¿no le parece? —dijo con una hermosa sinceridad—. Yo le di todas las ideas, ¿verdad?

Esa avidez por el dinero era nueva en su carácter. Supuse que la debió desarrollar en la City, donde Charlie estaba adquiriendo ese curioso tono nasal propio de los tipos malcriados de la zona.

—Cuando esté terminada lo hablaremos. De momento no puedo hacer nada con ella. Tanto los héroes pelirrojos como los morenos son igual de complejos.

Charlie estaba sentado junto al fuego contemplando las brasas.

—No entiendo por qué le resulta tan difícil. Para mí está todo clarísimo —contestó. Un chorro de gas ascendió entre las barras, prendió y silbó suavemente—. Supongamos que empezamos con las aventuras del héroe pelirrojo, cuando capturó mi galera en el sur y navegó con ella hasta las Playas.

A esas alturas ya sabía que no debía interrumpir a Charlie. No tenía papel y pluma, y no me atreví a ir a buscarlos para no interrumpir. El chorrito de gas sopló y silbó, Charlie bajó la voz hasta convertirse casi en un susurro, y contó la historia de una galera que navegó hasta Furdurstrandi, de puestas de sol en mar abierto contempladas bajo la curva de la vela, tarde tras tarde, cuando el espolón de la galera estaba en el centro del disco poniente y «navegábamos con ese rumbo porque no teníamos otra guía», dijo Charlie. Habló del desembarco en una isla y de las exploraciones de sus bosques, donde la tripulación mató a tres a hombres que dormían bajo los pinos. Sus fantasmas, contó Charlie, persiguieron a la galera a nado y la tripulación, tras echarlo a suertes, lanzó por la borda a uno de sus hombres como sacrificio a los extraños dioses a los que habían ofendido. Cuando se quedaron sin provisiones comieron algas y se les hincharon las piernas, y su líder, el hombre pelirrojo, mató a dos remeros que se amotinaron; tras un año entre los bosques pusieron rumbo a su país, y un viento incesante los llevó de vuelta con tal seguridad que pudieron dormir por la noche. Eso, y mucho más, contó Charlie. A veces bajaba tanto la voz que no conseguía escuchar lo que decía, aunque tenía todos los sentidos puestos en ello. Habló de su líder, el hombre pelirrojo, como un pagano habla de su Dios; pues era él quien los animaba y los mataba con absoluta imparcialidad, según le conviniese; y fue él quien empuñó el timón durante tres días entre el hielo flotante, cada témpano lleno de bestias extrañas que «intentaban navegar con nosotros», dijo Charlie, «y nosotros las golpeábamos con los remos».

El chorro de gas se consumió, una brasa cedió y el fuego se desplomó, con un pequeño crujido, en el fondo de la chimenea. Charlie dejó de hablar y yo no dije ni una sola palabra.

—¡Dios mío! —exclamó al fin, negando con la cabeza—. He mirado tanto el fuego que me he mareado. ¿Qué iba a decir?

—Algo del libro sobre la galera.

—Ya me acuerdo. Me corresponde el veinticinco por ciento de los beneficios, ¿no?

—Cuando termine la historia tendrás lo que quieras.

—Quería asegurarme. Ahora tengo que irme. Tengo... tengo una cita. Y se marchó.

Si no hubiese estado tan embelesado me habría dado cuenta de que ese murmullo entrecortado junto al fuego era el canto de cisne de Charlie Mears, pero yo pensé que se trataba del preludio de una revelación total. ¡Por fin podría engañar a los dioses de la vida y la muerte!

Cuando Charlie volvió a verme le recibí muy emocionado. Estaba nervioso e incómodo, pero le brillaban los ojos y tenía los labios entreabiertos.

—He escrito un poema —anunció, y después se apresuró a añadir—: Es el mejor que he compuesto hasta ahora. Léalo.

Me lo dio y se retiró a la ventana.

Me quejé para mis adentros. Tardaría media hora en criticarlo, es decir, en alabarlo, lo suficiente como para complacer a Charlie. Así que tenía buenos motivos para quejarme, pues Charlie, olvidando el larguísimo metro con el que prefería escribir, se había lanzado a crear una composición mediante versos cortos, unos versos con un evidente motivo. Esto es lo que leí:

> El día no puede ser más hermoso,
> ¡el viento alegre ulula detrás de la colina
> donde dobla el bosque a su antojo,
> y los retoños a su voluntad!
> Rebélate, oh Viento, ¡hay algo en mi sangre
> que no te dejará quieto!
> Ella se entregó a mí, oh, Tierra, oh, Cielo;
> ¡mares grises, ahora ella es mía!
> ¡Que los hoscos peñascos escuchen mi canto,
> y se alegren aunque no sean más que piedras!
> ¡Mía! La he conseguido, ¡oh, preciosa tierra marrón!
> ¡Alégrate! La primavera ha llegado.
> ¡Alégrate, mi amor vale el doble
> que el homenaje que puedan rendirle los campos!
> ¡Que el labriego que te rotura sienta mi dicha
> al trabajar de madrugada!

—Sí, es desgarrador, no hay duda —dije aterrado. Charlie sonrió, pero no contestó.

> Roja nube del crepúsculo, proclámalo;
> mía es la victoria. ¡Salúdame, oh, sol,
> como maestro dominante y señor absoluto sobre el alma de Ella!

—¿Y bien? —preguntó Charlie mirando por encima de mi hombro.

Pensé que la composición estaba lejos de estar bien, muy mal incluso; y entonces colocó silenciosamente una fotografía sobre el papel: el retrato de una muchacha de pelo rizado y una boca estúpida y entreabierta.

—¿No es... no es maravilloso? —susurró, sonrojado hasta las orejas, envuelto en el rosado misterio del primer amor—. No lo sabía, no pensaba... llegó como un rayo.

—Sí, llega como un rayo. ¿Eres muy feliz, Charlie?

—Dios mío, ella... ¡ella me ama!

Se sentó sin dejar de repetir las últimas palabras. Contemplé su rostro lampiño, los hombros estrechos ya encorvados por el trabajo de escritorio y me pregunté cuándo, dónde y cómo habría amado en sus vidas anteriores.

—¿Qué dirá tu madre? —le pregunté alegremente.

—¡Me importa un pimiento lo que diga!

A los veinte años, las cosas que a uno no le importan deberían ser muchas, pero nadie debería incluir a su madre en la lista. Se lo expliqué con delicadeza; él la describió como Adán debió describir la gloria y ternura de la belleza de Eva ante los animales que acababan de recibir un nombre. Descubrí por casualidad que trabajaba en una tabaquería, que sentía debilidad por los vestidos bonitos y que ya le había dicho cuatro o cinco veces que ningún hombre la había besado.

Charlie hablaba sin parar mientras yo, separado de él por miles de años, pensaba sobre el principio de las cosas. Al fin comprendí por qué los dioses de la vida y de la muerte cerraban las puertas con tanto esmero a nuestro paso. Es para que no recordemos nuestros primeros amores. Si no fuera así, nuestro mundo se quedaría sin habitantes en menos de un siglo.

—En cuanto a la historia de la galera... —dije con mayor alegría, cuando él hizo un alto en su atropellado parloteo.

Charlie levantó la vista como si le hubieran golpeado.

—La galera... ¿qué galera? Por Dios, ¡no bromee, hombre! Esto es serio, ni se imagina cuán serio es.

Grish Chunder tenía razón. Charlie había experimentado el amor, que mata el recuerdo, y el cuento más hermoso del mundo ya nunca llegaría a escribirse.

PALOMAS BLANCAS Y GARZAS MORENAS

RUBÉN DARÍO
(1867-1916)

Mi prima Inés era rubia como una alemana. Fuimos criados juntos, desde muy niños, en casa de la buena abuelita que nos amaba mucho y nos hacía vernos como hermanos, vigilándonos cuidadosamente, viendo que no riñésemos. ¡Adorable, la viejecita, con sus trajes a grandes flores, y sus cabellos crespos y recogidos como una vieja marquesa de Boucher!

Inés era un poco mayor que yo. No obstante, yo aprendí a leer antes que ella; y comprendía —lo recuerdo muy bien— lo que ella recitaba de memoria, maquinalmente, en una pastorela, donde bailaba y cantaba delante del niño Jesús, la hermosa María y el señor san José; todo con el gozo de las sencillas personas mayores de la familia, que reían con risa de miel, alabando el talento de la actrizuela.

Inés crecía. Yo también; pero no tanto como ella. Yo debía entrar a un colegio, en internado terrible y triste, a dedicarme a los áridos estudios del bachillerato, a comer los platos clásicos de los estudiantes, a no ver el mundo —¡mi mundo de mozo!— y mi casa, mi abuela, mi prima, mi gato, un excelente romano que se restregaba cariñosamente en mis piernas y me llenaba los trajes negros de pelos blancos.

Partí.

Allá en el colegio mi adolescencia se despertó por completo. Mi voz tomó timbres aflautados y roncos; llegué al periodo ridículo del niño que pasa a joven. Entonces, por un fenómeno especial, en vez de preocuparme de mi profesor de matemáticas, que no logró nunca hacer que yo comprendiese el binomio de Newton, pensé —todavía vaga y misteriosamente— en mi prima Inés.

Luego tuve revelaciones profundas. Supe muchas cosas. Entre ellas, que los besos eran un placer exquisito.

Tiempo.

Leí *Pablo y Virginia*. Llegó un fin de año escolar, y salí, en vacaciones, rápido como una saeta, camino de mi casa. ¡Libertad!

Mi prima —¡pero, Dios santo, en tan poco tiempo!— se había hecho una mujer completa. Yo delante de ella me hallaba como avergonzado, un tanto serio. Cuando me dirigía la palabra, me ponía a sonreírle con una sonrisa simple.

Ya tenía quince años y medio Inés. La cabellera, dorada y luminosa al sol, era un tesoro. Blanca y levemente amapolada, su cara era una creación murillesca, si veía de frente. A veces, contemplando su perfil, pensaba en una soberbia medalla siracusana, en un rostro de princesa. El traje, corto antes, había descendido. El seno, firme y esponjado, era un ensueño oculto y supremo; la voz clara y vibrante, las pupilas azules, inefables; la boca llena de fragancia de vida y de color de púrpura. ¡Sana y virginal primavera!

La abuelita me recibió con los brazos abiertos. Inés se negó a abrazarme, me tendió la mano. Después, no me atreví a invitarla a los juegos de antes. Me sentía tímido. ¡Y qué! Ella debía sentir algo de lo que yo. ¡Yo amaba a mi prima!

Inés los domingos iba con la abuela a misa, muy de mañana.

Mi dormitorio estaba vecino al de ellas. Cuando cantaban los campanarios su sonora llamada matinal, ya estaba yo despierto.

Oía, oreja atenta, el ruido de las ropas. Por la puerta entreabierta veía salir la pareja que hablaba en voz alta. Cerca de mí pasaba el frufrú de las polleras antiguas de mi abuela, y del traje de Inés, coqueto, ajustado, para mí siempre revelador.

¡Oh, Eros!

—Inés...

—¿...?

Y estábamos solos a la luz de una luna argentina, dulce, una bella luna de aquellas del país de Nicaragua.

Le dije todo lo que sentía, suplicante, balbuciente, febril y temeroso. ¡Sí! Se lo dije todo: las agitaciones sordas y extrañas que en mí experimentaba cerca de ella; el amor, el ansia; los tristes insomnios del deseo; mis ideas fijas en ella, allá en mis meditaciones del colegio; y repetía como una oración sagrada la gran palabra: ¡el amor! Oh, ella debía recibir gozosa mi adoración. Creceríamos más. Seríamos marido y mujer...

Esperé.

La pálida claridad celeste nos iluminaba. El ambiente nos llevaba perfumes tibios que a mí se me imaginaban propicios para los fogosos amores. ¡Cabellos áureos, ojos paradisíacos, labios encendidos y entreabiertos!

De repente, y con un mohín:

—¡Ve! La tontería...

Y corrió, como una gata alegre adonde se hallaba la buena abuela, rezando a la callada sus rosarios y responsorios.

Con risa descocada de educanda maliciosa, con un aire de locuela:

—¡Eh, abuelita! Ya me dijo...

Ellas, pues, ya sabían que yo debía «decir».

Con su reír interrumpía el rezo de la anciana que se quedó pensativa acariciando las cuentas de su camándula. Y yo que todo lo veía, a la husma, de lejos, lloraba, sí, lloraba lágrimas amargas, ¡las primeras de mis desengaños de hombre!

Los cambios fisiológicos que en mí se sucedían y las agitaciones de mi espíritu me conmovían hondamente. ¡Dios mío! Soñador, un pequeño poeta como me creía, al comenzarme el bozo, sentía llena de ilusiones la cabeza, de versos los labios, y mi alma y mi cuerpo de púber tenían sed de amor. ¿Cuándo llegaría el momento soberano en que alumbraría una celeste mirada el fondo de mi ser, y aquel en que se rasgaría el velo del enigma atrayente?

Un día, a pleno sol, Inés estaba en el jardín, regando trigo, entre los arbustos y las flores, a las que llamaba sus amigas: unas palomas albas, arrulladoras, con sus buches níveos y amorosamente musicales. Llevaba un traje —siempre que con ella he soñado la he visto con el mismo— gris azulado, de anchas mangas, que dejaban ver casi por entero los satinados brazos alabastrinos; los cabellos los tenía recogidos y húmedos y el vello alborotado de su nuca blanca y rosa era para mí como luz crespa. Las aves andaban a su alrededor e imprimían en el suelo oscuro la estrella acarminada de sus patas.

Hacía calor. Yo estaba oculto tras los ramajes de unos jazmineros. La devoraba con los ojos. ¡Por fin se acercó por mi escondite, la prima gentil! Me vio trémulo, enrojecida la faz, en mis ojos una llama viva y rara, y acariciante, y se puso a reír cruelmente, terriblemente. ¡Y bien! Oh, aquello no era posible. Me lancé con rapidez frente a ella. Audaz, formidable debía de estar, cuando ella retrocedió como asustada, un paso.

—¡Te amo!

Entonces tornó a reír. Una paloma voló a uno de sus brazos. Ella la mimó dándole granos de trigo entre las perlas de su boca fresca y sensual. Me acerqué más. Mi rostro estaba junto al suyo. Los cándidos animales nos rodeaban. Me turbaba el cerebro una onda invisible y fuerte de aroma femenil. Se me antojaba Inés una paloma hermosa y humana, blanca y sublime: y al propio tiempo llena de fuego, de ardor. ¡Un tesoro de dichas! No dije más. Le tomé la cabeza y le di un beso en una mejilla, un beso rápido, quemante de pasión furiosa. Ella, un tanto enojada, salió en fuga. Las palomas se asustaron y alzaron el vuelo, formando un opaco ruido de alas sobre los arbustos temblorosos. Yo, abrumado, quedé inmóvil.

Al poco tiempo partía a otra ciudad. La paloma blanca y rubia no había ¡ay! mostrado a mis ojos el soñado paraíso del misterioso deleite.

¡Musa ardiente y sacra para mi alma, el día había de llegar! Elena la graciosa, la alegre, ella fue el nuevo amor. ¡Bendita sea aquella boca, que murmuró por primera vez cerca de mí las inefables palabras!

Era allá, en una ciudad que está a la orilla de un lago de mi tierra, un lago encantador, lleno de islas floridas, con pájaros de colores.

Los dos solos estábamos cogidos de las manos, sentados en el viejo muelle, debajo del cual el agua glauca y oscura chapoteaba musicalmente. Había un crepúsculo acariciador, de aquellos que son la delicia de los enamorados tropicales. En el cielo opalino se veía una diafanidad apacible que disminuía hasta cambiarse en tonos de violeta oscuro, por la parte del oriente, y aumentaba convirtiéndose en oro sonrosado en el horizonte profundo, donde vibraban oblicuos, rojos y desfallecientes los últimos rayos solares. Arrastrada por el deseo, me miraba la adorada mía y nuestros ojos se decían cosas ardorosas y extrañas. En el fondo de nuestras almas cantaban un unísono embriagador como dos invisibles y divinas filomelas.

Yo extasiado veía a la mujer tierna y ardiente; con su cabellera castaña que acariciaba con mis manos, su rostro color de canela y rosa, su boca cleopatrina, su cuerpo gallardo y virginal; y oía su voz queda, muy queda, que me decía frases cariñosas, tan bajo, como que solo eran para mí, temerosa quizá de que se las llevase el viento vespertino. Fija en mí, me inundaban de felicidad sus ojos de Minerva, ojos verdes, ojos que deben siempre gustar a los poetas. Luego, erraban nuestras miradas por el lago, todavía lleno de vaga claridad. Cerca de la orilla, se detuvo un gran grupo de garzas. Garzas blancas, garzas morenas de esas que cuando el día calienta, llegan a las riberas a espantar a los cocodrilos, que con las anchas mandíbulas abiertas beben sol sobre las rocas negras. ¡Bellas garzas! Algunas ocultaban los largos cuellos en la onda o bajo el ala, y semejaban manchas de flores vivas y sonrosadas, móviles y apacibles. A veces una, sobre una pata, se alisaba con el pico las plumas, o permanecía inmóvil, escultural o hieráticamente, o varias daban un corto vuelo, formando en el fondo de la ribera llena de verde, o en el cielo, caprichosos dibujos, como las bandadas de grullas de un parasol chino.

Me imaginaba, junto a mi amada, que de aquel país de la altura me traerían las garzas muchos versos desconocidos y soñadores. Las garzas blancas las encontraba más puras y más voluptuosas, con la pureza de la paloma y la voluptuosidad del cisne; garridas con sus cuellos reales, parecidos a los de las damas inglesas que junto a los pajecillos rizados se ven en aquel cuadro en que Shakespeare recita en la corte de Londres. Sus alas, delicadas y albas, hacen pensar en desfallecientes sueños nupciales; todas —bien dice un poeta— como cinceladas en jaspe.

¡Ah, pero las otras tenían algo de más encantador para mí! Mi Elena se me antojaba como semejante a ellas, con su color de canela y de rosa, gallarda y gentil.

Ya el sol desaparecía, arrastrando toda su púrpura opulenta de rey oriental. Yo había halagado a la amada tiernamente con mis juramentos y frases melifluas y cálidas, y juntos seguíamos en un lánguido dúo de pasión inmensa. Habíamos sido hasta ahí dos amantes soñadores, consagrados místicamente uno a otro.

De pronto, y como atraídos por una fuerza secreta, en un momento inexplicable, nos besamos en la boca, todos trémulos, con un beso para mí sacratísimo y supremo: el primer beso recibido de labios de mujer. ¡Oh, Salomón, bíblico y real poeta! Tú lo dijiste como nadie: «Mel et lac sub lingua tua».

Aquel día no soñamos más.

¡Ah, mi adorable, mi bella, mi querida garza morena! Tú tienes, en los recuerdos profundos que en mi alma forman lo más alto y sublime, una luz inmortal.

¡Porque tú me revelaste el secreto de las delicias divinas, en el inefable primer instante del amor!

HILO DE AIRE

LUIGI PIRANDELLO
(1867-1936)

B rillo de ojos, de cabellos rubios, de bracitos, de piernecitas desnudas, una carcajada que, contenida en la garganta, estalla en risitas breves, agudas... Tittì entró como una furia y se lanzó al balcón de la habitación para abrir las puertas.

Apenas consiguió girar la manilla: un gruñido áspero, rauco, como de bestia sorprendida en su lecho, hizo que se detuviera de golpe, que se girara, aterrada, a mirar atrás.

Oscuridad.

Los postigos del balcón seguían entrecerrados.

Cegada aún por la luz de la que venía, no vio nada; aterrada, sintió en aquella oscuridad la presencia del abuelo en su butacón: un enorme deshecho envuelto en almohadas, en chales grises a cuadros, en mantas ásperas y peludas; hedor de vejez tumefacta y marchita, en la inercia de la parálisis.

Pero no era aquella presencia lo que la aterraba. La aterraba el hecho de haber podido olvidar por un momento que allí, en aquella oscuridad de postigos siempre entrecerrados, estuviera su abuelo, y que ella hubiera podido transgredir, sin pensarlo siquiera, la orden severísima de sus padres, expresada mucho tiempo atrás y siempre observada por todos, de no entrar en aquella estancia sin llamar antes y pedir permiso (¿cómo se dice?, «¿Puedo entrar, abuelito?», sí, así) para entrar después, bien despacito, de puntillas, sin hacer el menor ruido.

Aquellas ganas de reír al entrar murieron enseguida en un jadeo, convertido casi en llanto.

Entonces la niña, muy despacito, temblorosa y de puntillas, sin suponer que el viejo acostumbrado a aquella penumbra oscura la pudiera ver, creyendo que no la veía, se dirigió hacia la puerta. Estaba a punto de llegar al umbral cuando el abuelo la llamó con un «¡Aquí!» imperioso y duro.

La niña se acercó, aún de puntillas, expectante, desconcertada, aguantando la respiración. Ahora ella también empezaba a distinguir formas en la penumbra. Entrevió aquellos dos ojos vivos, malvados, del abuelo, y al momento bajó los suyos.

En aquellos ojos, tras las bolsas hinchadas de los párpados, cuyo color rojo pálido hacía pensar en el repugnante contacto húmedo de una tarántula, parecía estar recogida, atenta a un terror constante y cargada de un rencor mudo y feroz, el alma del viejo, expulsada del resto del cuerpo, ya conquistado e inmovilizado por la muerte.

Apenas podía intentar mover una mano, la izquierda, después de mirársela un buen rato con aquellos ojos, casi como para infundirle movimiento. El esfuerzo de voluntad, al alcanzar la muñeca, conseguía levantar apenas aquella mano de las mantas; pero aquello duraba un instante, y la mano volvía a caer, inerte.

El viejo se obstinaba una y otra vez en repetir aquel ejercicio de voluntad, porque aquel leve movimiento momentáneo que aún conseguía obtener de su cuerpo era para él la vida, la vida entera, en la que los otros se movían libremente, en la que los otros participaban por entero, en la que él aún podía participar, pero sí, solo ese poco, nada más.

—¿Por qué... el balcón? —le dijo torpemente a su nieta.

Ella no respondió. Todavía temblaba. Pero en aquel temblor el viejo advirtió enseguida algo nuevo. Advirtió que no era el habitual temblor de miedo, mal disimulado por la pequeña, cada vez que el padre o la madre la obligaban a acercarse a él. Era miedo, pero había algo más por debajo, oculto tras el miedo que le había suscitado su áspera e imprevista llamada: algo más, que hacía que el temblor de la niña se convirtiera en estremecimiento. Un estremecimiento extraño.

—¿Qué te pasa? —le preguntó.

La pequeña, casi sin atreverse a levantar los ojos, respondió:

—Nada.

Pero ahora también en la voz, en el aliento de la niña, el viejo advertía algo insólito. Y repitió, con creciente hastío:

—¿Qué te pasa?

La niña estalló en llanto. Acto seguido se tiró al suelo, convulsa, gritando y luchando contra sus sollozos, con una violencia y una furia que angustiaron e irritaron al viejo, pues le parecieron algo insólito.

Acudió a la habitación la nuera, gritando:

—Oh, Dios, Tittì, ¿qué ha pasado? ¿Pero cómo? ¿Aquí? ¿Qué tienes? ¡Venga, venga... cálmate! Ven, ven con mamá... ¿Cómo es que has entrado aquí? ¿Qué dices? ¿Malo? ¿Quién? Ah... ¿El abuelo es malo? Tú eres mala... El abuelo, el abuelo, que tanto te quiere... Pero ¿qué ha pasado?

El viejo, que era a quien iba dirigida la última pregunta, echó una mirada feroz a la boca roja y sonriente de la nuera, y luego miró el bonito mechón de cabello rubio dorado que la pequeña le estaba revolviendo por la frente con una mano, retorciéndose entre sus brazos, y empujándola para que salieran enseguida de aquella habitación.

–¡Tittì! ¡Ay, mi pelo!... Ay, Dios... Me lo vas a arrancar... ah... todo el pelo de mamá. ¡Eres tremenda! ¿Has visto? Mira... todo el pelo de mamá entre los dedos... el pelo de tu mamá... mira, mira...

Y de entre los dedos abiertos de la manita le extrajo uno, luego otro y luego otro hilo de oro más, repitiendo:

–Mira... mira... mira...

La niña, impresionada de pronto al ver que realmente le había arrancado el pelo a su madre, se giró para mirarse la manita con los ojos llenos de lágrimas. Al no ver nada, y oyendo en cambio una larga carcajada de su madre, volvió a enfurecerse, más aún, y la obligó a salir de la habitación.

El viejo jadeaba con fuerza. Una pregunta le bullía dentro, exacerbando su disgusto cada vez más: Pero ¿qué les pasa? ¿Qué tienen?

También en los ojos, en la voz, en aquella carcajada de su nuera, en el gesto con el que había quitado los pelos arrancados de entre los deditos de la niña, primero uno, luego otro y luego otro más, había advertido algo insólito, extraordinario.

No, ni la niña ni su nuera se comportaban como otros días. ¿Qué les pasaba?

Y el disgusto creció aún más cuando, al bajar la vista sobre la manta que tenía tendida en las piernas, vio uno de los pelos de su nuera, que, quizá impulsado por el aire movido por la carcajada, había acabado posándose allí, levemente, sobre sus piernas muertas.

Haciendo un gran esfuerzo, empujó la mano sobre las piernas para acercarla poco a poco, con pequeños tirones, hasta aquel cabello, que le resultaba tan odioso como un escarnio. Enfrascado en aquel esfuerzo, en el que ya llevaba perdida media hora, lo encontró su hijo, que cada mañana antes de salir de casa para atender a sus asuntos, se pasaba por su habitación para saludarlo.

—¡Buenos días, papá!

El viejo levantó la cabeza. Una mirada opaca y turbia, de estupor y de miedo, le dilataba los ojos. ¿Su hijo también?

Este creyó que su padre le miraba así para hacerle entender que no le había gustado nada la desobediencia de la nieta, y se apresuró a decirle:

—Ese diablillo... ¿verdad? Te ha molestado. ¿La oyes? Aún está ahí, llorando... La he regañado, la he regañado. Adiós, papá. Tengo prisa. Hasta luego, ¿eh? Enseguida vendrá Nerina.

Y se fue.

El viejo lo siguió con los ojos, aún llenos de estupor y de miedo, hasta la salida.

¡Él también, su hijo! Nunca le había hablado con aquel tono: «¡Buenos días, papá!». ¿Por qué? ¿Qué esperaba? ¿Se habían puesto todos de acuerdo en su contra? ¿Qué había pasado? Aquella niña, que había entrado antes, tan agitada... después la madre, con esas risas... porque le habían arrancado el pelo... ahora su hijo, también su hijo, con ese alegre «¡Buenos días, papá!».

Algo había pasado o tenía que pasar ese día, algo que querían ocultarle. Pero ¿qué?

Se habían apropiado del mundo, hijo, nuera y nieta; del mundo que había creado él, en el que los había puesto. Y no solo eso; también se habían apropiado del tiempo, ¡como si en el tiempo no estuviera él también! ¡Él aún respiraba, lo veía todo, y más aún, más que ellos, veía y lo pensaba todo!

Un amasijo de imágenes, de recuerdos, como el resplandor de un huracán, le bullía en el espíritu. La Plata, las pampas, los pantanos salobres de los ríos perdidos, los incesantes pateos, balidos, relinchos, mugidos de los animales. Allí, de la nada, en cuarenta y cinco años, había edificado su fortuna, recorriendo a cualquier medio, a todas las artes, aprovechando la ocasión o preparando y madurando trampascon gran astucia: primero vigilante de ganado, luego colono, después encargado de contratas del ferrocarril, luego constructor. Tras regresar a Italia, a los quince años, se había casado, y nada más nacer su único hijo se había vuelto allí abajo, solo. Su mujer había muerto sin que él hubiera podido volver a verla; su hijo, confiado a los abuelos maternos, había crecido sin que él lo conociera. Hacía cuatro años había regresado enfermo, casi moribundo: horriblemente hinchado por la hidropesía, con las arterias oxidadas, los riñones destrozados, destrozado el corazón. Pero no se había dado por vencido: aun así, con los días o quizá las horas contadas, había querido comprar algunos terrenos en Roma para edificar nuevas construcciones, y enseguida había iniciado las obras, haciéndose trasladar en una silla de ruedas para vivir el trasiego de la construcción con los operarios: seco como una roca, tumefacto, enorme: cada quince días le extraían el líquido del vientre, a litros, para luego volver a la obra, hasta que un ataque de apoplejía, dos años atrás, lo había dejado fulminado, confinándolo a aquella butaca, aunque sin acabar con él. La gracia de morir en la brecha no le había sido concedida. Con el cuerpo perdido desde hacía dos años, iba macerándose a la espera del final definitivo, lleno de rabia por aquel hijo tan distinto a él, para él casi un desconocido, que, sin necesidad, una vez liquidadas las obras e invertida en rentas la ingente riqueza paterna, seguía con su modesto trabajo, casi como si quisiera negarle toda satisfacción, y vengarse a sí mismo y a su madre por el largo abandono.

Ninguna comunión de vida, de pensamientos, de sentimientos con aquel hijo. Lo odiaba, sí, y odiaba a aquella nuera y a aquella niña; sí, sí, los odiaba, los odiaba porque le dejaban fuera de su vida y ni siquiera... ni siquiera querían decirle qué había pasado aquel día, por qué estaban los tres dan diferentes.

Unas gruesas lágrimas le asomaron en los ojos. Olvidó por completo lo que había sido durante tantos años y se abandonó al llanto como un niño.

Cuando poco después entró Nerina, la criada, para atenderle, no hizo caso a aquel llanto. El viejo estaba lleno de agua: no le iría mal sacar un poco por los ojos. Y con esa idea en mente le secó el rostro sin grandes miramientos; luego agarró el cuenco de leche, mojó una primera soletilla y le dio a probar.

–Coma, coma.

Él comió, pero mirando de reojo a la criada. En un momento dado la oyó suspirar, pero no de cansancio sino de aburrimiento. Levantó de inmediato la vista y la miró a la cara. Sí, aquella remilgada estaba a punto de suspirar otra vez. Pero al ver que la observaba, en lugar de soltarlo ahora lo dejaba salir por la nariz, con un gesto de desaprobación, como hastiada. ¿Y por qué se había puesto roja de pronto? ¿Qué le pasaba hoy, también a ella?

¿Es que ese día había algo insólito en todos? No quiso comer más.

—¿Qué te pasa? —le preguntó también a ella, airado.

—¿Yo? ¿Qué me pasa? —preguntó la criada, descolocada.

—Tú... todos... ¿Qué pasa? ¿Qué tenéis?

—Pues... nada. Yo no sé... ¿Qué es lo que me ve?

—¡Suspiras!

—¿Yo? ¿He suspirado? ¡Qué va! O quizá, sin querer. No tengo ningún motivo para suspirar.

Y se rio.

—¿Por qué ríes así?

—¿Cómo río? Río porque... porque usted dice que he suspirado.

Y volvió a reír, esta vez más fuerte, irrefrenablemente.

—¡Vete! —le gritó entonces el viejo.

Al caer la tarde, cuando vino el médico para la visita habitual y volvieron a entrar en la habitación la nuera, el hijo y la nieta, la sospecha que llevaba macerando todo el día, incluso durante el sueño, de que había pasado algo, algo que todos le querían esconder, se volvió certeza: clara, innegable.

Estaban todos de acuerdo. Hablaban de cosas ajenas a él para distraer su atención, pero en sus miradas se hacía evidente su acuerdo secreto. ¡Nunca se habían mirado así! Sus gestos, sus voces, sus sonrisas no encajaban en absoluto con lo que decían. ¡Todo aquel fervor hablando de pelucas, de las pelucas que volvían a ponerse de moda!

—Pero ¿verdes? ¿Perdone? ¿Verdes, violeta? —gritaba la nuera, encendida, con una cólera fingida, tan fingida que no conseguía contener la risa.

Aquella boca reía por su cuenta. Y las manos, por sí solas, se levantaban a acariciar el cabello, como si el cabello, por su cuenta, solicitara la caricia de aquellas manos.

—Entiendo, entiendo... —respondía el médico, con un gesto beatífico en aquella cara suya de luna llena—. Cuando se tiene el cabello que tiene usted, señora mía, esconderlo bajo una peluca sería un pecado.

El viejo ya casi no conseguía contener la rabia. Habría querido sacarlos a todos de la habitación con un grito bestial. Pero en cuanto el médico se despidió y la nuera, con la niña de la mano, fue a acompañarle hasta la puerta, dejó que la rabia estallara contra el hijo, que se había quedado solo con él. Le lanzó la misma pregunta que había hecho en vano a su nieta y a la criada:

—¿Qué os pasa? ¿Por qué estáis hoy todos así? ¿Qué ha pasado? ¿Qué me escondéis?

—¡Nada, papá! ¿Qué quieres que te escondamos? —respondió el hijo perplejo, compungido—. Estamos... no sé, como siempre.

—¡No es cierto! Hay algo diferente. ¡Yo lo veo! ¡Lo oigo! ¿Te parece que no veo nada, que no oigo nada, porque estoy así?

—Pues no sé, papá, qué es lo que ves de nuevo en nosotros. No ha pasado nada, te lo he jurado y vuelvo a jurártelo. ¡Venga, hombre, tranquilo!

El viejo se calmó un poco, por el tono de sinceridad de su hijo, pero no se quedó muy convencido. Era indudable que había algo nuevo. Lo veía, lo notaba en ellos. Pero ¿qué?

La respuesta, cuando se quedó solo en la habitación, le llegó de pronto desde el balcón, silenciosamente.

La manilla había quedado girada desde la mañana, cuando la había tocado la niña y ahora, al caer la noche, el balcón se entreabrió ligeramente, un poco, impulsado por un hilo de aire.

El viejo al principio no se dio cuenta, pero sintió que toda la habitación se llenaba con un delicioso perfume embriagador procedente de los jardines que rodeaban la casa. Se volvió y vio una franja de luz de luna en el suelo, que era como la huella luminosa de aquellos aromas, en la penumbra de la habitación.

—Ah, eso es... eso...

Los demás no podían verlo, no podían sentirlo en sus carnes, porque ellos aún estaban dentro de la vida. Él, que ya casi estaba fuera, él lo había visto, él lo había sentido en ellos. Por eso aquella mañana la niña no solo temblaba, sino que se estremecía de la cabeza a los pies; por eso la nuera reía y parecía encantada con sus cabellos; por eso suspiraba la criada; por eso todos tenían aquel aspecto insólito y nuevo, sin saberlo.

Había llegado la primavera.

LA RETICENCIA DE
LADY ANNE

H. H. MUNRO, SAKI
(1870-1916)

Egbert entró en el amplio salón apenas iluminado con el aire de un hombre que no está seguro de si estará entrando en un palomar o en una fábrica de bombas y está preparado para cualquier eventualidad. La pequeña discusión doméstica durante el almuerzo no había llegado a un final definitivo y la cuestión era si lady Anne tendría ganas de reanudar o de cesar las hostilidades. Su postura en la butaca, junto a la mesa de té, era elaboradamente rígida; en la penumbra de la tarde de diciembre los quevedos de Egbert no le servían, materialmente, para discernir la expresión de su cara.

Con el objeto de romper cualquier hielo que flotase en la superficie, hizo un comentario sobre la tonalidad religiosa de la luz. Él o lady Anne estaban acostumbrados a hacer ese comentario entre las 4:30 y las 6 de los atardeceres de finales de otoño e invierno; formaba parte de su vida matrimonial. No tenía réplica conocida y lady Anne no emitió ninguna.

Don Tarquinio yacía estirado sobre la alfombra persa, disfrutando del fuego con una magnífica indiferencia hacia el posible mal humor de lady Anne. Su pedigrí era tan intachablemente persa como el de la alfombra y su pelaje estaba llegando a la gloria de su segundo invierno. El paje, que tenía tendencias renacentistas, lo había bautizado como Don Tarquinio. Por su parte, Egbert y lady Anne le hubieran llamado indefectible mente Fluff, pero no eran obstinados.

Egbert se sirvió un poco de té. Como el silencio no parecía ir a romperse por iniciativa de lady Anne, se dispuso para un nuevo esfuerzo a lo Yermak.

—Mi comentario durante el almuerzo tenía una aplicación puramente académica —anunció—. Pareces darle un innecesario significado personal.

Lady Anne mantuvo su barrera defensiva de silencio. El pinzón llenó perezosamente el intervalo con un fragmento de *Ifigenia en Táuride.* Egbert lo reconoció de inmediato porque era el único fragmento que el pinzón silbaba y lo habían adquirido por la reputación de que lo hacía. Tanto Egbert como lady Arme hubieran preferido algo de *El vasallo de la guardia,* que era su ópera favorita. En materia artística tenían unos gustos similares. Se inclinaban por lo honesto y explícito, una pintura, por ejemplo, que contara su propia historia con la generosa ayuda de su título. Un caballo de batalla ensillado y sin jinete, en evidente desorden, entrando tambaleante en un patio lleno de pálidas mujeres a punto de desvanecerse y con el título al margen de «Malas noticias» sugería en sus pensamientos la clara interpretación de alguna catástrofe militar. Podían ver lo que trataba de expresar y explicárselo a amigos de inteligencia, más corta.

El silencio continuó. Por norma, el desagrado de lady Anne se articulaba veleidosamente tras cuatro minutos de mutismo introductorio. Egbert tomó la jarra de leche y vertió parte de su contenido en el plato de Don Tarquinio; como el plato ya estaba lleno hasta rebosar el resultado fue un antiestético derramamiento. Don Tarquinio alzó la vista con un sorprendido interés que se desvaneció hasta convertirse en elaborada inconsciencia cuando fue llamado por Egbert para beber del charquito. Don Tarquinio estaba preparado para interpretar muchos papeles en la vida, pero limpiador de alfombras no era uno de ellos.

—¿No crees que nos estamos comportando como dos tontos? —dijo Egbert jovialmente.

Si lady Anne lo creía, no lo dijo.

—Me atrevo a decir que la culpa ha sido en parte mía —prosiguió Egbert mientras se evaporaba su jovialidad—. Después de todo, soy humano, ya lo sabes. Pareces olvidar que soy humano.

Insistió en ese punto, como si hubiera habido infundadas sugerencias de que procediera de una línea de sátiros, con extremidades de cabra donde debían estar las humanas.

El pinzón reanudó su fragmento de *Ifigenia en Táuride*. Egbert empezó a sentirse abatido. Lady Anne no se tomaba su té. Quizá se sentía indispuesta. Pero cuando lady Anne se sentía indispuesta no acostumbraba a ser reticente al respecto. «Nadie sabe lo que sufro con la indigestión» era una de sus sentencias favoritas; pero la ausencia de conocimiento solo podía tener su origen en una atención deficiente: la cantidad de información disponible al respecto podría proporcionar material para una monografía.

Evidentemente, lady Anne no se sentía indispuesta.

Egbert empezaba a pensar que no estaba siendo tratado de un modo razonable; naturalmente, se dispuso a hacer concesiones.

—Me atrevo a decir —observó tomando posiciones en la alfombra de la chimenea tanto como podía persuadirse a Don Tarquinio de que lo permitiera— que puedo tener la culpa. Estoy dispuesto, si con ello consigo que las cosas adopten una perspectiva más feliz, a prometer que llevaré una vida mejor.

Se preguntaba vagamente cómo podría ser eso posible. Las tentaciones, a su edad, se le presentaban con indecisión y sin insistencia, como un carnicero descuidado que pidiera el aguinaldo en febrero por la no más ilusoria razón de no haberlo obtenido en diciembre. No tenía más intención de sucumbir a ellas que de adquirir los cuchillos de pescado y las boas de piel que las damas se ven obligadas a sacrificar a través de anuncios de prensa durante los doce meses del año. Aun así, había algo admirable en esa renuncia —que nadie le exigía— a posibles atrocidades latentes.

Lady Anne no dio la impresión de estar admirada.

Egbert la miró nerviosamente a través de sus gafas. Llevarse la peor parte de una discusión con ella no era una experiencia nueva. Llevarse la peor parte de un monólogo era una humillante novedad.

—Iré a vestirme para la cena —anunció con una voz en la que intentó que resonase alguna nota de severidad.

Ya en la puerta, un acceso final de debilidad le impelió a hacer un último llamamiento.

—¿No estamos siendo muy tontos?

«Un tonto», fue el comentario que hizo mentalmente Don Tarquinio cuando la puerta se cerró tras Egber. Luego alzó sus patitas de terciopelo en el aire y dio un ligero salto para subirse a una estantería que estaba justo debajo de la jaula del pinzón. Era la primera vez que parecía notar la existencia del pájaro, pero estaba llevando a cabo una acción largamente planeada con la precisión de una deliberación ya madura. El pinzón, que había llegado a creerse una especie de déspota, se hundió de pronto hasta reducirse a un tercio de su tamaño normal; luego se lanzó a un desamparado aleteo y empezó a piar agudamente. Había costado veintisiete chelines sin la jaula pero lady Anne no hizo ademán de intervenir. Llevaba muerta dos horas.

PRIMAVERA SAGRADA

Rainer Maria Rilke
(1875-1926)

«**N**uestro señor tiene huéspedes extraños.» Esa era la frase preferida del estudiante Vizenz Viktor Karsky, y la utilizaba tanto en momentos apropiados como inapropiados, siempre con cierto aire de superioridad, tal vez porque en secreto quería ser uno de esos huéspedes. De hecho, hacía tiempo que sus compañeros lo consideraban un bicho raro; valoraban su cordialidad, que a menudo rayaba el sentimentalismo, les gustaba su alegría, lo dejaban solo cuando estaba triste y toleraban su «superioridad», perdonándolo con nobleza.

Esta superioridad de Vizenz Viktor Karsky consistía en que encontraba una denominación brillante para todo lo que hacía o dejaba de hacer y, sin alardear, con la seguridad de un hombre maduro, relataba hecho tras hecho, como si estuviese construyendo un muro perfecto de piedras que debía durar toda una eternidad.

Tras un buen desayuno, le gustaba hablar de literatura, pero nunca criticaba o reprobaba los libros, solo nombraba aquellos que le parecían buenos y que merecían reconocimiento en menor o mayor medida. Pronunciaba así sanciones definitivas. Los libros que le parecían malos, no los terminaba de leer, pero no decía nada al respecto, incluso cuando otros los elogiaban.

Por lo demás, no le ocultaba nada a los amigos, les contaba con franqueza afable todas sus vivencias, hasta las más íntimas, y permitía que le preguntaran si estaba tratando nuevamente de «elevar a su nivel» a un pequeño proletario. Al parecer, se comentaba que a veces Vizenz Víctor Karsky hacía este tipo de cosas. Tal vez sus ojos azules profundos y su voz insinuante le ayudaron a obtener algunos éxitos. Al fin y al cabo, parecía que sus éxitos aumentaban continuamente y, con el entusiasmo del creador de una religión, convertía a una infinidad de muchachas a su teoría de la felicidad.

Algunas noches, un compañero lo veía, en el ejercicio de su sacerdocio, llevando del brazo a alguna mujer rubia o morena. Y, usualmente, la muchacha sonreía con todo el rostro, aunque Karsky tenía la expresión seria, como si quisiese decir: «Infatigable al servicio de la humanidad». Pero si alguien contaba que este o aquel compañero del amable clan «se habría enganchado» a una muchacha y ahora se quería casar, el maestro itinerante y exitoso encogía sus hombros anchos y eslavos y decía casi con desprecio: «Sí, sí. Nuestro señor tiene huéspedes extraños».

Sin embargo, los más raro de Vizenz Viktor Karsky era que había una parte de su vida que ninguno de sus amigos más cercanos conocía. En cierto modo, también se lo ocultaba a sí mismo puesto que no sabía cómo llamarlo, aunque pensaba en ello en el verano, cuando paseaba solo por un camino blanco mientras atardecía; o en invierno, cuando entraba el viento por la chimenea en el salón silencioso y montones de copos de nieve atacaban la ventana remendada; o incluso cuando estaba con sus amigos en un bar oscuro. Cuando le ocurría, su vaso permanecía intacto; se quedaba con ma mirada fija en un punto lejano, como cuando uno contempla un fuego a la distancia, y juntaba involuntariamente sus manos blancas, como si le hubiese llegado una plegaria, así como llegan la risa o el bostezo.

Cuando llega la primavera a una ciudad pequeña todo es una fiesta. Como capullos que empujan para liberarse de una prisión estrecha, los niños de cabellos dorados salen corriendo de los salones sofocantes, revoloteando por el campo, impulsados por el viento tibio que tironea sus cabellos y faldas, y arroja sobre sus regazos las primeras flores de los cerezos. Como si ovacionaran un viejo juguete que hubiesen extrañado mucho tras una larga enfermedad, lo van reconociendo todo felices, saludando a cada árbol, a cada arbusto, y escuchan exultantes lo que el arroyo les cuenta que estuvo haciendo durante todo este tiempo. Qué placer es caminar sobre el primer césped verde, que cosquillea suave y tímidamente los pequeños pies desnudos; saltar detrás de la primera mariposa, que huye desconcertada a través de los arbustos de sauco hasta perderse en el infinito azul pálido. Nacen nuevas vidas por doquier. Bajo el techo, sobre los cables rojos del telégrafo e incluso sobre el campanario, al lado de la campana vieja y gruñona, se reúnen las golondrinas. Los niños observan asombrados cómo las aves migratorias vuelven a encontrar sus nidos queridos, el padre quita la manta de esterillas del rosal y la madre los pantaloncitos abrigados de franela de los impacientes pequeños.

Los viejos también salen de sus casas con pasos esquivos, frotándose las manos arrugadas y parpadeando por la abundante luz. Se saludan diciéndose «viejito» y disimulando que están contentos y conmovidos; la expresión de sus ojos los delatan y ambos agradecen de corazón poder disfrutar otra primavera.

En un día como este es un pecado salir sin una flor en la mano, pensó el estudiante Karsky. Por eso agitaba una ramita perfumada en la mano derecha, como si le hubiesen encomendado hacerle publicidad a la primavera. Caminaba rápido y ligero por la vieja calle gris, como si se estuviera escapando del aliento húmedo de los bostezos de los portones negros de las casas, saludando al dueño obeso de su bar preferido que con una gran sonrisa se paraba presumiendo frente a la amplia entrada de su fonda, y a los niños que salían de la escuela revoloteando con la campanada del mediodía. Al principio se comportaban con buenos modales, saliendo de a dos, pero a veinte pasos de la entrada el enjambre de alumnos explotaba en innumerables partes, y el estudiante se acordaba de esos cohetes que estallaban en miles de pequeñas estrellas y bolitas de luz en lo alto del cielo. Con una sonrisa en los labios y una canción en el alma, se dirigió apresurado a las afueras de la pequeña ciudad, donde convivían amplias y rústicas granjas y mansiones blancas enmarcadas con pequeños jardines que hasta parecían acogedoras. Se detuvo delante de una de las últimas casas y se alegró al ver un atisbo de verde en las ramas curvadas de una pérgola, como un presagio de esplendor futuro. En la entrada había dos cerezos en flor, que parecían un arco de triunfo construido en honor a la primavera, y las flores de color rosa claro parecían decir «Bienvenidos», como si fueran un cartel luminoso.

De repente Karsky se estremeció. En mitad de todas aquellas flores vio dos ojos azules oscuros, que miraban a lo lejos y transmitían una felicidad serena. Al principio, solo se percató de los ojos y sintió como si el cielo mismo lo estuviese mirando a través de los árboles floridos. Se acercó, asombrado. Una muchacha rubia y pálida estaba acurrucada en un sillón floreado de color mate; sus manos blancas, que parecían estar agarrando algo transparente, se alzaban pálidas y translúcidas de la manta verde oscuro que cubría sus rodillas y sus pies. Sus labios eran de color rojo suave, como flores recién abiertas, y una leve sonrisa la iluminaba. Así sonríe un niño que se ha quedado dormido en Nochebuena con su caballito de madera bajo el brazo. El rostro pálido era tan bonito y delicado que el estudiante se acordó de algunos cuentos de hadas sobre los que no había pensando en mucho, mucho tiempo. De repente tuvo que detenerse, fue inevitable, hubiese hecho lo mismo ante una madona en el camino, superado por una repentina sensación de enorme gratitud al sol e íntima devoción que a veces lo invade a uno cuando olvida las plegarias. En ese instante su miranda se encontró con la de ella. Se miraron a los ojos y hubo un entendimiento glorioso. Casi sin pensarlo, el estudiante lanzó a través del cerco la rama florida que tenía en la mano, y que aterrizó suavemente sobre la falda de la muchacha pálida. Las manos blancas y delgadas enseguida tocaron con dulzura la aromática ofrenda, y Karsky disfrutó temeroso la recompensa luminosa de los ojos de cuento de hadas. Luego continuó caminando por el campo. Tan pronto se encontró de nuevo en un espacio libre, bajo el cielo calmo y solemne, se dio cuenta de que estaba cantando. Era una canción antigua y alegre.

Había soñado a menudo con esto, pensó el estudiante Vinzenz Viktor Karsky, estar enfermo un invierno entero y volver lentamente a la vida, cuando comienza la primavera. Estar sentado frente a la puerta con ojos asombrados, estar bien descansado y agradecido por el sol y la vida, como un niño. Todo el mundo es amable y simpático, la madre viene en cualquier momento a besarle la frente al convaleciente y los hermanos juegan a la danza del corro, cantando hasta el atardecer. Estaba pensando en esto porque una y otra vez se acordaba de la rubia y enferma Elena, sentada bajo el cerezo en flor y teniendo sueños extraños. Con frecuencia interrumpía su trabajo y se daba prisa en ir a ver a la pálida y silenciosa muchacha. Dos personas que sienten la misma felicidad se encuentran rápidamente. Viktor y la enferma se embriagaban con el aire aromático de la primavera y sus almas cantaban el mismo júbilo. Sentado al lado de la rubia muchacha, le contaba miles de historias con una voz suave que se sentía como una caricia. Se sentía, mientras se escuchaba hablar, maravillado por sus propias palabras, que eran tan puras y verdaderas como una revelación. Y lo que contaba debería ser algo realmente importante porque con frecuencia la madre de Elena, una mujer de cabello grueso y blanco que conocía muy bien el mundo, escuchaba atenta cuando hablaba, y una vez dijo con una sonrisa imperceptible: «Debería ser un poeta, señor Karsky».

Sin embargo, sus amigos sacudían la cabeza, meditativos. Vizenz Viktor Karsky no solía encontrarse con ellos por la noche, y cuando lo hacía se quedaba callado, no escuchaba sus chistes ni sus preguntas, solo sonreía a escondidas bajo la luz de la lámpara, como si estuviese escuchando un canto distante e íntimo. También había dejado de hablar sobre literatura, no quería leer nada y refunfuñaba cuando intentaban sacarlo de su estado de ensoñación: «Os lo ruego, nuestro señor tiene huéspedes extraños».

Los estudiantes coincidían en que el buen Karsky ahora era la persona más extraña de todas; su honorable superioridad también había desaparecido y las jóvenes extrañaban sus enseñanzas filantrópicas. Todos coincidían en que se había transformado en un enigma. Si uno se lo cruzaba de noche en la calle, se lo encontraba solo, sin mirar ni a la derecha ni a la izquierda, parecía preocupado por disimular el brillo y la dicha de sus ojos, ocultarlos rápidamente en su solitaria habitación y esconderse de todo el mundo.

—Qué hermoso nombre tienes, Elena —susurraba Karsky con dulzura, como si le estuviese contando un secreto a la muchacha.

—Mi tío siempre me lo reprochaba y decía que solo las princesas y reinas deberían llamarse así —decía Elena sonriendo.

—Tú eres una reina. ¿No te das cuenta de que llevas una corona de oro puro? Tus manos son como lirios y creo que Dios ha decidido cortar un pedazo de su preciado cielo para hacer tus ojos.

—Eres un romántico —exclamaba enfadaba la enferma, pero con ojos agradecidos.

—¡Así me gustaría pintarte! —suspiraba el estudiante.

Luego se quedaban en silencio. Sus manos se encontraron involuntariamente y tuvieron la sensación de que hacia ellos se acercaba, a través del jardín, una figura que los escuchaba, un dios o un hada. La feliz espera alimentaba sus almas. Sus miradas sedientas se encontraron como dos mariposas enamoradas y se besaron. Luego Karsky dijo en voz baja, como un susurro de un abedul lejano:

—Todo esto es como un sueño. Me has hechizado. Con esta rama florida me he entregado a ti. Todo ha cambiado. Hay tanta luz dentro de mí. Ya no sé cómo era todo antes. No siento dolor, ningún malestar, ni siquiera tengo deseos. Así es como siempre pensé que sería la felicidad, lo que está más allá de la tumba.

—¿Le tienes miedo a la muerte?

—A morirme sí, pero no a la muerte.

Elena apoyó suavemente su mano pálida sobre su frente. Él sintió que estaba muy fría.

—Ven a la habitación —dijo el estudiante en voz baja.

—No tengo frío y la primavera está tan hermosa.

Elena dijo estas palabras con una nostalgia entrañable. Sus palabras sonaron como una canción.

Los cerezos ya no estaban en flor y Elena se encontraba sentada bajo la pérgola, donde había más sombra y el ambiente era más fresco. Vinzenz Viktor Karsky había venido a despedirse. Iba a pasar sus vacaciones de verano en un lago de Salzkammergut en casa de sus padres. Hablaron, como siempre, sobre esto y aquello, sobre sueños y recuerdos. Pero no pensaban en el futuro. La cara de Elena estaba más pálida que de costumbre, sus ojos más grandes y profundos, y a veces sus manos temblaban un poco debajo de la manta verde oscura. El estudiante se levantó y tomó cuidadosamente las manos de la muchacha, como si fueran un objeto frágil.

—¡Bésame! —dijo Elena en voz baja.

El joven se inclinó y tocó con sus labios fríos y sin deseo la frente y la boca de la enferma. Como si fuera una bendición, tomó el aire tibio de la boca casta, y mientras lo hacía se acordó de una escena de la infancia: su madre levantándolo como en una pintura de una madona milagrosa.

Después se fue, fortalecido, sin dolor, por el camino de la pérgola. Se dio la vuelta y saludó otra vez a la muchacha pálida, que lo miró con una sonrisa cansada, y luego arrojó una pequeña rosa sobre el cerco. Elena la agarró sintiendo nostalgia y felicidad. Pero la rosa de color rojo cayó a sus pies. La muchacha enferma se agachó con dificultad, tomó la rosa entre sus manos y besó con sus labios rojos los pétalos aterciopelados.

Karsky no llegó a ver esa imagen.

Caminó con las manos entrecruzadas hacia el atardecer veraniego. Cuando entró en su habitación silenciosa se arrojó en la vieja poltrona y se quedó contemplando el sol desde la ventana. Las moscas zumbaban detrás de las cortinas de tul y un pequeño capullo del alféizar se abrió de repente. De pronto, el estudiante se dio cuenta de que no se habían dicho «Hasta pronto».

Vinzenz Viktor Karsky volvió bronceado de las vacaciones a la pequeña ciudad. Caminó por las viejas callejuelas sin mirar las fachadas de las casas, que estaban teñidas de color violeta por la luz otoñal. Era el primer paseo desde su retorno, pero caminaba como alguien que hacía el mismo recorrido todos los días. Por fin llegó al gran portón enrejado del apacible

cementerio y entró. Continuó su paseo por las colinas y las capillas, a paso seguro de su destino. Se detuvo frente a una tumba cubierta de césped y leyó lo que decía en la sencilla cruz: Elena. Había tenido un presentimiento de que la iba a encontrar aquí. Los músculos de la comisura de la boca se contrajeron levemente y formaron una sonrisa llena de dolor.

De repente, pensó en lo avara que había sido la madre. Sobre la tumba de la muchacha solo había unas flores marchitas y una corona de alambre con flores de mal gusto. El estudiante fue a comprar unas rosas, se arrodilló y cubrió el metal austero con flores frescas de tal manera que no se pudiera ver ni un rincón de la corona. Luego se retiró, su corazón estaba claro como la tarde de color rojizo de comienzos de otoño que se reflejaba solemnemente sobre los techos.

Una hora más tarde Karsky estaba en su bar favorito. Sus viejos compañeros se sentaron apretujados a su alrededor y escucharon con ansias sus relatos del viaje de verano. Mientras describía sus excursiones por los Alpes, le volvía lentamente ese antiguo aire de superioridad. Bebieron a su salud.

—Dinos —comenzó de uno de sus amigos—, ¿qué te pasó antes de las vacaciones? Estabas..., ¿cómo decirlo?... ¡Vamos, cuéntanos qué te estaba pasando!

—Bueno, nuestro señor... —respondió Vinzenz Viktor Karsky disimulando una sonrisa.

—Tiene huéspedes extraños —añadieron todos a coro—. Ya lo sabíamos.

Después de un rato, cuando ya nadie esperaba una respuesta, agregó en tono muy serio:

—Creedme, es importante tener una vez en la vida una primavera sagrada que te envuelva con tanta luz y esplendor en el pecho que baste para enriquecer el resto de los días.

Todos escuchaban atentamente y esperaban que continuara su relato, pero Karsky se quedó en silencio y sus ojos empezaron a brillar. Nadie había entendido lo que había dicho y los tenía a todos bajo un hechizo misterioso, hasta que el más joven tomó de un trago lo que le quedaba en su vaso, lo golpeó sobre la mesa y gritó:

—Niños, no os pongáis sentimentales. ¡Vamos! Os invito a todos a mi casa. Es más acogedora que este bar y, además, también vienen un par de muchachas. ¿Vienes con nosotros? —le preguntó a Karsky.

—Claro que sí —dijo Vinzenz Viktor Karsky en un tono alegre, y vació el vaso lentamente.

ENCENDER UNA HOGUERA

JACK LONDON
(1876-1916)

El día amanecía frío y gris, demasiado frío y gris, cuando el hombre se desvió de la ruta principal del Yukón y ascendió por el altísimo terraplén para tomar un sendero apenas visible y poco transitado que discurría hacia el este a través de un bosque de abetos. La pendiente era muy pronunciada y al llegar a la cima el hombre se detuvo a tomar aliento, disculpándose el descanso con el pretexto de consultar el reloj. Eran las nueve en punto. No hacía sol ni parecía que fuese a salir, aunque no había ni una sola nube en el cielo. El día era claro y, sin embargo, parecía que una pátina intangible cubriera la superficie de todas las cosas, una sutil penumbra que lo oscurecía todo, y se debía a la ausencia de sol. Pero eso no le preocupaba. Estaba acostumbrado a la falta de sol. Hacía varios días que no lo veía y sabía que habrían de pasar algunos días más antes de que la alegre esfera asomara por el sur, sobre la línea del horizonte, para después desaparecer de su vista enseguida.

El hombre volvió la vista hacia el camino que había recorrido. El Yukón, que medía un kilómetro y medio de ancho, estaba oculto bajo un metro de hielo sobre el que yacía una capa de nieve, también de un metro. Era un manto blanco con suaves ondulaciones formadas por la presión de las masas de hielo. De norte a sur, todo lo que alcanzaba su vista era completamente blanco, salvo por una fina línea oscura que, partiendo de una isla cubierta de abetos, se enroscaba y giraba hacia el sur, y se enroscaba y giraba de nuevo hacia el norte, donde desaparecía detrás de otra isla también cubierta de abetos. Aquella línea oscura era el camino, la ruta principal, que discurría a lo largo de ochocientos kilómetros al sur hasta el Paso de Chilcoot, en Dyea, y llegaba hasta el agua salada; y seguía ciento doce kilómetros hacia el norte hasta llegar a Dawson, y otros mil seiscientos kilómetros hasta Nulato, además de cubrir otro tramo de casi dos mil kilómetros hasta St. Michel, a orillas del mar de Bering.

Pero nada de esto —el misterioso y lejano camino, la ausencia de sol en el cielo, el terrible frío, la luz extraña y sombría que lo dominaba todo— causaba en el hombre la menor impresión. No se debía a que ya estuviera muy acostumbrado. Acababa de llegar a aquellas tierras, era un *chechaquo,* y ese era su primer invierno. Su problema era que no tenía imaginación. Era rápido con las cosas de la vida, pero solo con las cosas, no con sus significados. Estaban a cuarenta y cinco grados bajo cero, es decir, más de sesenta grados por debajo del punto de congelación. Ese dato significaba para él que sentiría un frío muy desagradable, pero nada más. No le llevaba a pensar en la fragilidad de las criaturas de sangre caliente ni en la fragilidad del ser humano en general, capaz únicamente de vivir dentro de unos estrechos límites de calor y frío; ni tampoco a plantearse conjeturas sobre la inmortalidad y el lugar que ocupa el ser humano en el universo. Veinticinco grados bajo cero significaban un frío endemoniado del que debía protegerse utilizando manoplas, orejeras, unos mocasines forrados y calcetines gruesos. Para él cuarenta y cinco grados bajo cero solo eran eso: cuarenta y cinco grados bajo cero. Que pudieran significar algo más era algo que simplemente no se le pasaba por la cabeza.

Cuando se volvió para proseguir su camino, escupió en el suelo para ver qué pasaba. Se oyó un chasquido que lo sobresaltó. Volvió a escupir y la saliva volvió a crujir en el aire antes de llegar a caer en la nieve. El hombre sabía que a cuarenta y cinco grados bajo cero la saliva crujía al tocar la nieve, pero la suya lo había hecho en el aire. Era evidente que la temperatura era inferior a veinticinco grados bajo cero, aunque no sabía cuánto. Pero no importaba. Se dirigía al viejo campamento del ramal izquierdo del arroyo Henderson, donde lo estaban esperando sus compañeros. Ellos habían llegado por la línea divisoria que marcaba el arroyo indio, mientras que él iba dando un rodeo para valorar la posibilidad de extraer madera de las islas del Yukón en primavera. Llegaría al campamento a las seis; un poco después de anochecer, era cierto, pero los muchachos ya estarían allí, habría una hoguera encendida y la cena estaría caliente. En cuanto al almuerzo, palpó con la mano el bulto que le sobresalía de la chaqueta. Lo llevaba debajo de la camisa, envuelto en un pañuelo y pegado contra la piel desnuda. Era la única forma de evitar que los panecillos se congelaran. Sonrió satisfecho al pensar en aquellos panecillos abiertos por la mitad, empapados en grasa de cerdo y con una generosa loncha de tocino frito dentro.

Se adentró por entre los enormes abetos. El sendero apenas se distinguía. Había caído un palmo de nieve desde que había pasado el último trineo y se alegró de no llevar vehículo y viajar ligero. En realidad, tan solo llevaba su almuerzo envuelto en un pañuelo. Sin embargo, le sorprendía el frío que hacía. Realmente hacía mucho frío, concluyó mientras se frotaba la nariz y las mejillas entumecidas con las manoplas. Era un hombre con un gran bigote, pero el vello de la cara no le protegía los pómulos y la nariz puntiaguda que se asomaba con agresividad al aire helado.

A los pies del hombre trotaba un gran perro esquimal autóctono de la zona, un perro lobo auténtico de color gris y temperamento muy semejante al de su hermano, el lobo salvaje. El animal estaba abatido por el tremendo frío. Sabía que no era un buen día para viajar. Su instinto era más certero que el juicio del hombre al que acompañaba. En realidad, no estaban a menos de cuarenta y cinco grados bajo cero, en realidad estaban a más de cincuenta grados bajo cero, a cincuenta y cinco bajo cero. Estaban a sesenta bajo cero. A sesenta grados por debajo del punto de congelación. El perro no sabía nada de termómetros. Probablemente en su cerebro no existiera ninguna conciencia del frío como sí existe en el cerebro del hombre. Pero el animal tenía su instinto. Sentía una vaga y amenazante aprensión que le subyugaba y le empujaba a pegarse a los talones del hombre y que le hacía cuestionarse cada inusitado movimiento del hombre como si estuviera esperando que acampara o buscara refugio en alguna parte y encendiera una hoguera. El perro ya sabía lo que era el fuego y lo deseaba, o, a falta de él, al menos preferiría enterrarse en la nieve, hacerse un ovillo y protegerse del aire.

El vaho helado de su respiración le cubría el pelaje de un fino polvo de escarcha, en especial las fauces, el hocico y las pestañas, que blanqueaban al contacto con su aliento cristalizado. La barba y el bigote pelirrojo del hombre también estaban congelados, pero en este caso se trataba de una escarcha más gruesa que aumentaba tras cada bocanada de aire cálida y húmeda. Además, el hombre mascaba tabaco y se le había formado una capa de hielo tan rígida sobre los labios que era incapaz de limpiarse la barbilla cada vez que escupía el jugo. El resultado era una barba de cristal del color y la solidez del ámbar que no dejaba de crecer y que, de caer al suelo, se rompería en mil pedazos, como el cristal. Pero al hombre no le importaba que le hubiera salido aquel apéndice. Era el precio que pagaban quienes mascaban tabaco por aquellas tierras, y él lo sabía bien, pues había salido dos veces en días de muchísimo frío. No tanto como esa vez, desde luego, pero por el termómetro del Sixty Mile sabía que habían llegado a estar a menos cuarenta y cinco, e incluso a menos cuarenta y ocho.

Recorrió varios kilómetros por una planicie salpicada de abetos, cruzó una amplia llanura cubierta de matorrales y descendió hasta el cauce helado de un riachuelo. Se trataba del arroyo Henderson, y el hombre supo que se encontraba a unos quince kilómetros de la bifurcación. Consultó el reloj. Eran las diez. Avanzaba a unos seis kilómetros por hora y calculó que llegaría a la confluencia a las doce y media. Decidió celebrarlo parando a almorzar allí.

Mientras el hombre avanzaba por el lecho del arroyo, el perro volvió a pegarse a sus talones con la cola baja de desánimo. Todavía se veían bastante bien los surcos del antiguo paso de trineos, pero treinta centímetros de nieve tapaban el rastro de los últimos viajeros. Hacía un mes que ningún hombre pasaba por aquel silencioso arroyo. El hombre avanzaba sin descanso. No era muy dado a reflexionar, y en ese momento en particular no tenía nada en qué pensar salvo que comería en la bifurcación y que a las seis de la tarde estaría en el campamento con sus compañeros. No tenía nadie con quien hablar y, de haberlo tenido, no habría podido articular palabra a causa del bozal de hielo que le sellaba los labios, así que siguió mascando tabaco monótonamente y alargando su barba de ámbar.

De vez en cuando volvía a pensar que hacía mucho frío y que nunca había experimentado los efectos de esas temperaturas. Mientras caminaba se frotaba los pómulos y la nariz con el dorso de la mano enfundada en una manopla. Lo hacía sin pensar, alternando ambas manos. Pero por mucho que se las frotaba, en cuanto dejaba de hacerlo se le entumecían las mejillas y a continuación se le quedaba insensible la punta de la nariz. Estaba convencido de que se le congelarían las mejillas; lo sabía, y lamentaba no haberse fabricado algo para taparse la nariz, como lo que llevaba Bud cuando hacía mucho frío, fabricado con unas tiras que le protegían también las mejillas. Pero tampoco importaba mucho. ¿Qué más daba que se le congelaran las mejillas? Solo le dolía un poco, nada más, no era nada grave.

A pesar de no ser un hombre reflexivo, era muy observador, y enseguida advirtió los cambios que se habían producido en el arroyo, las curvas, los meandros y los depósitos de troncos, y siempre tenía especial cuidado en mirar dónde ponía los pies. En una ocasión, al doblar una curva, se asustó de pronto, como un caballo espantado. Retrocedió un poco y dio un rodeo. Sabía muy bien que el arroyo estaba congelado hasta el fondo (ningún riachuelo podía contener agua con ese invierno ártico), pero también sabía que había manantiales que brotaban de las colinas y se deslizaban bajo la nieve y sobre el hielo del arroyo. Sabía que ni la ola de frío más gélida conseguía helar aquellos manantiales, y también era consciente del peligro que entrañaban. Eran trampas, pues formaban charcas ocultas bajo la nieve que podían tener entre siete centímetros y un metro de profundidad. A veces estaban cubiertas por una capa de hielo de un centímetro que, a su vez, estaba oculta por un manto de nieve. En otras ocasiones había capas alternas de agua y finísimo hielo, de forma que, si alguien rompía la primera, seguía rompiendo las sucesivas, y podía acabar mojado hasta la cintura.

Por eso se había asustado tanto. Había notado cómo el terreno cedía bajo sus pies y había oído el crujido de la finísima capa de hielo escondida bajo la nieve. Y mojarse los pies con aquella temperatura era un problema y un peligro. Como mínimo le supondría un retraso, pues se vería obligado a pararse, encender una hoguera y descalzarse al calor del fuego para secar los calcetines y los mocasines. Se detuvo y estudió el lecho y las orillas del arroyo, y decidió que la corriente de agua procedía de la derecha. Reflexionó un momento mientras se frotaba las mejillas y la nariz, después viró hacia la izquierda, pisando con cautela y comprobando la solidez del suelo a cada paso. Cuando estuvo fuera de peligro se metió un puñado de tabaco en la boca y reanudó la marcha a un ritmo de más de seis kilómetros por hora.

A lo largo de las dos horas siguientes fue encontrándose trampas similares. Normalmente la nieve acumulada sobre esas capas ocultas formaba una depresión y tenía un aspecto glaseado que advertía del peligro. Sin embargo, en una ocasión estuvo a punto de volver a caer, y otra vez, sospechando el peligro, obligó al perro a caminar delante de él. El animal no quería adelantarse. Se quedó atrás hasta que el hombre lo empujó y entonces pasó rápidamente por encima de la superficie blanca y lisa. De pronto el suelo cedió bajo sus patas, el animal se tambaleó pero consiguió saltar hasta terreno más firme. Se había mojado las patas delanteras y el agua pegada a ellas se convirtió casi de inmediato en hielo. Trató de lamerse las patas, después se sentó en la nieve y empezó a morderse el hielo que se le había formado entre los dedos. Lo hizo por instinto. Si dejaba el hielo ahí, después le dolerían las pezuñas. El animal no lo sabía, solo obedecía al misterioso impulso que emergía de las profundidades de su ser. Pero el hombre sí lo sabía, pues la razón le había ayudado a comprenderlo, y por eso se quitó el guante de la mano derecha y le ayudó a quitarse los trocitos de hielo. No dejó los dedos expuestos al frío más de un minuto, y le sorprendió la rapidez con que se le entumecieron. Realmente hacía mucho frío. Se volvió a poner la manopla con rapidez y se golpeó el pecho con la mano.

A las doce el día estaba en su momento más claro, pero el sol seguía demasiado al sur en su viaje invernal como para iluminar el horizonte. La curva de la Tierra se interponía entre él y el arroyo Henderson, donde el hombre caminaba bajo el cielo despejado del mediodía sin proyectar sombra alguna. A las doce y media en punto llegó a la bifurcación del arroyo.

Estaba contento con el ritmo que llevaba. Si lo mantenía conseguiría estar con los muchachos a las seis. Se desabrochó la chaqueta y la camisa y sacó el almuerzo. La acción no le llevó ni un cuarto de minuto y, sin embargo, en ese breve momento el entumecimiento se había apoderado de sus dedos desnudos. No volvió a ponerse la manopla, sino que sacudió la mano una docena de veces contra su pierna. Después se sentó a comer en un tronco cubierto de nieve. Le sorprendió la rapidez con que desapareció la punzada de dolor que había sentido después de golpearse la mano contra la pierna, no había tenido ocasión de dar ni un solo bocado al panecillo. Volvió a sacudir los dedos varias veces y se puso de nuevo la manopla, quitándose el guante de la otra mano para comer. Intentó dar un bocado, pero el hocico de hielo le impidió abrir la boca. Había olvidado encender una hoguera para descongelarla. Se rio de su descuido y mientras se reía notó cómo el entumecimiento le trepaba por los dedos que estaban al descubierto. También notó que la punzada que había sentido en los pies al sentarse estaba desapareciendo. Se preguntó si sería porque tenía los pies más calientes o porque había perdido la sensibilidad. Los movió dentro de los mocasines y concluyó que los tenía entumecidos.

Se puso la manopla enseguida y se levantó. Estaba un poco asustado. Pateó el suelo con fuerza hasta que volvió a sentir esa punzada de dolor en los pies. Realmente hacía mucho frío, pensó. Aquel hombre que había conocido en Sulphur Creek no mentía cuando hablaba del frío que podía llegar a hacer en aquella región. ¡Y él se había reído al escucharlo! Eso demostraba que uno nunca puede estar muy seguro de nada. No había duda, hacía un frío de mil demonios. Paseó de un lado a otro pateando el suelo y agitando los brazos hasta que estuvo seguro de que había recuperado el calor. Entonces sacó las cerillas y empezó a encender una hoguera. Sacó la madera de entre la maleza, donde el deshielo de la pasada primavera había acumulado una buena cantidad de ramas. Fue añadiendo ramas con mucha cautela y pronto tuvo un buen fuego, y al calor de las llamas consiguió deshacerse del hielo de la cara y comerse los panecillos. Por el momento había logrado vencer el frío. El perro se acurrucó junto al fuego, tumbándose sobre la nieve lo bastante cerca como para calentarse sin peligro de quemarse.

Cuando hubo terminado de comer, llenó la pipa y se relajó fumando un rato. Luego se puso los guantes, se colocó bien las orejeras del gorro y tomó el sendero del arroyo por la orilla izquierda. El perro, disgustado, se resistía a separarse del fuego. Aquel hombre no sabía lo que era el frío. Probablemente todos sus antepasados ignoraban lo que era el frío, el frío de verdad, el que sobrepasaba los setenta y siete grados por debajo del punto de congelación. Pero el perro sí lo sabía, todos sus ancestros lo habían experimentado y él había heredado ese conocimiento. Y sabía que no era buena idea estar a la intemperie con un frío tan aterrador. Era momento de meterse en un hoyo en la nieve y esperar a que una cortina de nubes se tendiese sobre el espacio exterior de donde procedía ese frío. Sin embargo, no existía una verdadera intimidad entre el perro y el hombre. Uno era el esclavo del otro, y las únicas caricias que había recibido eran las de los correazos y las ásperas amenazas que las acompañaban. Por eso el perro no se esforzó por intentar comunicarle al hombre sus temores. No le preocupaba el bienestar del hombre, si se resistía a separarse del fuego era por el suyo propio. Pero el hombre le silbó, le habló con ese lenguaje propio de los correazos y el perro se pegó de nuevo a sus talones y lo siguió.

El hombre se metió en la boca una nueva porción de tabaco y se dispuso a iniciar una nueva barba de ámbar. Además, su húmedo aliento pronto le cubrió de un polvo blanco el bigote, las cejas y las pestañas. No parecía haber demasiados manantiales en la orilla izquierda del Henderson, y durante media hora siguió caminando sin hallar ningún peligro. Entonces ocurrió. En un lugar donde no había ningún indicio de peligro, donde la nieve suave y lisa parecía ocultar una superficie sólida, allí fue donde el hombre se hundió. No era un agujero muy profundo, pero antes de poder regresar a tierra firme se hundió hasta las rodillas.

Se enfadó y maldijo su suerte a gritos. Su intención era llegar al campamento a las seis y aquello lo retrasaría una hora, pues tendría que encender una hoguera y secarse los pies, los calcetines y los mocasines. Sabía muy bien que con las bajísimas temperaturas no podía hacer otra cosa, así que trepó por el terraplén que formaba la ribera del arroyo. En lo alto, enredada entre la maleza de algunos abetos pequeños, encontró una buena cantidad de madera seca: básicamente eran palos y ramitas, pero también había ramas más grandes y hierba seca del año anterior. Colocó los troncos más grandes sobre la nieve para que le sirvieran de base, así evitaría que la pequeña llama se hundiera en la nieve. Consiguió encenderla arrimando una cerilla a una pequeña corteza de abedul que se sacó del bolsillo, pues la corteza prendía mucho más rápido que el papel. La colocó en la base de troncos y alimentó la pequeña llama con los manojos de hierba seca y las ramas más pequeñas.

Trabajó muy despacio y con cuidado, consciente del peligro. Gradualmente, a medida que la llama iba creciendo, fue aumentando el tamaño de las ramitas con las que la alimentaba. Se puso en cuclillas en la nieve para sacar las ramitas enredadas en la maleza y tirarlas directamente al fuego. Sabía que no podía permitirse ni un solo fallo. A sesenta grados bajo cero y con los pies mojados, un hombre no puede fracasar en su primer intento de encender una hoguera. Con los pies secos siempre puede correr medio kilómetro para recuperar la circulación de la sangre, pero a sesenta grados bajo cero es imposible restablecer la circulación por unos pies mojados y helados. Por mucho que uno corra, los pies acabarán congelados.

El hombre lo sabía muy bien. El anciano de Sulphur Creek se lo había contado el otoño anterior y ahora agradecía sus consejos. Ya había perdido la sensibilidad en ambos pies. Para encender la hoguera había tenido que quitarse las manoplas y los dedos se le habían entumecido enseguida. Caminar a seis kilómetros por hora le había ayudado a que el corazón bombeara la sangre suficiente a la superficie de su cuerpo y a todas las extremidades, pero en cuanto se detuvo el bombeo de sangre disminuyó. El frío castigaba aquella parte desprotegida del planeta y él, por hallarse allí, sufría las durísimas consecuencias. La sangre había retrocedido ante aquella temperatura extrema. La sangre estaba viva, como el perro, y, como él, también quería esconderse y protegerse de ese frío implacable. Mientras el hombre caminara a seis kilómetros por hora obligaría a esa sangre a circular hasta la superficie, pero ahora retrocedía y se hundía en los confines de su cuerpo. Las extremidades fueron las primeras en sentir su ausencia. Sus pies mojados se congelaban con mayor rapidez y sus dedos desnudos se entumecían con mayor rapidez, aunque todavía no habían empezado a congelarse. La nariz y las mejillas habían empezado a congelarse y la piel del cuerpo se enfriaba a medida que la sangre se retiraba.

Pero estaba a salvo. La congelación solo le había acariciado los dedos de los pies, la nariz y las mejillas, pues el fuego había empezado a arder con fuerza. Lo estaba alimentando con ramitas del tamaño de un dedo. En un minuto ya podría arrojarle ramas del tamaño de su muñeca y entonces se quitaría el calzado mojado y los calcetines y, mientras se secaban, se calentaría los pies junto al fuego, aunque antes debería frotárselos con un poco de nieve. La hoguera era un éxito. Estaba a salvo. Recordó los consejos del anciano de Sulphur Creek y sonrió. El anciano había afirmado con absoluta rotundidad que ningún hombre debía viajar solo por la región del Klondike cuando el termómetro marcaba cuarenta y cinco grados bajo cero. Pues bien, allí estaba él; había tenido un accidente, estaba solo y se había salvado. Aquellos ancianos eran un poco cobardes, pensó, al menos algunos. Lo único que había que hacer era conservar la calma y él lo estaba haciendo. Un hombre de verdad podía viajar solo. Sin embargo, le había sorprendido lo rápido que se le habían congelado las mejillas y la nariz. Nunca había imaginado que se le pudieran entumecer los dedos en tan poco tiempo. Y seguían entumecidos, pues apenas podía moverlos para agarrar una ramita, y tenía la sensación de que no le pertenecían, los sentía lejos de él y de su cuerpo. Cada vez que tocaba una ramita tenía que mirar para asegurarse de que la tenía en la mano. Apenas quedaba ya conexión entre su cerebro y las yemas de sus dedos.

Nada de eso importaba mucho. Allí estaba la hoguera, crujiendo y crepitando y prometiendo vida con cada una de sus llamas danzarinas. Empezó a desatarse los mocasines, estaban cubiertos de hielo; los gruesos calcetines alemanes que le llegaban casi hasta las rodillas parecían ahora fundas de hierro, y los cordones de los mocasines eran como cables de acero retorcidos y enredados en una extraña conspiración. Trató de desatarlos con los dedos entumecidos y al darse cuenta de lo absurdo que era lo que estaba haciendo sacó la navaja.

Pero antes de que pudiera cortar los cordones ocurrió la catástrofe. Fue su culpa o, mejor dicho, su error. No debería haber encendido la hoguera debajo del abeto, tendría que haberlo hecho en un claro, pero le había resultado más fácil sacar las ramitas de la maleza y arrojarlas directamente al fuego. Ahora, el árbol bajo el que la había encendido tenía un montón de nieve sobre las ramas. Hacía semanas que no soplaba viento y las ramas estaban muy cargadas. Cada vez que arrancaba una ramita de la maleza sacudía ligeramente el árbol, era una sacudida imperceptible para él, pero lo suficiente para provocar el desastre. En lo alto del árbol una de las ramas volcó su carga de nieve en las ramas inferiores, y el proceso continuó repitiéndose por todo el árbol. La nieve fue acumulándose como en una avalancha y se desplomó sin previo aviso sobre el hombre y la hoguera, que se apagó en el acto. Donde hacía unos segundos había ardido una llama ahora yacía un manto de nieve fresca.

El hombre se quedó conmocionado. Fue como si acabara de escuchar su sentencia de muerte. Durante unos segundos se quedó mirando el lugar donde hacía unos instantes había ardido su hoguera. Después se tranquilizó. Quizá el anciano de Sulphur Creek tuviera razón. Si hubiera ido acompañado ahora no estaría en peligro. El compañero podría haber encendido la hoguera. Ahora le correspondía a él volver a encender la hoguera y esa vez no podía fallar. Incluso si lo hacía bien, muy probablemente perdería algunos dedos de los pies. Ya debía de tenerlos muy congelados y tardaría un rato en encender la segunda hoguera.

Esos eran sus pensamientos, pero no se paró a meditar sobre ellos. Mientras esas ideas le pasaban por la cabeza estuvo muy ocupado construyendo una nueva base para la hoguera, esta vez en campo abierto, donde ningún árbol traicionero pudiera apagarla. Después reunió hierba seca y diminutas ramitas de entre los restos de la crecida. No lograba agarrarlas con los dedos, pero consiguió sacarlas a puñados. Al tener que hacerlo de esa forma sacó muchas ramas podridas y pedazos de musgo verde que eran perjudiciales para el fuego, pero no podía evitarlo. Trabajaba metódicamente, incluso agarró un buen puñado de ramas más grandes para utilizarlas más tarde, cuando el fuego hubiera cobrado fuerza. Entretanto, el perro permanecía sentado y le observaba con cierta ansiedad, pues le consideraba el encargado de proporcionarle el fuego, y el fuego tardaba en llegar.

Cuando ya lo tenía todo preparado, el hombre se metió la mano en el bolsillo para sacar otro trozo de corteza de abedul. Sabía que la tenía allí y, aunque no podía sentirla con los dedos, la oía crujir mientras rebuscaba en el bolsillo. Por mucho que se esforzaba no conseguía hacerse con ella. Y, mientras tanto, no podía dejar de pensar que a cada segundo sus pies seguían congelándose. Este pensamiento lo aterró, pero luchó contra él y conservó la calma. Se puso las manoplas con los dientes, agitó los brazos y se golpeó los costados con las manos con todas sus fuerzas. Primero lo hizo sentado, y después de pie, mientras el perro seguía sentado en la nieve y le miraba con su cola de lobo enroscada sobre las patas delanteras para calentarlas y sus despiertas orejas de lobo vueltas hacia delante. El hombre, que seguía golpeándose y sacudiendo brazos y manos, sintió una gran envidia al pensar que el animal estaba caliente y seguro con su abrigo natural.

Al rato empezó a percibir las primeras señales remotas en sus dedos helados. El ligero cosquilleo inicial fue aumentando hasta convertirse en un dolor horroroso, insoportable, pero que el hombre recibió con gran satisfacción. Se quitó la manopla de la mano derecha y consiguió agarrar la corteza de abedul. Sus dedos desnudos empezaron a entumecerse rápidamente. Después sacó un manojo de cerillas, pero el intenso frío ya le había vuelto a helar los dedos. En su esfuerzo por separar una de las cerillas del resto se le cayeron todas al suelo. Intentó recogerlas de la nieve, pero no lo consiguió. Con aquellos dedos muertos no podía tocar ni agarrar nada. Se movía con mucha cautela. Se concentró completamente en las cerillas, intentando no pensar en los pies, la nariz y las mejillas, que ya se le estaban congelando. Recurrió al sentido de la vista para sustituir la torpeza del tacto y cuando vio que tenía los dedos colocados a ambos lados de las cerillas, los cerró, es decir, intentó cerrarlos, pues la comunicación entre su cerebro y los dedos estaba cortada y los dedos no obedecieron. Se puso la manopla en la mano derecha y la golpeó con fuerza contra la rodilla. Entonces, y con los dos guantes puestos, agarró el paquete de cerillas junto con un puñado de nieve y se las llevó al regazo. Pero no le sirvió de mucho.

Después de varios intentos, consiguió poner las cerillas en la base de las manos y llevárselas a la boca. El hielo que le sellaba los labios crujió cuando, tras un gran esfuerzo, consiguió abrir la boca. Contrajo la mandíbula inferior, curvó el labio superior hacia fuera y consiguió separar con los dientes una de las cerillas, que después dejó caer sobre su regazo. Pero tampoco sirvió de mucho. No conseguía recogerla. Entonces se le ocurrió una idea: la agarró con los dientes y la frotó contra su pierna. Tuvo que repetir la maniobra veinte veces hasta que consiguió encenderla. Cuando prendió la acercó a la corteza de abedul, pero el vapor de azufre le llegó a la nariz y le entró en los pulmones, produciéndole una tos espasmódica. La cerilla cayó en la nieve y se apagó.

El anciano de Sulphur Creek tenía razón, pensó en el momento de desesperación controlada que sobrevino: a cuarenta y cinco grados bajo cero siempre hay que viajar acompañado. Se golpeó las manos, pero no consiguió sentir nada. Se quitó las dos manoplas con los dientes y agarró todas las cerillas con la base de las manos. Como no tenía congelados los músculos de los brazos pudo presionar las cerillas. Después las frotó todas contra su pierna. Y prendieron, ¡setenta cerillas a la vez! No soplaba viento que pudiera apagarlas. Ladeó la cabeza para evitar el humo y acercó las cerillas encendidas a la corteza de abedul. Mientras las sostenía fue consciente de notar una sensación en la mano. Se estaba quemando. Podía olerlo. Allí dentro, bajo la superficie, lo sintió. La sensación se convirtió en un dolor muy intenso, pero aguantó con torpeza sin despegar las llamas de la corteza, que tardaba en prender porque sus manos se interponían, absorbiendo la mayor parte de las llamas.

Al final, cuando ya no lo soportaba más, separó las manos. Las cerillas encendidas cayeron chisporroteando en la nieve, pero la corteza de abedul había prendido. Empezó a echar hojas secas y pequeñas ramas en las llamas. No podía elegir bien lo que tiraba al fuego porque tenía que agarrar el combustible con las bases de las manos. Había pequeños trozos de madera podrida y musgo verde pegados a las ramas, y él los iba apartando como podía con ayuda de los dientes. Cuidó la llama con mimo y torpeza. Esa llama significaba la vida y no podía perderla. La ausencia de sangre en la superficie de su cuerpo le hizo tiritar y empezó a moverse con mayor torpeza. Un gran trozo de musgo cayó en el centro de la hoguera. Intentó apartarlo con los dedos, pero el temblor hizo que empujara con demasiada fuerza y destrozó el núcleo de la diminuta hoguera, y las hojas en llamas y las pequeñas ramitas se dispersaron. Intentó reunirlas, pero a pesar del gran esfuerzo el temblor se apoderó de él y las ramas se separaron. Cada una expulsó una nube de humo y se apagó. El proveedor de fuego había fracasado. Mientras miraba con apatía a su alrededor sus ojos se toparon con el perro, que estaba sentado en la nieve, frente a los restos de la hoguera, y se movía con inquietud, levantando ligeramente una pata y después la otra y cambiando así el peso de su cuerpo.

Al ver al perro se le ocurrió una idea descabellada. Recordó la historia de un hombre que, tras ser sorprendido por una tormenta de nieve, mató a un ciervo, se metió dentro de la carcasa y así consiguió sobrevivir. Mataría al perro e introduciría las manos en su cuerpo caliente hasta que desapareciera el entumecimiento. Después podría encender otra hoguera. Llamó al perro para que acudiera a su lado, pero el pánico que desprendía su voz asustó al animal, que nunca había oído al hombre hablar de forma semejante. Algo extraño estaba ocurriendo y su naturaleza desconfiada detectaba el peligro. No sabía de qué se trataba exactamente, pero en algún lugar de su cerebro brotó ese temor hacia el hombre. Al escuchar la voz de su dueño el animal agachó las orejas y retomó sus movimientos inquietos, pero no se acercó. El hombre se puso de rodillas y gateó hacia el perro. Aquella extraña postura volvió a levantar sospechas en el animal, que se alejó un poco más.

El hombre se sentó un momento en la nieve e intentó mantener la calma. Después se puso las manoplas con los dientes y se levantó. Primero miró hacia abajo para asegurarse de que se había levantado, pues la falta de sensibilidad en los pies hacía que no notase en contacto con la tierra. Al verlo en posición erecta el animal olvidó sus sospechas y cuando volvió a dirigirse a él con tono autoritario, con ese sonido de los correazos en la voz, el perro recuperó su habitual lealtad y se acercó a él. Cuando llegaba a su lado, el hombre perdió el control. Alargó los brazos hasta el perro, pero se quedó absolutamente sorprendido cuando descubrió que no podía utilizar las manos para agarrar nada, que no sentía nada en los dedos. Había olvidado por un momento que los tenía congelados y que cuanto más tiempo pasaba más grave era la situación. Todo ocurrió muy deprisa y, antes de que el animal pudiera escapar, lo rodeó con los brazos. Se sentó en la nieve y sujetó al perro contra su cuerpo mientras gruñía, gimoteaba y trataba de zafarse.

Pero eso era todo cuanto podía hacer, rodearlo con los brazos y esperar. Se dio cuenta de que no podía matar al perro. No tenía forma de hacerlo. Con las manos congeladas no podía empuñar la navaja ni asfixiar al animal. Lo soltó y el perro escapó desesperado con el rabo entre las piernas y sin dejar de gruñir. Se detuvo a diez metros de distancia y desde allí observó al hombre con curiosidad y las orejas de punta y apuntando hacia delante. El hombre se miró las manos para localizarlas y las encontró colgando de sus brazos. Le pareció extraño tener que utilizar los ojos para saber dónde tenía las manos. Empezó a sacudir los brazos de un lado a otro golpeándose las manos enguantadas contra los costados. Lo hizo durante cinco minutos y con violencia, y su corazón bombeó a la superficie de su cuerpo suficiente sangre para que dejara de tiritar. Pero seguía sin sentir las manos. Tenía la sensación de que colgaban como pesos muertos al final de los brazos, pero cuando trataba de localizar esa percepción no la encontraba.

Empezó a sentir cierto temor a la muerte, un temor sordo y opresivo. El miedo se agudizó cuando se dio cuenta de que ya no se trataba de perder unos cuantos dedos de las manos y de los pies, sino que ahora era una cuestión de vida o muerte en la que llevaba todas las de perder. Aquello le provocó un ataque de pánico: se volvió y empezó a correr arroyo arriba por el viejo y desdibujado camino. El perro le siguió, trotando a su lado. Corrió a ciegas, sin propósito, nunca había tenido tanto miedo. Mientras corría por la nieve empezó a ver cosas de nuevo: las orillas del arroyo, las ramitas de la maleza, los álamos desnudos y el cielo. Correr le hizo sentir mejor. Ya no tiritaba. Quizá si seguía corriendo se le descongelarían los pies, y, en cualquier caso, si corría la distancia suficiente llegaría al campamento con los muchachos. No había duda de que perdería algunos dedos de las manos y de los pies y parte de la cara, pero sus compañeros cuidarían de él y salvarían el resto de su cuerpo cuando llegase allí. Pero, al mismo tiempo, también le asaltó la idea de que nunca llegaría al campamento con los muchachos, que estaba demasiado lejos, que ya estaba demasiado congelado, y que pronto estaría tieso y muerto. Se negó a aceptar ese pensamiento y lo relegó al lugar más recóndito de su mente. De vez en cuando trataba de hacerse oír de nuevo, pero él lo ignoraba y se esforzaba por pensar en otras cosas.

Le parecía curioso que fuera capaz de correr con los pies tan congelados que no podía sentirlos cuando pisaban la tierra y les confiaba todo el peso de su cuerpo. Tenía la sensación de estar deslizándose sobre la superficie sin tener ninguna conexión con la tierra. En algún sitio había visto una vez un Mercurio alado, y se preguntó si Mercurio sentiría lo mismo que él cuando flotaba sobre la tierra.

Su teoría de correr hasta llegar al campamento con los muchachos tenía un fallo: le faltaba resistencia. Tropezó varias veces y se tambaleó hasta caer al suelo. Cuando trató de levantarse no lo consiguió. Decidió que tenía que descansar y que la próxima vez se limitaría a caminar hasta llegar a su destino. Mientras recuperaba fuerzas le invadió una sensación de calor y bienestar. Ya no tiritaba, e incluso le pareció sentir en el pecho un calor agradable. Y, sin embargo, cuando se tocaba la nariz o las mejillas no sentía nada. Correr no le había servido para descongelarlas. Tampoco las manos y los pies. Entonces pensó que el hielo debía de estar avanzando por su cuerpo. Intentó olvidarse de eso, pensar en otra cosa; era consciente del pánico que le provocaba y tenía miedo al pánico. Pero el pensamiento persistió y ganó terreno hasta que proyectó una visión de su cuerpo completamente congelado. Aquello lo superó y echó a correr otra vez por el camino. Hubo un momento en que aminoró el ritmo y se puso a caminar, pero la idea de la congelación extendiéndose por su cuerpo le empujó a seguir corriendo.

Cada vez que corría el perro le seguía, pegado a sus talones. Cuando se cayó por segunda vez, el animal se sentó, enroscó la cola entre las patas delanteras y se sentó a mirarlo con extrañeza. El calor y la seguridad del animal le enfurecieron tanto que le insultó hasta que el perro agachó las orejas con actitud conciliadora. Esa vez el temblor se apoderó de él más rápidamente. Estaba perdiendo la batalla contra el hielo, que se le colaba por todas partes. Esa idea lo empujó a seguir, pero no consiguió correr más de treinta metros: tropezó y cayó de bruces sobre la nieve. Fue su último ataque de pánico. Cuando recuperó el aliento y el control, se sentó y empezó a pensar que debía afrontar la muerte con dignidad. Sin embargo, la idea no se le presentó en esos términos. Pensó que había estado haciendo el ridículo, corriendo por ahí como un pollo sin cabeza, ese fue el símil que se le ocurrió. Ya que iba a congelarse de todas formas, lo mejor que podía hacer era tomárselo con dignidad. Y con esa nueva tranquilidad aparecieron los primeros síntomas de somnolencia. Qué buena idea, pensó, morir durmiendo. Era como una anestesia. Congelarse no era tan horrible como la gente creía. Había formas mucho peores de morir.

Imaginó que los muchachos encontrarían su cuerpo al día siguiente. De pronto se vio con ellos, llegando por el camino en busca de su propio cuerpo. Doblaba junto a ellos una curva del camino y encontraba su cadáver tumbado en la nieve. Estaba con sus compañeros, contemplándose muerto sobre la nieve: su cuerpo ya no le pertenecía. Volvió a pensar en el frío que hacía. Cuando regresara con los suyos les contaría a todos lo que era el frío de verdad. Y entonces recordó al anciano de Sulphur Creek con total claridad, calentito y cómodo, fumando en pipa.

—Tenías razón, amigo, tenías razón —susurró el hombre al anciano de Sulphur Creek.

Y entonces se dejó llevar por el sueño más dulce y placentero de su vida. El perro siguió sentado, mirándole y esperando. El breve día llegó a su fin en un largo y lento crepúsculo. No había ninguna señal de que el hombre fuera a encender una hoguera y, además, el perro nunca había visto a nadie sentarse en la nieve sin intención de encender fuego. A medida que avanzaba el crepúsculo, la necesidad de calor iba apoderándose del animal, y mientras levantaba y movía las patas delanteras comenzó a gruñir suavemente, al tiempo que bajaba las orejas en espera del castigo de aquel hombre. Pero el hombre siguió en silencio. Más tarde, el perro gruñó con mayor intensidad. Y más tarde todavía se acercó al hombre y percibió el olor a muerte. Se le erizó el pelo y retrocedió. Permaneció allí un rato más, aullando bajo las estrellas que saltaban, bailaban y brillaban en el cielo gélido. Después dio media vuelta y se marchó a trote por el sendero en dirección al campamento, donde estaban los otros proveedores de alimento y fuego.

LA BAILARINA

GIBRAN KAHLIL GIBRAN
(1883-1931)

Una bailarina, acompañada de su trío de músicos, actuó en una ocasión en el palacio del príncipe de Birkacha. La corte le brindó un caluroso recibimiento y ella bailó ante el príncipe al son del laúd, la flauta y el salterio.

La bailarina interpretó la danza de las llamas, la danza de las espadas y las lanzas, la danza de las estrellas y el firmamento, y concluyó el espectáculo con la danza de las flores mecidas por los vientos.

Al finalizar, se presentó ante el trono e hizo una reverencia al príncipe, que le ordenó que se acercara para decirle:

—Hermosa mujer, hija de la gracia y el júbilo, ¿de dónde extraes tu arte? ¿Cómo te ha sido permitido seguir el compás de los elementos de la naturaleza y expresarlo con tus pasos rítmicos?

La bailarina hizo una nueva reverencia ante el príncipe y contestó:

—Lo ignoro, magnánima alteza. A vuestras preguntas solo sé responder que el alma de un filósofo reside en su cabeza; el alma de un poeta, en su corazón; el alma de un músico, en su garganta; pero el alma de una bailarina posee por entero su cuerpo.

ANTE LA LEY

Franz Kafka
(1883-1924)

A nte la ley hay un guardián. Un campesino se acerca a este guardián y le pide permiso para entrar a la ley. Pero el guardián le responde que ahora no le puede dejar pasar. El hombre reflexiona y pregunta si le va a permitir la entrada más adelante.

—Es posible —responde el guardián—, pero ahora no.

Como la puerta que lleva hacia la ley está abierta, como de costumbre, y el guardián se ha hecho a un lado, el hombre se agacha para mirar hacia el interior. Cuando el guardián se da cuenta, se ríe y le dice:

—Si tanto te atrae, intenta entrar aunque te lo haya prohibido. Pero ten en cuenta que soy poderoso. Y soy solo el guardián de menor rango. En cada sala encontrarás guardianes cada vez más poderosos. Ni yo puedo soportar que me mire el tercero.

El campesino no esperaba encontrarse con tales dificultades; piensa que todos deberíamos tener siempre acceso a la ley, pero cuando mira con más detenimiento al guardián con su abrigo de pieles, su gran nariz aguileña, la larga, y negra barba de tártaro, decide esperar hasta que le conceda permiso para entrar. El guardián le da un taburete y le permite sentarse al lado de la puerta. Allí permanece sentado durante días y años. Intenta entrar muchas

veces y agota al guardián con sus peticiones. Con frecuencia, el guardián le interroga brevemente sobre su país y muchos otros temas, pero son preguntas indiferentes, como las que hacen los grandes señores, y al final siempre le repite que todavía no puede dejarle pasar. El hombre, que se había equipado muy bien para el viaje, le va entregando al guardián todo lo que tiene, incluso lo más valioso, para sobornarle. Si bien este acepta todo, cuando lo hace le dice:

—Lo acepto pero solo para que no creas que no te has esforzado.

Durante muchos años el hombre observa de forma casi ininterrumpida al guardián. Se olvida de los otros y piensa que el primero es el único obstáculo que se opone a su acceso a la ley. Los primeros años maldice su mala suerte de forma irrespetuosa y en voz alta; luego, cuando envejece, ya solo murmura para sí. Se vuelve infantil, y como ha estado tantos años estudiando al guardián ya conoce hasta las pulgas de su cuello de pieles y les pide que le ayuden a convencerle. Finalmente, su vista empeora y no sabe si está oscuro a su alrededor o si le están engañando sus ojos. No obstante, puede distinguir un brillo en la oscuridad, que resplandece inextinguible desde la puerta de la ley. No le queda mucho más tiempo de vida. Antes de morir, pasa revista en su mente de todas sus experiencias vividas y se le ocurre una pregunta que aún no le había formulado al guardián. Le hace señas con la mano para que se acerque porque su cuerpo está rígido y no puede levantarse.

El guardián se tiene que agachar bastante porque la diferencia de tamaño entre los dos han aumentado mucho con el tiempo en perjuicio del hombre.

—¿Qué más quieres saber? —pregunta el guardián—. Eres insaciable.

—Todos aspiramos a poder acceder a la ley —dice el hombre—, entonces, ¿por qué en todos los años que llevo aquí no ha venido ninguna otra persona a solicitar permiso para entrar?

El guardián se da cuenta de que el hombre se está muriendo, y como está casi sordo le grita:

—Nadie más podía entrar por aquí porque esta entrada era solo para ti. Ahora voy a cerrarla.

VENENO

KATHERINE MANSFIELD
(1888-1923)

El correo tardaba. Cuando regresamos de nuestro paseo después del almuerzo, todavía no había llegado.

—*Pas encore, madame* —dijo Annette mientras volvía a la cocina.

Llevamos nuestros paquetes al comedor. La mesa ya estaba puesta. Como siempre, ver la mesa puesta para dos, solo para dos personas, tan arreglada, tan perfecta que no había espacio para una tercera, me produjo un extraño y rápido escalofrío, como si me hubiera golpeado ese resplandor plateado que temblaba sobre el mantel blanco, las copas brillantes y ese cuenco poco profundo lleno de fresias.

—¡Ese anciano cartero! ¿Qué le habrá ocurrido? —exclamó Beatrice—. Deja esas cosas ahí, querido.

—¿Dónde quieres que las ponga?

Levantó la cabeza y esbozó una de sus sonrisas dulces y burlonas.

—Donde quieras, tonto.

Pero yo sabía muy bien que tal lugar no existía para ella, y hubiera preferido quedarme sosteniendo la achaparrada botella de licor y los dulces durante meses, años incluso, antes de arriesgarme a provocar el mínimo atentado contra su exquisito sentido del orden.

—Dame, ya me encargo yo. —Los dejó encima de la mesa junto a sus larguísimos guantes y un cesto de higos—. *La mesa del almuerzo.* Un cuento de... de... —Me agarró del brazo—. Vamos a la terraza. —Y noté como se estremecía—. *Ça sent* —dijo en voz baja—, *de la cuisine...*

Ya hacía dos meses que vivíamos en el sur y, últimamente, había advertido que cuando quería hablar sobre comida, el clima o bromear sobre el amor que sentía por mí, siempre lo hacía en francés.

Nos apoyamos en la balaustrada, debajo del toldo. Beatrice se inclinó y miró hacia abajo, en dirección al camino blanco con su protección de cactus espinosos. La belleza de su oreja, solo su oreja, tan maravillosa que podría haber dejado de contemplarla para gritarle a aquella extensión de mar centelleante que se extendía ante nosotros:

—¡Su oreja! Sus orejas son sencillamente las más...

Iba vestida de blanco, con un collar de perlas y lirios prendidos al cinturón. En el dedo corazón de la mano izquierda lucía un anillo con una perla, pero no llevaba ninguna alianza.

—¿Por qué debería llevarla, *mon ami*? ¿Para qué fingir? ¿A quién podría importarle?

Y, evidentemente, yo estaba de acuerdo, aunque en mi interior, en lo más profundo de mi corazón, habría dado mi alma por haber podido estar junto a ella en una preciosa iglesia llena de gente, con un anciano pastor protestante, con esa voz que predicaba sobre el paraíso, con palmas y olor a incienso, sabiendo que fuera nos esperaba una alfombra roja y confeti y, en algún sitio, una tarta nupcial, champán y un zapato de raso atado a la parte trasera del coche... Si hubiese podido ponerle una alianza en el dedo.

No era porque a mí me interesaran aquellos horribles espectáculos, sino porque pensaba que quizá, de esa forma, conseguiría reducir esa insoportable sensación de absoluta libertad, la absoluta libertad de mi amada, claro.

¡Oh, Dios! ¡Qué felicidad tortuosa, qué angustia! Miré hacia la casa, hacia las ventanas de nuestro dormitorio, misteriosamente ocultas tras las persianas verdes. ¿Era posible que ella apareciera por detrás de esa luz verde esbozando esa sonrisa secreta, la lánguida y brillante sonrisa que solo era para mí? Me rodeó el cuello con el brazo y con la otra mano me acarició el pelo de forma suave y terrible.

—¿Quién eres?

¿Quién era ella? Ella era la Mujer.

La primera tarde cálida de primavera, cuando las luces brillaban como perlas en el aire violeta y las voces murmuraban en los floridos jardines, fue ella quien cantó en esa altísima casa con cortinas de tul. Mientras uno conducía bajo la luz de la luna por la ciudad desconocida, suya era la sombra que se proyectaba sobre la temblorosa luz de las persianas. Cuando se encendió la lámpara en la quietud recién nacida, sus pasos cruzaron tu puerta. Y se asomó al crepúsculo del otoño, pálida y envuelta en pieles, mientras el coche se deslizaba por allí...

En realidad, y resumiendo, en aquella época yo tenía veinticuatro años. Y cuando ella se recostó boca arriba con las perlas bajo la barbilla y dijo: «Estoy sedienta, querido. *Donne-moi une orange*», yo habría ido encantado a buscar una naranja a las fauces de un cocodrilo, si los cocodrilos comieran naranjas.

—Si yo tuviera dos alas y fuera un pajarito... —cantaba Beatrice.

Le tomé la mano.

—¿No te marcharías volando?

—No iría muy lejos. No pasaría del final de la carretera.

—¿Y por qué irías allí?

Y ella citó:

—«Él no llega, dijo ella...»

—¿Quién? ¿Ese viejo y estúpido cartero? Pero si no estás esperando ninguna carta.

—No, pero es exasperante de todas formas. ¡Ah! —De pronto se echó a reír y se inclinó sobre mí—. Ahí está, mira, parece un escarabajo azul.

Y juntamos las mejillas y observamos cómo el escarabajo azul subía por la cuesta.

—Querido —susurró Beatrice. Y la palabra pareció quedarse suspendida en el aire, vibrando como la nota de un violín.

—¿Qué ocurre?

—No lo sé. —Se rio con suavidad—. Una ola de... una ola de afecto, supongo.

La abracé.

—Entonces, ¿no te marcharías volando?

Y ella se apresuró a contestar con delicadeza:

—¡No! ¡No! Por nada del mundo. La verdad es que no. Me encanta este lugar. Me encanta vivir aquí. Me parece que podría quedarme aquí durante años. Nunca he sido tan feliz como estos últimos dos meses, y tú, querido, has sido perfecto conmigo, en todos los sentidos.

Aquello era tan maravilloso, escucharla hablar de esa forma era tan extraordinario e inaudito, que intenté tomármelo a broma.

—¡No digas eso! Parece que te estés despidiendo.

—Tonterías. ¡No deberías decir esas cosas ni en broma! —Deslizó su diminuta mano bajo mi chaqueta blanca y me agarró del hombro—. Has sido feliz, ¿verdad?

—¿Feliz? ¿Feliz? Oh, Dios, si supieras lo que siento en este momento. ¡Feliz! ¡Querida mía! ¡Mi alegría!

Solté la barandilla y la abracé, levantándola del suelo. Y mientras la tenía en mis brazos pegué la cara a su pecho y murmuré:

—¿Eres mía?

Y por primera vez en todos aquellos meses desesperados desde que nos conocimos, incluso contando el último mes maravilloso, la creí a pies juntillas cuando contestó:

—Sí, soy tuya.

El crujido de la verja y los pasos del cartero en la gravilla nos separaron. Yo estaba mareado. Me quedé allí, sonriendo sin más, sintiéndome bastante estúpido. Beatrice se acercó a las sillas de mimbre.

—Ve tú... ve tú a por las cartas —dijo.

Me tambaleé al levantarme. Pero era demasiado tarde. Annette apareció corriendo.

—*Pas de lettres* —dijo.

La imprudente sonrisa que le dediqué cuando me dio el periódico debió de sorprenderla. Yo estaba loco de contento. Lancé el periódico por los aires y mientras me acercaba a la mujer amada que estaba tendida en una hamaca entoné:

—¡No hay cartas, querida!

Por un momento no contestó. Al poco, mientras rompía el envoltorio de papel de periódico, dijo:

—Los que olvidan el mundo son olvidados por él.

Hay momentos en los que un cigarrillo es lo único que puede ayudarte a afrontar un momento. Es incluso más que un cómplice, es un amigo secreto y perfecto que lo sabe todo y lo entiende perfectamente. Mientras fumas, lo miras, sonríes o frunces el ceño, según requiera la ocasión; inhalas con fuerza y exhalas el humo en un lento abanico. Aquel era uno de esos momentos. Me acerqué a la magnolia e inspiré su perfume. Después volví a su lado y me recosté sobre su hombro. Pero ella enseguida tiró el periódico al suelo.

—No dice nada —afirmó—. Nada. Solo hablan de un juicio por envenenamiento. Si un hombre envenenó a su mujer o no, y veinte mil personas se han sentado en el juzgado cada día y después de cada sesión se han radiado más de dos millones de palabras.

—¡Qué loco está el mundo! —exclamé, dejándome caer en otra silla.

Quería olvidar el periódico y regresar, aunque con cautela, claro, a ese momento que había precedido la aparición del cartero, pero cuando respondió supe por su tono de voz que el momento había pasado. No importaba. Estaba encantado de esperar, esperaría quinientos años si era necesario, ahora que lo sabía.

—No está tan loco —opinó Beatrice—. A fin de cuentas, para esas veinte mil personas no es solo una cuestión de curiosidad morbosa.

—¿A qué te refieres, querida?

Dios sabe que no me importaba.

—¡La culpa! —exclamó—. ¡La culpa! ¿Es que no te das cuenta? Están fascinados, igual que los enfermos se fascinan ante cualquier dato nuevo que puedan darles sobre su caso. Puede que el hombre del banquillo sea inocente, pero casi todas las personas que hay en el tribunal son envenenadoras. ¿Nunca has pensado —estaba pálida de excitación— en la cantidad de

envenenadores que andan sueltos? Lo raro es encontrar algún matrimonio que no se envenene el uno al otro. Matrimonios y amantes. ¡Oh! —exclamó—, la cantidad de tazas de té, copas de vino y tazas de café que están contaminadas. Todas las que he bebido yo, tanto cuando lo sabía como cuando no, y me he arriesgado. El único motivo por el que tantas parejas sobreviven —dijo entre risas—, es porque uno de ellos teme administrarle al otro una dosis fatal. ¡Hay que tener valor para hacerlo! Pero es algo que llega antes o después. Y cuando se administra la primera dosis ya no hay vuelta atrás. En realidad, es el principio del fin, ¿no crees? ¿Entiendes lo que quiero decir?

No esperó a que respondiera. Se quitó los lirios y se tumbó, colocándoselos en los ojos.

—Mis dos maridos me envenenaron —dijo Beatrice—. El primero me administró una dosis enorme casi de inmediato, pero el segundo fue casi un artista a su manera. Solo un poco de vez en cuando, muy bien disimulado. ¡Oh, qué bien lo hacía! Hasta que una mañana desperté y en todo mi ser, desde las puntas de los dedos a los pies, había una pizca. Llegué justo a tiempo...

Odiaba escucharla mencionar a sus maridos con tanta tranquilidad, en especial ese día. Me dolía. Iba a hablar, pero de pronto me dijo con tristeza:

—¿Por qué? ¿Por qué tuvo que pasarme? ¿Qué he hecho yo? ¿Por qué he sido marcada? Es una conspiración.

Intenté decirle que ella era demasiado perfecta para este mundo espantoso, demasiado exquisita, demasiado maravillosa. Y que eso asustaba a la gente.

—Pero yo no he intentado envenenarte —bromeé.

Ella esbozó una sonrisa extraña y mordió el tallo de un lirio.

—¡Tú! —exclamó—. ¡Tú no matarías ni a una mosca!

Por extraño que parezca, aquello también me dolió.

Justo en ese momento Annette salió con nuestros aperitivos. Beatrice se incorporó, tomó una copa de la bandeja y me la ofreció. Advertí el brillo de la perla en lo que yo llamaba su «dedo perlado». ¿Cómo podía sentirme dolido por lo que había dicho?

—Y tú —afirmé, aceptando la copa—, tú nunca has envenenado a nadie.

Eso me dio una idea e intenté explicarme.

—Tú... tú haces todo lo contrario. Cómo podría definirse a alguien como tú que, en lugar de envenenar a las personas, las llenas de vida. Lo haces con todo el mundo: el cartero, el cochero, nuestro barquero, la florista, conmigo, con esa esencia que irradias, con tu belleza, con tu...

Ella esbozó una sonrisa soñadora y me miró.

—¿En qué estás pensando, querida?

—Me preguntaba —dijo— si después de almorzar bajarías a la oficina de correos a preguntar por las cartas. ¿Podrías hacerlo, querido? No es que esté esperando ninguna, pero pensaba que, quizá... es una tontería no tener las cartas si están allí, ¿no crees? Es una tontería esperar a mañana.

Hizo girar el pie de la copa entre los dedos. Había inclinado su hermosa cabeza. Pero yo levanté mi copa y bebí. En realidad, tomé un sorbo, despacio, deliberadamente, contemplando esa oscura cabecita y pensando en el cartero y en escarabajos azules y en despedidas que no son despedidas y...

¡Dios mío! ¿Eran imaginaciones mías? No, no lo eran. El vino tenía un sabor estremecedor, amargo, extraño.

NADADORA SUMERGIDA

(Pequeño homenaje a un cronista de salones)
Federico García Lorca
(1898-1936)

Y o he amado a dos mujeres que no me querían, y sin embargo no quise degollar a mi perro favorito. ¿No os parece, condesa, mi actitud una de las más puras que se pueden adoptar?

Ahora sé lo que es despedirse para siempre. El abrazo diario tiene brisa de molusco.

Este último abrazo de mi amor fue tan perfecto, que la gente cerró los balcones con sigilo. No me haga usted hablar, condesa. yo estoy enamorado de una mujer que tiene medio cuerpo en la nieve del Norte. Una mujer amiga de los perros y fundamentalmente enemiga mía.

Nunca pude besarla a gusto. Se apagaba la luz, o ella se disolvía en el frasco de whisky. Yo entonces no era aficionado a la ginebra inglesa. Imagine usted, amiga mía, la calidad de mi dolor.

Una noche, el demonio puso horribles mis zapatos. Eran las tres de la madrugada. yo tenía un bisturí atravesado en mi garganta y ella un largo pañuelo de seda. Miento. Era la cola de un caballo. La cola del invisible caballo que me había de arrastrar. Condesa: hace usted bien en apretarme la mano.

Empezamos a discutir. Yo me hice un arañazo en la frente y ella con gran destreza partió el cristal de su mejilla. Entonces nos abrazamos.

Ya sabe usted lo demás.

La orquesta lejana luchaba de manera dramática con las hormigas volantes.

Madame Barthou hacía irresistible la noche con sus enfermos diamantes del Cairo, y el traje violeta de Olga Montcha acusaba, cada minuto más palpable, su amor por el muerto zar.

Margarita Gross y la españolísima Lola Cabeza de Vaca llevaban contadas más de mil olas sin ningún resultado.

En la costa francesa empezaban a cantar los asesinos de los marineros y los que roban la sal a los pescadores.

Condesa: aquel último abrazo tuvo tres tiempos y se desarrolló de manera admirable.

Desde entonces dejé la literatura vieja que yo había cultivado con gran éxito.

Es preciso romperlo todo para que los dogmas se purifiquen y las normas tengan nuevo temblor.

Es preciso que el elefante tenga ojos de perdiz y la perdiz pezuñas de unicornio.

Por un abrazo sé yo todas estas cosas y también por este gran amor que me desgarra el chaleco de seda.

—¿No oye usted el vals americano? En Viena hay demasiados helados de turrón y demasiado intelectualismo. El vals americano es perfecto como una Escuela Naval. ¿Quiere usted que demos una vuelta por el baile?

A la mañana siguiente fue encontrada en la playa la condesa de X con un tenedor de ajenjo clavado en la nuca. Su muerte debió de ser instantánea. En la arena se encontró un papelito manchado de sangre que decía: "Puesto que no te puedes convertir en paloma, bien muerta estás".

Los policías suben y bajan las dunas montados en bicicleta.

Se asegura que la bella condesa X era muy aficionada a la natación, y que esta ha sido la causa de su muerte.

De todas maneras podemos afirmar que se ignora el nombre de su maravilloso asesino.